# 你
# 永远都
# 无法叫醒一个
# 装睡的人

周 濂 著

中国人民大学出版社
·北京·

# 新版序

## 思想的解套

周濂

古希腊有位哲人说过，每当他在公民广场进行哲学演讲，如果下面的听众报以热烈的鼓掌，他首先会怀疑自己是否说错了什么。这个说法虽然稍显矫情，但我却始终念念不忘，所以，当这本书竟然成了畅销榜上的常客时，我也忍不住开始怀疑，要么是我写错了什么，要么是读者误读了什么。

好在，很快就有读者开始抱怨这本书，比如它缺乏所谓的阅读快感，比如后半部分的内容太深奥太哲学，看不懂……我要向这些读者抱歉，尽管我向往的是用简单的语言表达深刻的道理，但显然我并没有真正地掌握这门技艺。也正因为此，我要感谢那些真心喜爱这本书的读者，感谢他们的耐心和专心，人生如此短暂，生活如此琐碎，人们要操心的事情太多，他们本没有义务去细细追踪思想的草灰蛇线。然后，我还要感谢过去几年来一直致力于公共写作的同道们，是他们的努力抬高了阅读的品位和观念的水位，让越来越多的人意识到，除了成功学和心灵鸡汤，除了高级黑和神吐槽，我们还可以平心静气地追问和思考，在知其然的前提下努力地知其所以然，惟其如此，才有可能真正在思想上解套。

当然，我从来不敢高估思想的解套效果。事实上，面对各种不同的纠结，解套的方式同样有许多，小到打一场篮球或者谈一场恋爱，大到投身某个组织或者信仰某种宗教，相比之下，通过思想去解套或许最缓慢也最间接的一种方式。希特勒当年就既反对思想也抵制文字，他更中意的是宣传和演讲，道理很简单，在人山人海的广场集会上，演讲者可以运用口语的魔力直接诉诸民众的激情，一举赢得“意志的胜利”，与之相比，文字和思想的效果简直就像是停留在石器时代，它不仅需要一个一个地赢得读者，并且只有在读者有能力也有兴趣聚焦于论点本身时，才有可能赢得他们。事实上，我甚至不认为“赢得”这个词是合适的，因为究其根本，谁也无法说服他人改变，就像美国作家弗格森所说的：“我们每个人都守着一扇只能从内开启的改变之门，不论动之以情或说之以理，我们都不能替别人开门。”

也正是在这个意义上，我会说“你永远都无法叫醒一个装睡的人，除非那个装睡的人自己决定醒来。”很多人忽略了后半句话，他们只是本能地觉得自己受到了冒犯。其实，我从不敢自言清醒，更无说教之意，写下这句话，只是努力提醒让自己挣扎着不要睡过去。我在一次访谈中说过，在这个时代，在这个国度，也许最重要的不是忙着去叫醒别人，而是时刻扪心自问自己为何要装睡，比如，我是选择继续生活在谎言里，还是决定生活在真实中？我能否不做坏体制的合谋者，而决定去做好体制的创造者？在一个普遍不正义的社会里，我为什么要做一个正义的人？如何才能做一个正义的人？这些问题不仅提给读者，同样也是提给我自己。

也有人说我们可以用很多手段让装睡的人醒来，比如，用热水浇他们，拿针扎他们，放一串鞭炮或者大声地喊着火啦……如果必要，我相信完全可以找到 101 种叫醒他们的方式，但是在我看来真正有价值的醒来只能是——那个装睡的人自己决定醒来，因为我一直非常认同英国哲学家伯纳德·威廉斯的这个说法：如果“一个人应该如何生活”这个问题真的有答案，就必须要让每个人认识到这个答案是他本人赋予他自己的，惟其如此，它才真正的有意义也真正的有效用。哲学思考不能一劳永逸地解决这个问题，但是至少可以通过概念的分析，道理的梳理，从思想上给我们提供一些解套的启示。

感谢中国人民大学出版社的厚爱，让我有机会将过去十多年的文章搜罗在一起，给我的文字生涯一个交代。这次的再版，我没有添加任何新作，因为在我看来，“老歌重唱加新曲发售”是对读者的不负责任，我也奉劝买过旧版书的读者朋友不要再花冤枉钱，虽然“鸵鸟人”的封面很打眼，但你完全可以省下这笔钱去买一本新书或者喝一杯咖啡。

过去的一年里，我参加了大大小小许多活动，我曾经和一个记者朋友说过，过度的曝光与出镜，对于正处在成长期的年轻学人来说，是一种时间、精力和声誉上的透支，我迫不及待地想要逃离喧嚣，回到简单而扎实的生活中去，对思想者而言，最大的馈赠不是掌声，而是内心的丰富和自足。

# 自序

# 我想要相信

周濂

去年夏天，因为在《锵锵三人行》中的一席话，陈丹青不得不连发两篇文章，解释为什么不在节目中声讨炫富与红十字会，而是把矛头对准网络围攻所折射出来的“文革”遗风。尽管文章写得进退有据、不失法度，但是澄清和辩白本身就不由得让人感慨，原来飞得再高的人也还是躲不过铺天盖地的唾沫星子，也还是会忍不住抹一把脸、吐两句槽。而最让我感慨的还是这句话：“为什么我不愿谈红十字会？因为不相信，一如今日的大学，无非官场，无非官僚。我的不相信，还包括对历来监督它、改变它的所有可能，深深地不相信。”

这口气，像极了三十年前北岛的那首名诗：“告诉你，世界，我不相信！”都说三十年河东三十年河西，连黄河都能改道，可是作为职业受骗者的我们却仍旧停留在“我——不——相——信”的阶段。“没有新的语言，也没有新的方式，没有新的力量能够表达新的感情。”

好吧，我承认以上论断过于偏激。三十年过去，至少我们不再冲着面目模糊的世界宣泄不满，而是把批评的矛头对准了红十字会、铁道部以及更多跑得了和尚跑不了庙的部门。除了骂脏字和吐口水，我们还在努力学习用更理性也更技术的方式去质疑，比如“7•23”动车事故发生之后，有人到现场勘查地形，有人收集各种数据做分析，有人做模拟实验，大伙儿纷纷扮演福尔摩斯。但是另一方面，由于有关部门一再搪塞推诿，质疑往往有始无终，真相总是扑朔迷离，人们才会时常感受到“无能的力量”，才会有对改变的所有可能“深深地不相信”。

虽然都是不相信，如果说北岛的呐喊还多少带着少年人的不甘和血气，那么在陈丹青这里，我看到的只是不加掩饰的失败主义。什么是失败主义？查百度百科可知，这是“一种因为认定未来注定失败，而放弃一切改变现状的行动的思想”。在我看来，与其说失败主义是一种思想，不如说是一种情绪。思想有清晰的学理与脉络，可以论证也可以反驳，可情绪不同，它来去无踪，就像下水系统失灵的城市，一场小雨就会水漫金山泛滥成灾。

当失败成为习惯，当对改变不抱任何信心，我们也就只剩下了“我不相信”这句喊话。更有甚者，还会发展成为“我不相信”强迫症，症状较轻的每当读到新闻报道，不管来自《环球时报》还是新浪微博，第一反应一概都是“我不相信这是事实的真相”；症状较重的则惯用阴谋论去揣度整个世界，他们奉行另一个“两个凡是”原则：凡是你竭力主张的一定都是假的，凡是我能设想到的最坏可能性就是真的。

身处这个不断变化中的魔幻现实主义国家，我相信每个人都不同程度地患有“我不相信”强迫症，而且不相信的对象绝不止于不受限制的公权力，它也可能是衣着光鲜的经济学家，是微博上加“V”的名人，是沿街乞讨的妇女，是不慎跌倒的老人，甚至是曾经并肩作战的同志或者相濡以沫的爱人。因为不相信，因为“不相信”强迫症所并发的失败主义和犬儒意识，让我们用更加昏暗的眼神去审视这个原本昏暗的世界。不久前，独立参选人遭打压，网友纷纷声援，有人冷冷地说：别装了，想出名总要付出代价的；山东某女得知前夫罹患尿毒症，捐肾救之，有人冷冷地说：激动啥，骗遗产吧。这简直就是“心理阴暗、人人平等”。在这个时代，似乎总有一种向下的力量要把所有人拉低，总有一种执拗的怀疑要撕破人道主义的温情面纱。

可是我们为什么要选择相信别人、相信政府呢？安妮特·贝尔说：“一个人如果相信他人的良好愿望，他就必然容易受到他人良好意愿有限性的伤害。”换句话说，选择相信别人的同时，也就给别人留下一个伤害自己的机会。我养过一只小狗，见到任何人都会扑通倒地，然后亮出柔软的腹部邀请被抚摸。这种因为对世界懵懂无知而拥有的绝对安全感真叫人嫉妒。

2008年秋天，烟火艺术家蔡国强在中国美术馆举办首次国内个展，主题是“我想要相信”。这个说法如此励志，以至于我忍不住拿来作为本书的序言标题。可是我深深地知道，它仅仅只是一句空洞的口号、一个虚幻的愿景。作为一个被标签化了的自由主义者，我虽然有“想要相信”的意图，却无法像午夜电视购物最牛广告人那样一脸惊喜地告诉读者“应该相信”什么。事实上，最经常挂在自由主义者嘴边的一句话是“千万不要相信公权力”。与其说这是在妖魔化公权力，不如说是在还原一个真实的公权力：首先，公权力和每个人一样都是理性经济人，拥有最大化自己利益的原始动机；其次，任何掌握公权力的人都部分地怀有为自身利益而滥用权力的动机。所以休谟才会说：“我们应该设计出一系列政府制度，以便即使在流氓占据政府职位时，也将为我们的利益服务。”

我当然明白制度的稳定性要远甚于人格的稳定性，但另一方面，我同样认为每个人的自我改善是改善这个世界的必由之路。某种意义上，人生就是一场彻底的清算，一场与自己的本性进行的战斗，一个也许永远都没有标准答案的“认识你自己”的追问。在这个漫长的过程里面，你需要清算智识上的无明，更重要的是克服意志上的软弱。你当然可以选择向古人今人熟人亲人陌生人求助，但是归根结底，你没有任何人可以依傍。就像本书的同名文章结尾处所说的，“你永远都无法叫醒一个装睡的人，除非那个装睡的人自己决定醒来。”其实不管是从装睡中醒来，还是重新开始相信改变的可能，都是一种 radical choice，这个“决定”何时做出，因何做出，做出之后需要承担哪些意料之中和意料之外的后果，这一切的一切最终都取决于你自己，没人可以代笔。

我曾经一度认定，没有人可以仅凭一己之力站立，每个人都在寻找那个可以用尽全身气力去拥抱的对象，并且希望这个拥抱可以让自己变得安全、强大甚至完满。但是随着年龄的增长，我越来越认同昂山素季的这个说法：“真正的改变是通过理解、同情、正义、爱心后的内在变化。”只有经历了如此这般的内在变化，你才会和自己停战，才能够学会“不自负、不迟疑、也不骄慢”地与世界媾和。小至个体，大到国家，概莫能外。

本书收录的文章虽然在时间上跨度有十年之久，在主题上貌似也是东拉西扯，既有时评政论、影评书评也有思想笔谈，但是归根结底，它们都存在着一种内省的视角，都隐晦地刻画了过去十年来我在思想与情感上的点滴变化。非常感谢中国人民大学出版社愿意结集出版这些文章，虽然我并不清楚它们能给读者带去多少积极的影响。于我而言，重读这些文章，至少证明了我是一个偷偷摸摸的乐观主义者，因为虽然我时时感到“情况太复杂了、现实太残酷了”，但是我还是会忍不住偷偷地想，改变在发生呢。

是为序。

# 目录

## 壹 我们都是一小撮

由于某种幸运的巧合，我们碰巧成为了这个世界的一小撮，只有成为世界的一小撮，才能真实地看清这个世界。

## 贰 重见天日的生活

也许作为群体的存在勇气的确来自于某些宏大叙事的煽情，但是对于个体而言，存在的勇气只能源于某些隐秘的焦虑，那么你和我的焦虑在哪里呢？

## 我们何时丧失理解

人天生求理解。可是理解之难，正在于它不仅需要双方梳着偏分、打着领带、彬彬有礼地互相打招呼，更需要把各自的表述嵌置到同一条生活之流之中。

## 肆 站在思想的高墙上

只有站在思想的高墙上，才有可能达致综观，看清楚那些沟壑，明白哪一条是死路哪一条是活路。唯有如此，我们才能在既看到差异的同时又看到联系，从而构成全面的理解。

# 壹

## 金斯堡得不到，阿曼达甩不掉

身为一个俗人，坏处是不知道该如何向别人解释自己。我的一个朋友，30岁辞职回家，自在逍遥之余，发现最让他尴尬的事情在于，除了年龄，找不出任何坐标。坐地铁容易过站，读网络小说，闲时喜欢啃指甲撕纸条以及在阳光下发呆，不吃韭菜不吃洋葱不吃狗肉和羊肉……所有这些鸡毛蒜皮、不知所谓的特征描述都很难拿出来与人分享，更不足以让一个人自为且强大。相比之下，能够毫无保留地投身于"主义"的人是幸福的。

电影《风声》结尾处，老式轿车穿行在"云深不知处"的山路上，画外音传来顾晓梦的遗言："我不怕死，我怕的是我爱的人不知我因何而死，我身在炼狱留下这份记录，是希望家人和玉姐原谅我此刻的决定，但我坚信，你们终会明白我的心情。我亲爱的人，我对你们如此无情，只因民族已到存亡之际，我辈只能奋不顾身，挽救于万一。我的肉体即将陨灭，灵魂却将与你们同在。敌人不会了解，老鬼、老枪不是个人，而是一种精神、一种信仰。"

这段遗言虽然是用"摩斯密码"偷运出来，但事实上，顾晓梦是大声地、一字一句地在向世界宣告“我——是——谁”。面对这段告白，一位网友坦承：“不能看……每看一遍泪奔一遍……”原著作者麦家的解释是这样的：“人生多险，生命多难，我们要让自己变得强大、坚韧、有力，坦然、平安、宁静地度过一生，也许唯一的办法就是把自己‘交出去’，交给一个‘信仰’。”

某种意义上，顾晓梦是有幸的。“民族已到存亡之际”，这几乎是一个让热血青年坚决赴死的不二理由，顾晓梦们可以笃定且幸福地把自己的生命交付出去，并在那个更高的存在者之中变得坚强，变得宽广。也正因为此，我总忍不住怀疑，让网友们泪奔不止的真正原因在于，时至今日，我们已经无从把自己交付出去，我们找不到一个合适的理由或借口，那个曾经能够让我们“变得坚强，变得宽广，敢于去承担，去挑战，去赢得”的“信仰”不见了，每个人都提溜着无处安放的自我在人群中游荡……

麦家告诉我们，那个值得交付的对象“可以是一个具体的人或组织，也可能是一个虚无的人或组织”，要点在于要“让这个你终生信仰的‘人或组织’陪伴你，与你同呼吸，心连心”。这话说得真诚，但不知怎的，我总会想起2008年那个流行的段子：《色，戒》，女人是靠不住的；《投名状》，兄弟是靠不住的；《集结号》，组织是靠不住的。

这个春天有另外一部流行的电视剧《潜伏》，里面有一个叫做谢若林的家伙，自称没有主义没有信仰一心一意只做谍报生意。谢若林有一段台词很经典：“这未来和平了，就没有主义了，有什么呢？只有钱，你信不信？”我们应该庆幸余则成当时没听信他，否则后来千千万万个余则成就没有了赚钱的机会。当然，为了不让谢若林妖言惑众，我们也必须站在哲学的高度揭露谢若林的自相矛盾之处——他其实也是有主义“护体”的人，这类人一般被称作拜金主义者。

谢若林也好，余则成、顾晓梦也罢，人这一生，迟早会把自己交付给一个比自己更高的存在者，或者上帝，或者组织，或者爱人、诗歌、金钱，以及各式各样千奇百怪的主义……问题在于，你在交付之前，是不是经过百转千回的痛苦思索和挣扎？在交付之后，在那个更高的存在者的阴影下面，你能否还保有哪怕一丁点儿的怀疑和反思？太过轻易地委身于人，总让人怀疑之前的挣扎缺乏真诚。交付之后便意志坚定地把它当作福音传递他人，则是一种让人难以忍受的蒙昧，哪怕它以信仰的面目呈现。

那天上网溜达，看朋友写她的朋友，说：“她是这样一个人：和平主义者、素食主义者、女性主义者、同性婚姻支持者、动物保护主义者、积极的悲观主义者，也就是一个西方的自由左派。”女孩儿叫做 Amanda，听说她快要和她的男友掰了，原因是两人激辩了大半夜，都没说服对方同性恋到底是 natural（自然的）还是 unnatural（不自然的）。Amanda 在反省：“我反应过度了吗？”

“钥匙在窗台上，钥匙在窗前的阳光里，我拿着这把钥匙。结婚吧，艾伦，不要吸毒……爱你的‘妈妈’”——这是疯人院里的母亲给金斯堡最后的便条。

我知道金斯堡没有听他妈妈的话，我希望 Amanda 不会和她的男友分手。

（2009 年）

## 让我们担忧我们的童真吧

这年冬天我在牛津大学访学，每天下午从哲学系的图书馆出门右转，沿石子路向西，百米开外左手边的 Merton 学院，70 年前，翻译家杨宪益先生曾在这里就读。

在自传《漏船载酒忆当年》里，杨先生回忆说，当年牛津大学校规森严，晚 10 点后禁止学生光顾附近的小酒馆，天性好玩的他多次超出规定时间返校，或者翻墙而入，或者从运煤通道滑行而入。

70 年弹指一挥，而今斯人已逝，留下包括《红楼梦》在内的皇皇千万言译著。出于好奇，我上网搜索百度百科之牛津知名校友录，始终没有找到杨宪益的名字。与约翰•洛克、雪莱、T.S. 艾略特、史蒂芬•霍金、比尔•克林顿同列其中的中国人只有两位，一个是大名鼎鼎的钱锺书先生，一个是仍旧在读的薄瓜瓜同学。

我不知道杨宪益是否有资格成为牛津的知名校友，我所知道的是，1994 年 3 月他荣膺香港大学名誉文学博士学位，一道获此殊荣的还有特雷莎修女。好玩的是，杨宪益为此写诗自嘲：“相鼠有皮真闹剧，沐猴而冠好威风。”1965 年，杨夫人戴乃迭女士曾经在歌颂伟大领袖的英文译稿上写下评语：Childish（幼稚的）！我猜想杨宪益断然不会在意“牛津知名校友”这样的虚名，倘若他知道这个榜单，一定也会用“Childish”一笑置之。

Childish 虽然不是什么好词，但也不算太严厉的谴责，无非是幼稚、愚蠢而已。在爱人的眼里，一个幼稚愚蠢的男人没准还是可爱成分多一点，尽管历史反复提醒我们，一大群幼稚愚蠢的成年人聚在一起，常会折腾出史无前例的闹剧乃至悲剧。我的英国房东 Nick 告诉我，相比 Childish 的负面意义，另一个词 Naïve 有时候倒是语含褒扬的，可以用来形容一个人的品行思想“天真”或者“率直”，以至于英文里有“Beautiful naïve”（美丽的童真）的说法。

《红楼梦》第五回，贾宝玉随秦可卿入上房内间歇息，劈头看见对联“世事洞明皆学问，人情练达即文章”，极为不爽，立时大叫：“快出去！快出去！”在我看来，贾宝玉的反应够 Childish，但还称不上 naïve，与 Beautiful 就更加没有关系。对于成人世界之脏乱差的生理性反应，每一个少年人都曾经体验过，只可惜此类出于本能的自我保护机制，通常不会长久，迟早总要消耗殆尽。宝玉躲得了对联，却躲不开无所不在的世道与人心，到头来只能削发归隐，落得个白茫茫大地真干净。王夫之的“其上申韩者，其下必佛老”，说的正是这个意思。

相比之下，杨宪益虽然身世坎坷，其很多行为却真正称得上是“Beautiful naïve”。1981 年杨宪益随团访问爱尔兰，在告别晚会上，爱尔兰方面由一个歌唱家演唱了一首婉转动人的情歌《丹尼男孩》，作为回应，中方代表团合唱了《五星红旗迎风飘扬》。杨宪益回忆说，因为团里没有专业歌手，所以“听众们有礼貌地鼓掌，但不热烈”。杨当时觉得“让晚会如此结束实在太糟了”，于是他自告奋勇提出也要唱那首《丹尼男孩》。结果时年68岁的杨宪益拿着临时借来的歌词，借着酒劲尽情地高唱起来。“我的演唱获得完全的成功，听众们向我发出长时间的雷鸣般的热烈掌声，大家纷纷站起来，跟我一起唱……有些女士甚至感动得流下热泪。我这么说可能会给读者一个错误的印象，以为我的嗓音一定很美，但事实上，满不是这么回事。我只是抓准了那个晚会的根本精神：充满友情和非常愉快……”

晚年的杨宪益曾经做诗《自勉》：“每见是非当表态，偶遭得失莫关心。百年恩怨须臾尽，作个堂堂正正人。”按我的理解，杨宪益从未想过做烈士，“虽千万人吾往矣”的壮怀激烈他有过，但归根结底，他没有烈士情结；杨宪益当然也不是圣人，他喜欢曹操，只是因为二人志同道合，一样都喜欢“诗、女人和酒”。在杨宪益漫长的95年人生里，他始终怀抱一颗“Beautiful naïve”的心灵，言所当言，行所当行，至死不改。

我曾经把《自勉》转贴到网上，有学生这样回应道：“见是非而不鲁莽表态，智也。”读到回帖的那一刹那，我突然想起15年前听过的一首歌：“没人知道我们去哪儿，你要寂寞就来参加，你还年轻，他们老了，你想表现自己吧！太阳照到你的肩上，露出你腼腆的脸庞，你还新鲜，他们熟了，你担忧你的童真吧！”

让我们一起担忧我们的童真吧！

（2010年）

## 射象者布莱尔

1922年，年仅19岁的英国人埃里克·布莱尔远渡重洋，来到下缅甸的毛淡棉服役。他的正式身份是印度皇家警察的分区警官，这个工作让他时常感到焦虑和烦躁：殖民地的反欧洲情绪非常强烈，尽管没有群体性的抗争事件，只是漫无目的地在小事情上发泄发泄，但是天天被当地的百姓揶揄嘲笑和起哄，也不是什么让人愉快的事情。

一天清晨，布莱尔接到电话，说有一头发情的大象正在市场横冲直撞，问他能否处理一下。不知所措的布莱尔挂下电话，拿起一支小口径的步枪就骑马上路了。

这头大象不仅夷平了一座竹屋，踩死了一头母牛，撞翻了几个水果摊，而且还踏死了一个印度人。可是布莱尔并不想射杀大象，手上的这支步枪口径太小威力不够，他的初衷只是用来自卫。当他终于发现那头大象的时候，它正在安详嚼草，看上去像一头母牛一样没有危险；而且在当地，打死一头能做工的象等于是捣毁一台昂贵的巨型机器。

然而，形势的发展已经不在布莱尔的掌控之中。他的身后簇拥着两千多名兴致勃勃等着看戏的当地人，布莱尔意识到，如果自己不开枪就成了不折不扣的傻瓜。于是他换上另一把威力更大的步枪，开始朝大象射击。

事实证明，这是一场彻头彻尾的灾难，年轻的布莱尔不了解射杀大象的诀窍，他把枪膛里的子弹一次又一次地射向大象的头脑、心脏和喉咙，直到用光所有的子弹，那头可怜的大象也没有在他的面前彻底死去……

布莱尔的射象行为在殖民者内部引发不小的争议，但只有布莱尔本人清楚，他射死那头象的真正动机只是“为了不想在大家面前显得像个傻瓜而已”。

对于布莱尔的这个动机，心理学上有一个很专业的术语叫做“暴露焦虑症”，也就是“惧怕在人前示弱”，它的基本逻辑是“认为如果行事不能坚定不移，则自身的社会地位也会遭到贬低”。

美国学者肖尔说，暴露焦虑症的患者可以是个体，也可以是国家。当布莱尔被两千多名当地人围观的时候，他不仅仅是一个两股战战的19岁白人小孩，更是合法性日益衰微的大英帝国在远东的符号和化身。

布莱尔必须开枪，不仅因为大英帝国不能“示弱”，而且因为大英帝国需要回应身后那两千当地人的“民意”——这些家伙正提着桶和篮子在等着瓜分象肉呢！

布莱尔事后这样回忆：“一旦白人开始变成暴君，他就毁了自己的自由。他成了一个空虚的、装模作样的木头人，常见的白人老爷的角色。因为正是他的统治使得他一辈子要尽力锁住‘土著’，因此在每一次紧急时刻，他非得做‘土著’期望他做的事不可。”

更加悲剧的是，布莱尔虽然开了枪，却仍旧没能逃脱成为“傻瓜”的结局。原因很简单：首先，布莱尔未能将大象一枪毙命，这十足暴露出布莱尔这个“白人老爷”的愚蠢和笨拙；其次，布莱尔虽然积极回应了民意，却没能换回民心，那些瓜分象肉的“土著”不会感激他，大象的主人对他心存怨恨，就连他的欧洲同胞也认为因为一个苦力而开枪打死一头大象太不值了。

有趣的是，对于这种“在紧急时刻非得做土著期望之事”的国家，政治学上也有一个很专业的术语，叫做“回应性威权政府”（responsive authoritarian）。据说这种统治模式的特点在于“责任”(responsible)、“回应”(responsive) 和“问责”（accountable），优势在于“高效率”。

可是问题在于，当公民缺乏独立的政治渠道和司法渠道去影响或者改变政府决策与行为的时候，单方面地强调地方官员的“责任”与“问责”，只会激化问题本身，这是因为地方官员为了规避责任，要么采取高压手段绝不示弱，要么不惜一切代价收买民意，无论是哪一种方式，都只会激励民众在下一次采取更加极端而不是理性的行动。于是在这种恶性循环的局面下，一个患上“暴露焦虑症”的国家越是注重它的“回应”职能，就越有可能成为布莱尔所说的那个“空虚的、装模作样的木头人”。表面上的高效率，换来的却是资源的高度透支和信用的高度透支。

1922年，布莱尔只有19岁，他对于身边的事情还很困惑，他太年轻，没有受过什么教育，还看不清帝国主义、殖民主义以及一切极权政府的虚弱本质。直到23年后，他写出了《动物庄园》，又过3年，《一九八四》出版，所有人都知道了他的另一个名字——乔治•奥威尔。

(2010年)

## “不就是”与“又怎样”

我有一个朋友，喜哲学好思辨，最常用的口头禅有两个，一为“不就是”，二为“又怎样”。这两个说法看似平凡无奇，其实杀伤力超强，前者消解一切理论差异，后者取消所有行动意义，双“枪”在手，连环出击，无往而不利。

前不久他来信说：“近读《杨宪益传》，开始慢慢了解那些不曾知晓的历史……但转念一想：政治不就是权力之争吗，谁比谁更具道德优势呢？再者说了，虽然每个人都有权利知道真相，但或许不了解真相反倒比了解好——了解了又怎样？或者继续遮掩，或者告白天下，但是到底哪一种对人们更好，却也未为可知。”

细心的读者应该能够从中发现“不就是”与“又怎样”的踪迹：政治“不就是”权力之争吗？所以，谁都别太把自己当根葱，充其量五十步笑一百步，彼此彼此。了解真相或许是重要的，但了解了“又怎样”？既然行动是没有意义的，我们注定无法改变这个世界，还不如在一块红布下安心过活，如果慧根足够，没准还能在“红尘白浪两茫茫”的自我慰藉中过上幸福人生。

“不就是”与“又怎样”的逻辑看似深刻，但仔细想想错漏百出。谁说五十步和一百步没有区别？“西红柿是水果”和“西红柿是板凳”，都是错，但此错与彼错何止五十步之遥。类似地，自由主义是意识形态，法西斯主义也是意识形态，同为意识形态，二者当然有云泥之别！

除了“不就是”和“又怎样”，这个朋友还钟爱另一个有趣的句式：“现实是很坏的，但现实向来是很坏的。”这句话时常让我想起狄更斯在《双城记》中的那句名言：“那是最好的时代，那是最坏的时代。”和所有名言的命运一样，人们只记住了这句话的上半句却遗忘了下半句：“……简而言之，那个时代和当今这个时代是如此相似，因而一些吵嚷不休的权威们也坚持认为，不管它是好是坏，都只能用‘最……’来评价它。”

某种意义上，狄更斯的这个观点恰好可以为我这位朋友作注脚：每个时代的人都会对自己的时代充满焦虑，因而常有“现实是很坏的”乃至“这是最坏的时代”的感慨，可是这种以“最……”表达的感慨没准只是一种幻觉，究其根本，每个时代都差不太多——“现实向来是很坏的”。我们之所以对这个时代特别地责备求全，只是因为“这个”时代和我们息息相关、须臾不分，我们忧心忡忡，并非因为这是最坏的时代，而是因为我们身陷其中，所有的希望和绝望都寄托其上。

在一个没有什么道理可讲的社会里，这样一套说给自己听的道理不仅“深刻迷人”，而且有助于安抚我们对于历史和现实的愤怒感。相比之下，在孟京辉导演的《一个无政府主义者的意外死亡》

中，疯子为那个被自杀的无政府主义者设计的自杀理由就显得太过直白和浅俗："生活太复杂了，现实太残酷了，理想都破灭了，我也不想活了。"——这种非要撞出个鱼死网破、你死我活的逻辑一点都不中国。

孟子在和弟子公孙丑探讨仁政的时候说："人皆有不忍人之心。先王有不忍人之心，斯有不忍人之政矣。以不忍人之心，行不忍人之政，治天下可运之掌上。"孟子的这套道理有没有说服历朝历代的皇帝们我不知道，我所知道的是善良淳厚的中国百姓一直在抱着最深沉的"不忍人之心"去体恤统治者，总是积极主动地为他们寻找开脱的理由。

"现实是很坏的，但现实向来是很坏的"，对错是非，往往就在这一转念间模糊了界限，进而为自己的犬儒主义赢得了许多绕来绕去的理由与借口。

心理学史上有一个著名的"斯德哥尔摩综合征"：被长期劫持的人质，不仅会对劫持者产生一种心理上的依赖感，而且会与劫持者共命运，把劫持者的前途当成自己的前途，把劫持者的安危视为自己的安危。如果这个理论成立，那么从犬儒主义者到国家主义者的转变简直就是顺理成章、水到渠成。

我曾经劝告那位朋友，人生观和世界观的问题没法用三言两语打发，但至少我们可以从最初级的语言习惯做起，比方说，一个月内禁止自己使用"不就是"和"又怎样"，在"一转念"思考更复杂的问题之前，先诉诸自己最直接的是非善恶感。没准一个月后，他会有所改变。

（2010 年）

# 笑而不语与中国表情

在前不久的南非世界杯足球赛上，裁判的各种错判漏判层出不穷，以至于常常听到央视解说员这样描述受害方主教练的反应：先是狂怒不已，然后无奈摇头，继而怒极反笑，最后则是：笑而不语。

这样的心路历程我们再熟悉不过，尤其是最后那个表情，充满想象力的中国网民们甚至为它创造出了一个 Made in China 的英文单词：smilence。这一神鬼莫测的表情可以出现在任何场合，比方说某报发表文章《被圈定的“黑老大”到底有多黑？》，有网友回曰“笑而不语”；某专家谈《民主的中国经验》，解析中国为什么没有出现“权利超速”和“民主失败”，一片叫骂之声中，依旧能够瞥见“笑而不语”的网友打酱油飘过……

本该愤怒，却无怒气，典型的状况无非以下几种：孔子说，“人不知而不愠”，这是因为他有超绝的自信和君子的雅量；凤姐“人皆知而不愠”，分明是自我认知发生了极大的偏差；至于“笑而不语”者，我猜想是因为他们自认为早就洞彻了社会现实的丑陋、有限人生的无聊以及世俗权力的愚蠢。

“钢七连”的口号是“不抛弃不放弃”，“笑而不语”者正相反，他们信奉“不纠结不纠缠”，这其中不仅有世事洞明的心照不宣，更有人情练达的隐忍不发。

在某种意义上，我承认比起愤怒与暴力，“笑而不语”没准是一条更好的自我救赎之路。愤怒虽然可以最大程度地被共享，却不会因此造就一个共同体，而只能造就一个暴民团体，它在摧毁一切秩序的同时，也将吞噬每一孤独个体的灵魂。而且，就像歌德所说，愤怒就“像腌鲱鱼，是不可能一放多少年的”，在庞大森严的社会控制力量面前，愤怒、仇视这些应激性的情感终难持久，继之而来的第二反应就是充满无力感的沮丧、无奈和泄气。

所以，至少从表面上看，“笑而不语”者们有足够的理由感到自豪，因为他们不仅战胜了怒气，赢得了快乐，而且还在相视一笑的默契中体会出智商和情商的双重优越感。

可问题的关键在于，你的笑而不语也许克服了个体的暴力，却更大地鼓励了国家的暴力。伏尔泰说：“真正的喜剧，是一个国家的愚蠢和弱点的生动写照。”有人认为伏尔泰在说这句话的时候，脑子里想的是暴力与天真常常结对出现。换言之，暴力和天真其实是互为前提、因果相生的：暴力催生天真，天真进一步助长暴力。

如果这个说法没错，那么几年前的“艳照门”无疑算得上是一场“真正的喜剧”，因为它至少为我们留下了两条最生动的时代注解：一个是“很黄很暴力”，一个是“很傻很天真”。试造句如下：中国股市很黄很暴力，小散们很傻很天真；中国足球很黄很暴力，球迷们很傻很天真；中国楼市很黄很暴力，房奴们很傻很天真……

当然，“笑而不语”者一定会拒绝对号入座，在他们看来，尽管上位者很黄很暴力，自己却不傻不天真。何止不傻不天真，简直就是众人皆醉我独醒、举世皆浊我独清。然而他们没有想过，历史往往不会精挑细选，为每个人的功过得失仔细打分，而是一股脑地进行打包处理。

当年赵高指鹿为马、晋惠帝睁着一双无辜的大眼睛说“何不食肉糜”的时候，左右的臣民何尝不是心存鄙夷却又笑而不语？时至今日，指鹿为马已成千古笑谈，笑话里的主角却不独是赵高，还有身边那些唯唯诺诺、笑而不语的人。

从躲猫猫，喝开水，系鞋带，睡觉死一直到发狂死，毫不夸张地说，我们正生活在一个集体裸奔的时代，各种语录和轶事变本加厉、层出不穷。我怀疑，终有一日，后人会像嘲笑晋惠帝一样嘲笑我们，因为我们的笑而不语。

也许唯一值得庆幸的是，“笑而不语”这个中国制造的表情尚未成为“中国表情”，否则十三亿中国人全都长着一张拈花微笑的脸，那还真是件很穿越的事情。

（2010 年）

## 烈士与傻子

彼德是个不折不扣的英国人，父母早年在华北一带传教，他生在台湾长在台湾，打小就在幼儿园里学说"'共匪'来了"。时间一晃过去几十年，"共匪"仍旧没有打过来。于是彼德决定追随穆罕默德的教诲——既然山没有到穆罕默德这边来，那穆罕默德就到山的那边去。

彼德在大陆的时候，专攻中国政治思想史，尤其对明朝这一段感兴趣。第一次见到彼德的时候，他正在牛津中国研究中心每周五例行的 Coffee Time（咖啡时间）上大谈方孝孺的"烈士"精神。作为从"山那边"来的人，彼德对我充满了期待，尽管我最近读过的"历史书"是《明朝那些事儿》。

喝完咖啡，他从书架上抽出新鲜出炉的一篇英文论文《1402 年篡权时期对烈士的尊崇》给我。当晚，他又追加了一封Email，内附"方孝孺网"上的文章《方孝孺与姚广孝：活得不明白 VS 活得很明白》。彼德很客气，约好过完新年找时间和我好好聊聊。

圣诞过完，我决定开始"备课"。先从那篇网文读起。《明史》

中描写的姚广孝和方孝孺，一为“目三角，形如病虎”的方外和尚，一为“双眸炯炯”、“虽粗蔬粝食，视其色，如饫万钟者”的读书种子。作者李国文开宗明义，这二人虽然同为知识分子，却分属两类，“姚是明白人中极明白的一类，绝不做傻事，方则是看似明白，其实并不明白的一类，常常倒做不成什么事。”至于两人的遭遇，地球人都知道：“一个辅永乐，得到大成功，一个佐建文，结局大失败。”

全文不长，却被网络编辑切成了十页，或许是有意，或许是无心，第十页只有一句话：“活着，就是一切。”老实说，这句话看得我面热心跳。根据我不可考的记忆，几年前去世的中国哲学史家张岱年老先生曾经说过类似的一句话：“活着，就是一种成就！”虽然犬儒和隐忍，投降与妥协，差别从来只在一线之间，但我还是愿意相信“活着，就是一切”与“活着，就是一种成就”有着根本的不同，因为前者很轻易就滑落成为“一切就是为了活着”，而后者多少包含着某种温和的坚持，以及坚持之后的通达。

作为红旗下的蛋，我从小只知日本人的“三光”政策没有天理，直到最近才辗转从余英时那里了解到，原来中国历史上对于“三光”还有另外一番解释：范仲淹批评朝政，主张“宁鸣而死，不默而生”，一生被贬放三次。第一次送行，朋友们说：“此行极光。”第二次大家说：“此行亦光。”最后一次说：“此行尤光。”他笑答道：“仲淹前后三光矣。”

胡适谈及方孝孺时曾说：“外人常说中国很少殉道的人，或说为了信仰杀身殉道的很少；但仔细想想，这是不确的。我们的圣人孔夫子在二千五百年前就提倡‘有杀身以成仁，毋求生以害仁’，这是我们的传统。”胡适的逻辑不够好，外国人其实说得没有错，一来他们没说中国“没有”殉道的人，二来中国虽有杀身成仁的传统，但这样的传统从来只在文字上提倡提倡，更多的人只想安静地生活，或者簇拥在“前后三光”的范仲淹左右与有荣焉。

对于方孝孺这类“活得不明白”的人，我们的传统是把他们叫做“傻子”的，外国人不是这样，傻子（idiot）这个词在古希腊文里的原义是“不关心公共事务”的人。这个观点真是有趣，它与中国人今天对于傻子的理解恰好满拧：我们在现实生活中更多地称那些不关心个人事务只关心公共事务的人是傻子。想想影视剧里妻子最常出现的唠叨：不要那么傻，那些事情与你何干？为什么就不能好好地过咱们的日子？！

二战期间有这么一个真实的事情，一位走出纳粹集中营的德国神甫忏悔时说：“纳粹追捕共产党人的时候，我没有说话，因为我不是共产党人；纳粹屠杀犹太人的时候，我没说话，因为我不是犹太人；然而，当纳粹的屠刀举向我的时候，没有人替我说话……”对此，早生三百年的洛克有一个说法很精到：“人们是如此愚蠢，他们小心翼翼地不让臭鼬或狐狸伤害自己，却心甘情愿地被狮子吞食，还认为这很安全。”

我希望我们不要成为这样的 idiot，如果读书思考不能提升我们的气节或者品格，至少能让我们明白这样一些基本的事理。

今天上午我刚给彼德回了一封信，告诉他李国文的那篇文章我其实没有读完，因为第四页被“拒绝访问”，理由是：“页面包含非法关键字：王爷”。

（2009 年）

## 跳来跳去的罗素

若以“引刀成一快，不负少年头”的革命气节作为标准，罗素绝非立场坚定之人，哪怕他毕生反战，为此先后入狱两次，也依旧摆脱不了——请恕我借用一种久违了的政治话语——小资产阶级知识分子先天的脆弱性和动摇性。

这个特点在第一次世界大战结束的当晚一览无遗。1918 年 11 月 11 日 11 时，当广播中传来停战消息，人群从伦敦的各个角落蜂拥而出，陌生的男女在路中相遇并接吻，空气里满是节日与荷尔蒙的味道。出狱仅仅两个月的哲学家罗素先生混迹人潮之中，虽然对于这一刻的到来期盼已久，此时却像十足的文艺青年那样旁观着众人的快乐，感到“一种异样的孤独，仿佛是从另外一个星球偶然落到地球上来的一具幽灵”。

之所以会有如此不合时宜的疏离感，是因为罗素清醒地体认到自己从来都不属于任何一个阵营：“我想象自己是一个自由主义者，一个社会主义者，或者一个和平主义者，但是就其深义而言，我从来不是其中的任何一种人。”这种怀疑论的念头就像春天里的小蛇蠢蠢欲动，让罗素虽然渴望与人群融为一体却每每产生自欺欺人的幻觉，并一再诱使他对各种主义和行为的意义心生疑虑。

事实上，早在一战爆发之前，罗素就深陷于难以自拔的纠结之中：作为爱国者，他热切地盼望德国人战败；作为人道主义者，他痛恨一切对青年人的大屠杀；虽然最后他义无反顾地投身到反战运动的洪流之中，但在骨子里罗素总忍不住怀疑和平主义的行为完全是“徒劳无益”的。有趣的是，帮助罗素打消虚无感的恰恰是他的对手。来自伦敦法院的起诉，剑桥三一学院对其讲师资格的剥夺，以及 1918 年 5 月被投送入监，这一切政治高压行为都明白无误地告诉罗素：政府并不认为他的抗议活动是徒劳无益的！

罗素的动摇不定还表现在他对于新生的苏维埃政权以及四分五裂的中国社会的复杂心态上：他厌恶布尔什维克主义的粗鄙轻薄与蛮横冷酷，却承认“这正是此时此刻俄国所需要的政府”；他从不提倡民族主义和军国主义，但自问如果中国人反问他，在西方列强虎视狼窥的情况下，不提倡民族主义和军国主义，中国何以救亡图存？他自己却也无言以对。

这种优柔寡断的思想作风让罗素在风云激变的非常时刻显得很不给力。他对苏联和中国的访问都不怎么成功，那些热衷于布尔什维克的北京学生们不喜欢他的渐进主义论调，而胡适也对罗素的中国到自由之路前必先经历“专政”阶段的观点耿耿于怀。

罗素的尴尬之处在于，他虽摇摆不定，却又绝不是左右逢源，这让我想起崔卫平女士批评电影《太阳照常升起》时的几个妙论。她说，“作为一个持不同梦想者”，导演姜文的最大问题在于“在自己的道路上走得不够远。刚走几步，就不放心起来，就要看看别人正在干什么，或者生怕别人不知道自己正在干什么。在这种情况下，步伐就会变得十分迟疑、摇晃，就会显得是‘跳来跳去’的……”相比之下，崔卫平更欣赏《海上钢琴师》中那个演奏家的果敢决绝——“他们这种人抱定决心，将空中楼阁进行到底。如此创造了另外一套不同于这个世界的王国与秩序，这个才有看头啊。”

罗素的摇摆不定看似与姜文的跳来跳去并无二致，但却有一个根本的不同：姜文是一个电影筑梦师，而罗素则是一个现实世界的批判者。对于姜文，人们可以要求他在电影世界中将空中楼阁进行到底，可是罗素却无法容忍自己成为这样的狂热迷信之徒，因为他深知在复杂的历史处境下面，没有人可以一劳永逸地置身于理性、真理和光明的世界，而将敌手贬为愚昧、荒谬和黑暗的另一边。

1950 年，78 岁的罗素因“捍卫人道主义理想和思想自由”荣膺诺贝尔文学奖。在颁奖词中诺贝尔委员会形容罗素“既是一个怀疑论者又是一个乌托邦主义者”，这个判断可谓一针见血，恰如罗素本人所言：“我绝不会为我的信仰而献身，因为我可能是错的。”

不消说，罗素这样的人越多，建设人间天堂的可能性就越小。不过罗素虽然缺乏为任何信仰献身的死亡意志，但却有捍卫个体尊严的匹夫之勇：“且不说我是否在做任何有益的事情，如果我不继续做的动机竟似乎是对其后果的恐惧,那么我是决不能罢手不干的。”

免于恐惧的自由，这是罗素所真正坚持的思想和行动底线，也正是这一点，让跳来跳去的罗素与所有的虚无主义者和犬儒主义者都划清了界限。

(2010 年)

## 笑眯眯的印度乞丐

有朋友去印度开会，回来谈观感，印象最深的是印度的“哲学家”很多，喜谈精神性，连政治家都愿意附庸风雅，而且个个能说会道。由于历史的缘故，中国学者多半说不娴熟的英语，印度学者则说娴熟而我们听不懂的英语。不过，印度人虽然普遍使用英语，除了民主政治外，一般生活方式上西方化的程度却比中国低，比如麦当劳很少，圣诞节也没中国热闹。朋友说，印度人似乎比较快乐，乞丐要钱总是笑眯眯的，即使要不到钱也不改脸色。

最后这点让我尤其感兴趣，印度乞丐总是笑眯眯，我猜想很可能与挥之不去的种姓制度有关系。查维基百科，种姓制度在印度始于公元前20世纪，是藉由许多不同的标准建立起来的一套相对阶序：包括是否吃素、是否杀牛以及是否接触尸体……种姓制度将印度人区分为婆罗门、刹帝利、吠舍与首陀罗四个阶层，并在英属殖民地时期固化为边界森严的等级制。虽然早在1947年独立之时，印度就在法律上废除了种姓制度，政治上也逐渐迈入民主时代，可是种姓制度在社会实际运作特别是社会心理层面上依旧影响深远。这或许就是印度乞丐始终面带笑容的文化心理根源：由于对自己的身份、地位和命运抱持与生俱来的宿命感，所以少抱怨，也少不平。

种姓制度有千般不是，与现代民主社会也格格不入，可是笑眯眯的乞丐却着实是一个意料之外的“红利”。托克维尔在《民主在美国》中说，“民主的各种制度激发并讨好人们对平等的激情”，然而问题在于，再民主的社会也不可能达成完全的平等，所以民主的一个负面效果就是“最大程度地发展了人心中的嫉妒情感”，“人们越平等，他们对平等的渴求就越难满足”。于是，就有了如下这个看似悖谬的现象：“当不平等是社会通则时，最大的不平等都见怪不怪。但当一切都已或多或少抹平时，最小的差距都引人注目。”

德国哲学家马克斯•舍勒把平等所激发的欲望和嫉妒进一步定义为现代社会的基本情绪——“resentment”（愤恨或怨恨）。舍勒的判断与托克维尔相去不远，他认为在一个政治权利与社会财富分配上接近平等的民主社会中，愤恨可能是最小的；而在一个内在等级制度森严的社会中，愤恨也会很小。这种忍无可忍、一触即发的愤恨情绪往往会在如下社会中急遽地堆积起来：平等观念与权利观念已然深入人心，但现实的权力与财富却出现极大分化，身处这样的社会，人人都觉得有“权利”与别人相比，但“事实”上又不能相比，天长日久，普遍的仇富心理就会不可遏止地流行开来。

舍勒相信愤恨是魔鬼：报复感、嫉妒、阴恶、幸灾乐祸、恶意这些毒性极强的负面情绪在现代人的内心纠结翻腾，敲骨吸髓贻害无穷。但是舍勒没有看到的是，愤恨也有积极的一面，它甚至可能促成并造就一个正义的社会。

有排队经验的人都了解，如果你花了一个下午循规蹈矩地安心排队，到头来却被插队者捷足先登抢去最后一张票，这时候你就会有“气血翻涌”的愤恨情绪。作为一种反应性态度，愤恨是一种“我们为自己而要求于别人的考虑”，它最直接也最强烈。问题的关键在于，并不是所有“因别人未能满足自己的要求而产生的不满”都是愤恨，这一点尤其需要明确，否则以愤恨为重要特征的正义感将直接等同于自我中心主义。香港大学的慈继伟教授指出，使某人产生愤恨的必要条件包括如下几点：1. 其他人的行为违背了“非个人性规范”（impersonal norms）；2. 其他人的这种行为侵犯了某人的个人利益；3. 某人在相当长一段时间内没有违背过非个人性规范或者说道德规范，尤其是针对那个侵犯了某人的人而言。

根据以上标准，排队者对插队的人之所以感到愤恨，不仅因为他们违背了“不准插队”的社会规范，更重要的是插队行为严重损害了排队者的个人利益。由此可见，愤恨是一种“特殊的、既含道德愤慨又含利益计较的”情感反应。作为一种道德情感，它有别于纯粹的怨气——那些因为来晚了没买到票的人心怀的是怨气而不是愤恨；作为一种涉及自我利益的情感，它又有别于纯粹的义愤——我作为路人去制止插队现象是出于义愤而不是愤恨。也正因为此，愤恨才有可能成为个体追寻正义的根本动机。

笑眯眯的印度乞丐不愤恨，他们安天知命，可以通过精神性的诉求来安慰人生的不公。相比之下，仇富者的愤恨情绪尽管有正当的成分，但因为纠结了太多的怨气和嫉妒，所以最终将吞噬每一个体的灵魂。在平等意识深入人心的今天，如何正确地转移、释放和化解社会愤恨情绪，将它疏导成社会正义的普遍心理诉求，这是现代社会的一个难题。

（2009 年）

## 活着，还是死去？

12 月 13 日的《南方周末》有两则关于死亡的报道：一个是中国人民大学文学院的教授余虹，一个是生在抚顺死在巴黎的下岗女工刘春兰。

都是知天命的年龄，在一个知识改变命运的时代，有知识的人选择像飞鸟一样跃出窗户，没有知识的人为了躲避法国警察的遣返而不慎失足跌死。一个不愿苟且偷生地活所以选择有意义的死，另一个努力苟且偷生地活最终却没有意义地死。两个人都没有赢得与命运的赛跑。前者让我哀伤，后者让我悲伤。

谈及一个人的生死抉择，我总倾向于不可能仅仅只有形而上的焦虑，一如不可能仅仅只有形而下的困顿。在最隐秘的根本问题上，我们能够拿出来与人分享的都是一些无足轻重的细节或者大而化之的话语。就此而言，我不愿轻易揣度自杀者赴死的理由。

在《一个人的百年》中，余虹说："这些年不断听到有人自杀的消息，而且大多为女性。听到这些消息，我总是沉默而难以认同那些是是非非的议论。事实上，一个人选择自杀一定有他或她之大不幸的根由，他人哪里知道？”3 个月前的余虹在写下这段文字时，有没有预见到 3 个月后这么多的人在为他的死赋予更多的意义？

“在正午，一个尼采式的时间，他从高空坠落，像一片落叶？抑或一只飞鸟？”——这是朋友的解读。而在官方的说法中，余虹的死因被判定为“因胃病引起的抑郁症”。形而上的理由为死者开脱，形而下的原因为生者开脱。但这都已经与死者没有关系了，哈姆雷特说，谁知道那死亡之地是个什么样子？也许死比生更糟，谁知道呢？

所以我不愿揣测更不愿渲染余虹死的意义和价值，这终究是一个个人的选择。生存还是死亡，面对这类终极性问题的逼问，必须要由个体的践履来给出答案，任何理论上的澄清和文学上的抒怀说到底都只是旁敲侧击和隔靴搔痒。

在一次私人聚会中，同为海德格尔专家的陈嘉映问：我们需要治愈屈原吗？这个问题让我长久思考。我相信，任何一个时代，无论最好还是最坏，都不可能从根本上治愈屈原，也不可能从根本上治愈余虹——总有人会选择有意义的死。但是对于更多的普通人来说，治愈一个时代就可以治愈他们。

3 年前，刘春兰 48 岁，一个下岗女工，干过缝纫店的裁缝工，护理过老人，给饭店洗过碗，月收入最多时不过 500 元，最少时只有 100 多，就是这样一个在现代社会完全丧失竞争能力、被历史脚步甩出队伍的中年妇女，“为了给儿子一个体面的婚礼，作了一个大胆的决定——出国。”

感谢《南方周末》的记者选择“体面”这个词作为刘春兰活下

去的动力。为了给儿子一个体面的婚礼，刘春兰要“忍受人世的鞭挞和讥嘲、压迫者的凌辱、傲慢者的冷眼、被轻蔑的爱情的惨痛、法律的迁延、官吏的横暴和费尽辛勤所换来的小人的鄙视”。可是我相信，在失足跌落的刹那，刘春兰想到的依然是生，哪怕这个制度带给她的只是羞辱和不体面。

在《正派社会》（*The Decent Society*）这本书中，政治哲学家马格利特指出，荣誉和羞辱在人类生活中占据核心的位置。前者是一种善，后者是一种恶，由于在铲除恶与增进善之间存在严重的不对称关系，消除令人痛苦的恶要远比创造让人愉悦的善更为紧迫。所以消除羞辱应该优先于给予尊敬。马格利特说，这个时代最为紧迫的问题是建立一个“制度上不羞辱任何人”的社会，这些羞辱包括贫困、无家可归、剥削、恶劣工作环境、得不到教育和健康保障等等。而只有那种在制度上做到不羞辱任何人的社会才可以被称作是“Decent”，也即正派，或者，体面！

没有人了解这三年刘春兰是怎样过来的，即便是家人，也只知道一个最为抽象的大概：“借了 7 万元钱，来了；还完了 7 万元钱，死了。”

12 月的人大校园，可以看见很空旷的天空，冬日微弱的阳光不温暖，但晃眼。歌德临终前大声说：“光明！光明！更多的光明！”西班牙作家乌纳穆诺后来听说了这句话，反驳道：“不，温暖，温暖，更多的温暖！因为我们是死于寒冷，而不是死于黑暗。让人致命的不是夜晚，而是严寒。”光明与温暖不是理应同在的吗？为什么会有光明但寒冷的地方，或者黑暗但温暖的所在呢？

我坐在人文楼的办公室里敲打这些文字，余虹的办公室应该就在楼下的某一间，但我想得更多的是那个死在巴黎的女人。

12 月 13 日实在是一个值得纪念的日子，70 年前的这一天，日本人占领了南京城，30 万条生命从此成为玄武湖畔的冤魂。70 年后的这一天，一个不愿苟且活着所以自愿赴死的教授的追思会正在举行。与此同时，人们知道了一个女人为了体面地活着而在巴黎死去。

（2007 年）

## 大学校园中的“无名氏”

前段时间，收到一个大一学生的来信，回复时我扫了一眼她的电子信箱，尾缀是“pooh”，便追问了句：“你喜欢维尼熊（Winnie the Pooh）么？”很快我收到她的回信：“老师知道么？你是第一个从我的邮箱看出来我喜欢维尼而且向我问的！而且，是我上大学以来第一个在课堂上叫我发言的！是第一个上大学以来问我叫什么名字的……”

她的喜形于色让我颇为感慨。算起来，这个自述“很单纯、很开心、有点幼稚”的孩子很快就要在大学度过将近一年的时光，但在这一年间，很显然她一直处于nameless（无名）的状态，在偌大的校园里忙忙碌碌地出入于各个课堂，就像小马驹儿在没有路标的大草原上没头没脑地四处乱撞，却没有一个老师真正在意过她的存在。

为求证这个现象是否普遍，我在“校内网”（现为“人人网”）上挂了个帖子，征询学生的意见，观点惊人的一致：“多数老师对学生漠不关心”，“回想大学我就是nameless”，“nameless四年并继续 nameless 飘过”……其中一个说法可谓一语道破天机，大学校园盛产“无名氏”，是因为“如今的大学根本就是一个没有人情味儿的自助性社会”。

大学之所以没有人情味儿，首先是因为这个社会缺少人情味儿。启蒙运动以及工业革命之后，传统的礼俗社会（community）急遽变革成现代的法理社会（society），冷冰冰的契约关系代替了温情脉脉的亲缘和友爱，社会如此，学校亦如此。

韩愈有言，师者，所以传道、授业、解惑者也。不夸张地说，如今的大学教师早已把肩上的责任自动缩减为单纯的“授业”。“传道”不符合现代社会科学“价值中立”的基本原则。“解惑”？对不起，没有时间也没有心情。于是我们看到越来越多的大学教师在课堂上异乎寻常地守时，来时无影去时无踪。一个大一的孩子告诉我，这一年来只有两位老师在课堂上给他们留了电子邮箱，其余的人都对学生抱着“敬谢不敏”的漠然态度。

自大学扩招以来，让原本就处于严重失调的师生比例雪上加霜。以我个人为例，这个学期共有两门课程，其中本科生全校公选课有80名学生，研究生专业必修课则有68名学生，面对数日如此庞大的学生，只能采取“讲座”（lecture）的方式进行教学，师生间的互动自然无法顺畅地进行。

公允地说，大学教师没有义务记住每一个孩子的名字。在竞争日趋激烈的今日大学，学生若想脱颖而出，赢得老师的关注和承认，就必须让自己首先变得积极主动且强大——这是基本的生存之道。但是我想说的是，如果只有基于“优秀”与“卓越”才能够得到“承认”和“尊重”，那么绝大多数人终其一生都将注定只是“无名氏”。因为究其根本，“卓越”是一个贵族性的概念，它无法均摊给所有人，而只可能属于少数人。

这个学期我收到大量学生的来信，都在焦虑于为什么周围的同学如此目标明确，为什么自己依旧懵懵懂懂。出于某种补偿心理，他们会一方面忙不迭地参加各种社团活动、社会实践，另一方面又强求自己在考试时门门得优。在这种全方位恶性竞争的氛围下，只可能造就彻底的赢家和彻底的输家。都说大学教育正在堕落成为一种“失去灵魂的卓越”，但是在我看来，更可忧虑的是那些赢家并不因此成就“卓越”，反倒可能因为熟谙了各种潜规则而变成蝇营狗苟的现实主义者，与此相对，输家则因为遭遇挫折或不公而成为愤世嫉俗者和犬儒主义者。无论是哪一种结果，都以丧失灵魂为代价。

黑格尔说，每个人都追求“在他者中的自我存在”，这是一种独立性和依存性之间的微妙平衡。对于那些刚入大学的“小土豆们”，他们的个性与身份认同更多地依赖于教师的培育和关怀。事实上，有时学生并不奢求太多，只要教师真心实意地将他们作为一个有血有肉的活生生的人来对待，学生一定会接收到你的善意与真诚，并因此鼓起更多的信心和勇气。

我在“校内网”挂出那个帖子后不久，一个研一的孩子来找我，说了这样一个故事，某日他因故缺课，一周后当他进入教室时，老师递给他一页纸，说：“你上周没有来，这是给你留的课程讲义。”这个孩子说，研究生这一年里，这是他第一次感觉自己不是“无名氏”。

（2009 年）

## 大学生的“德性”

记得某次监考，开考已过1小时，一个从未在课上露面的学生匆匆进场，西服革履手提公文包，径直来到讲台前，语带诚恳地索取考卷：“老师，我是大四的学生，在东四环那边实习，晚高峰实在太堵了……”

任教以来，类似的“雷人”要求并不鲜见。不久前一位硕士生来信，称明年要申请国家项目出国深造，但学绩分距离标准还有差距，因此“希望老师能够给我一个95分，帮助我把学绩分提高一些”。惊愕之余，我回复道：“这样坦白的要求我还是第一次遇到，我只能说你想拿95分的话，需要你本人的帮助，那就是论文写得足够好！”

当怒气渐消，我慢慢意识到这和学生的人品关系不大，而实在与大学以及整个社会风气关系极深。有德性的人多是被造就出来的，没有德性的人多是被纵容出来的。大学生将会拥有什么样的德性，归根结底要看大学以及社会的现实逻辑在鼓励什么样的德性。

在一次闲谈中，邓正来教授问道，既然在座的各位都笃信法治，那么请问如果你的亲人犯事，你首先想到的是咨询律师，还是迅速在脑海里搜索自己的关系网？举座默然。

大学生应该拥有什么样的“德性”？我以为最迫切的不是智慧、勇敢、节制这样的古典德性，而是“公平游戏”的精神。那两位学生之所以敢于提出非分要求，恰恰是缺乏公平游戏精神的表现。

按说在一个资源相对匮乏且人人自利的环境里，“正义”几乎必然会成为社会制度的首要德性，相应的，公平游戏精神也应当成为公民的基本德性。然而问题的关键在于，依赖于互惠行动点滴积累起来的正义局面非常脆弱，相反，非正义局面的泛滥倒像甲型H1N1流感一般注定流行。

这个学期结束后，一名学生向我抱怨，称某门考试中大半同学都在偷看，监考老师却对此不管不问，于是他愤而起身走到第一排坐下，眼不见为净。我听后一度无语，因为我无法预知下一次他是否仍有起身离开的理由和勇气。

休谟说：“如果我独自一人把严厉的约束加于自己，而其他人却在那里为所欲为，那么我就会由于正直而成为呆子了。”成为呆子仍不可怕，更加可畏的是那些自以为得计的“搭便车者”不仅不会反躬自省，反而会进一步揣测呆子们是“大忠似伪，以博直名”。当社会的普遍心理以偷奸耍滑为荣、以诚信守常为耻，那么社会合作的基础也就接近土崩瓦解了。

一旦学生对努力的意义和分数的公平失去信心，考试就会成为一场勾心斗角的厮杀。随着国家财政投入力度的加大以及各种社会资源的涌入，一个始料未及的后果是，大学的评分体系正日渐丧失原有的功能（如“鞭策学生努力学习、鉴别卓越、鉴定学生成就水平、提高教育质量”），而逐步异化成可以直接兑换现实利益的工具和手段。

事实上，这个战线已经延伸到考场之外，除了学绩分将直接影响到未来的保研、出国以及奖学金的申请，还有更多不确定的因素会深刻影响学生的前途与钱途，比如社会工作的参与程度、师生的私人交情乃至是否参与国庆队列训练，等等。

在如此混乱的评价体系以及巨大的物质利益诱惑下，学生几乎不可能在“所得”与“应得”之间建立起正确的认知，并最终确立起公平游戏的精神。以那位讨要高分的研究生为例，他的逻辑简单又荒谬：因为他需要这个分数来出国，所以他不仅必须而且应该得到它。相比之下，那个大四学生尽管同样缺乏公平游戏精神，但是他的理由却要“充足”许多：临近毕业、就业环境恶劣、全校公选课之易通融、北京的交通状况、学校追求毕业率……必须承认，在与残酷现实的对决中，德性培养从来处于底气不足的尴尬境地。

据说张灵甫兵败孟良崮之前，曾经上书蒋介石，痛陈国民党军内体制昏聩，致使“勇者任其自进，怯者听其裹足，牺牲者牺牲而已，投机者自为得志。赏难尽明，罚每欠当，各自为谋，同床异梦”。如果我们仍旧对这个时代抱有信心，相信这个社会终将成为一个互利和正义的合作体系，我们就必须建立赏罚分明的公正体系，正面激励大学生的公平游戏精神，因为他们是“未来的主人翁”，因为到目前为止，他们还没有彻底成为问题的一部分，还有可能成为问题的解决者！

（2009 年）

## 古格斯的戒指与费尔德曼的甜饼

据说维特根斯坦在八九岁的时候，曾经伫立门前长久地思考这样一个问题："如果说谎对一个人有好处，为什么他还应该说真话？"大约半年前，我也曾站在北京街头掂量过类似的一个问题："如果买盗版书不会被工商抓住，为什么还应该去买正版书？"

思考的结果是，少年维特根斯坦隐瞒了身为犹太人的事实，而我则花十元钱买下了《魔鬼经济学》这本书。

《魔鬼经济学》分析了许多古灵精怪的日常案例，其中费尔德曼卖甜饼的经历最为有趣。费尔德曼卖甜饼的方式很特别：他每天把甜饼送到各公司的零食间，边上放一个钱罐子，人们拿完甜饼后自己往里面投钱，他会在午饭之前取回现金和剩下的甜饼。这种自助式的付款方式完全依赖于客户的自律性，也就是说，每一个取甜饼的人都免不了会扪心自问："如果白拿甜饼不会被他人发现，我为什么还应该往盒子里投钱？"

取甜饼的人与维特根斯坦面临的困惑，归根结底都是同一个伦理问题："我为什么要成为一个道德的人？"

这个困惑的最初版本来自古希腊人格老孔。在一场事关正义的讨论中，他讲了这么一个故事：有个名叫古格斯的牧羊人机缘巧合得到一枚可以隐身的戒指，当他发现真的没人能够看见他时，便利用这枚戒指引诱王后，谋杀国王，直至最终窃取王位。说完故事，格老孔向众人发问：如果现在有两枚古格斯的戒指，一枚戴在正义者的手上，一枚戴在不正义者的的手上，这两个人会有不同的行为表现吗？格老孔的结论是：No。因为无论一个人平日里是否循规蹈矩、奉公守法，一旦拥有古格斯戒指，他就一定会去做他想做的事情，而不是做他应该做的事情。

格老孔的发问固然尖锐，但因为设置的情境和条件太过极端，反而让我们失去了进一步讨论的空间。哪怕有人想说 Yes we can，恐怕也只能到上帝、良心那里去求助，看似一劳永逸地解决这一难题，实则无法真正解释现实中的各种道德困境。

相比之下，费尔德曼的小甜饼试验更贴近日常生活的琐碎和繁复，因此也就更有助于我们了解在复杂条件下普通人的道德动机和理由。

比方说，费尔德曼发现风和日丽的时候，人们投钱的意愿明显较高，反之，在狂风暴雨的日子里回收的钱就相对少一些，这说明天气的阴晴不定会直接导致人们的道德指数发生变化。再比如说，当员工们喜欢自己的工作和老板时，公司的整体诚信度通常会比较高。此外，级别越高的人越喜欢白拿小甜饼，级别越低的人则越诚实，对此，费尔德曼的解释是因为高层人员总有过度的优越感，而该书作者史蒂芬·列维特则认为高层人员之所能够当上高层人员，正是因为他们懂得如何进行欺骗。

费尔德曼卖了二十多年的小甜饼，也做了二十多年的统计，结果表明有 87% 的人在无人监管的前提下投了钱。不以善小而不为，不以恶小而为之，虽然仍不足以解决古格斯戒指的难题，费尔德曼的小甜饼至少让我们对这个世界抱有最低限度的乐观。

不过，问题的复杂性或许在于，某些“恶小”之事仍然让我们难于抉择。譬如说，在一个空旷无人的停车场里，你一时不慎将旁边的汽车剐了一条小划痕，停车场没装监视器，四周也没有任何路人经过。这时候，你会留下电话号码，还是若无其事地开车离开？我没有做过任何经验调查，但是我愿意用一块小甜饼做注，留电话的比例一定不会超过 87%。在面对可能的惩罚时，人们的道德勇气往往要比往钱罐子里投上一美元少许多。

为什么要做一个道德的人？尽管对此没有一劳永逸的回答，费尔德曼依然为我们提示了一条可能的解决之道。在转行专职卖甜饼之前费尔德曼曾经在自己工作过的公司里做试验，效果非常好，超过 95% 的人都付了钱。此后的经验也表明，一家几十人的小型公司支付甜饼钱的概率要比几百人的大型公司高出 3%~5%。并不是因为小型公司的员工更诚实，而是因为在这两个情景中，人与人之间的熟悉程度和情感纽带更加紧密，犯罪者所承受的羞耻感和社会压力更大。这个道理和乡村社会的犯罪率要远低于城市犯罪率如出一辙。

从乡村到城市，从礼俗社会到法理社会，是现代文明的必由之路。前者与后者之间存在着某种结构性的断裂：在礼俗社会里，亲属、邻里和友谊构成了顽强的纽带，不管人们在形式上怎样分隔也总是相互联系的；相反，在法理社会里，人们只是机械地聚合在一起，不管在形式上怎样结合也总是分离的。现代社会之所以出现世风日下、人心不古的道德危机，一个重要的原因是道德所以可能的外部环境变了，在人潮汹涌的大型陌生人社会中，除了设立严刑峻法，更为重要的是要建立各种纵横交错的熟人社区，让原子化的个体重新恢复与周遭环境和人的深厚联系。这或许是在上帝已死的时代挽救道德败坏的一个可行途径，尽管在面对古格斯戒指这样的极端诱惑时，它依旧无法成功地回答我为什么要成为一个道德的人。

（2007 年）

## 节庆、传统与革命

法国历史学家儒勒·米什莱曾说："革命就是一种节庆。"此言一点不假，革命与节庆之雷同，除了颠覆日常生活轨道、感官上刺激投入以及集体行动外，就连后果也不出左右：革命造成的问题往往在第二天出现，节庆过后人群散尽的遍地狼藉同样够环卫工人烦恼上好一阵子。

革命与节庆的关联还不止于此。自法国大革命后，革命的胜利者发现为了巩固自身的合法性，修改节庆是一个好主意。因为，从社会学的角度看，节庆的功能之一是延后而不是推动社会的变化，旧节庆拖的后腿越多，就越是阻挠而不是促进新社会的产生与整合，反之，新节庆一旦确立而且深入人心，就会建立并强化新社会的纽带与信仰。因此从长远计，要想在精神层面和生活形式上彻底革故鼎新，节庆就是一个很好的下手对象。

以法国大革命为例，革命政府废除了一周七日的星期制，改用十日为一单位的新历法，其目的就是建立一种新的社会时间，使世俗生活与基督教教义真正脱钩。无独有偶，十月革命后苏联政府也曾经废除星期天，改行六日为一单位的新历法，同时被废除的还包括圣诞节和复活节，取而代之的则是象征社会新图景的 11 月 7 日与 5 月 1 日。辛亥革命胜利后，国民政府也做过类似的事情，“废除旧历，普用‘国历’”，将旧历节庆活动一股脑全挪到“国历”新年元月内举行，凡此种种，均代表了“辞旧迎新”的坚定信心与决心。

节庆节庆，顾名思义是在节日期间举行的各项仪式和庆典。按《美国传统字典》的定义，节日是“习俗或者法律指定暂停一般的商业行为以纪念或者庆祝特定事件的日子”。照此定义，宗教权威、传统民俗以及世俗政权都是有权制定节日的。然而有权力不等于有能力。法律可以赋予节日以合法性，可是节日的正当性却必须建立在传统和基于共同记忆与历史的情感归属上。

从发生学的角度看，节日无论新旧，归根结底都是社会教化和灌输的结果，不存在旧节日是绿色纯天然的，新节日就是人造绿草坪。只不过人是有记忆的动物，而且大多时候这种集体旧记忆的惯性还很强大，所以旧节日和旧历法就常常被当成不言而喻、自然而然的东西，而新节日与新历法的不容置疑性却总是处于不断被揭穿的尴尬与无奈境地。

国民政府是在 1928 年废除的旧历，新中国成立后也一直采用公历，可是直到今天我的母亲仍旧只记得我的旧历生日，每次突然打电话问我：今天吃鸡蛋挂面了没？我回答早在 N 天前就吃完蛋糕啦，她都会很坚决地说：我都是按照旧历算日子的！

上引节日的定义中，还有一点值得注意，那就是“暂停一般的商业行为”。虽然MBA教学中有一门常规课程叫做“商业伦理”，但是一般认为商业是有损于伦理的。“商人重利轻别离，前月浮梁买茶去”，而节日的主要发生方式是在特定的空间和时间里面聚集起拥有共享价值和承诺的人群，其目的是通过仪式和庆典等符号行为去重铸情感丰厚的社会纽带与共同信念，以抵抗在琐屑的日常生活中被钝刀子割肉般消耗掉的意义与承诺。换句话说，是相聚而非别离，是纽带而非商业契约构成了节日的气氛。在这个意义上，沿习了8年的黄金周就不折不扣是对节日本身的一个背叛：它太短，还构不成传统；它是别离不是相聚；它把节日蜕变成纯商业活动，所以更承担不了社会整合和意义重铸的功能。

在11月17日的央视《新闻会客厅》中，著名作家冯骥才作了一个有益的区分：节日与假日有所不同。在我看来，假日属于世俗时间和私人时间，人们可以在假日里面自由安排、各行其是，假日保障的是劳动者休息的权利，它不承担过多的文化意义。而节日不同，它是公共时间中的群体行为，是为了庆贺或者崇拜共同的传统、历史和记忆。事实上，英文中的holiday（节日）可以被解读为holy day（神圣的日子），也就是说节日是一种“神圣时间”，不管这种神圣性是源自于古老的宗教、传统的习俗还是现代的国家。

革命者开天辟地，自然有理由制定节日庆祝人类的新生。但是这与恢复端午、清明、中秋这些传统节日毫不冲突，因为即便在一个“其命维新”的现代国家里，世俗百姓的生活意义也需要通过重温传统的生活形式和情感表达方式来重新巩固之。

在《新闻会客厅》中，美女主持李小萌问了嘉宾这样一个问题：

“如果调整节假日只是出于保护文化传统的话，这个角度是不是单一了点儿？”这个问题不由得让我想起至尊宝和紫霞的一番对话。紫霞试探着问至尊宝：如果这段姻缘是上天安排的，该怎么办呢？至尊宝答：那——你就告诉他这是上天安排了这么一段姻缘呀。紫霞接着问：他不喜欢我怎么办？他有老婆怎么办？至尊宝：你管他那么多，上天安排的最大嘛！紫霞：真的？至尊宝：上天安排的，还不够你臭屁的啊？！

（2007 年）

## 磕头的理由

“男儿膝下有黄金”，对于辫子已然割掉一百年的中国人来说，这一对膝盖如果不慎和地面做了亲密接触，仍然会撩拨起最敏感的神经。

远的不说，2008 年 1 月 20 日，央视播出复旦大学教授钱文忠行跪拜礼为季羡林贺寿的场景，引发争议一片。半个多月后，二人转“带头大哥”赵本山收徒，一干弟子磕头拜师的图片被搁到网上，再次掀起轩然大波。

有趣的是，无论是支持者还是反对者，表面上都是启蒙运动核心价值的捍卫者。比方说，痛批赵本山的网友指责他“蔑视人人平等的现代价值观念”；而同情钱文忠的群众则认为“钱文忠有跪拜老师的自由，季羡林也有接受学生跪拜的自由。”

赵本山践踏“平等”，钱文忠享有“自由”，看来拿抽象的现代价值标准来说事儿，这头该磕不该磕，还真是一个难题！

二战期间，美国有份战时广告说：“自由这些词，只有当我们把它们打碎成我们日常生活中十分熟悉的碎片时，它们才能团结我们。”同样的，只有当我们不被自由、平等、人权、尊严这些在根本意义上具有争议性的大词蛊惑，而是深入到问题的脉络机理，探究其中浅白平实的道理，才不会被“磕头”这一“触目惊心”的表象轻易迷惑。例如，赵本山接受磕头，那是人家徒弟在行“拜”师礼，钱文忠给人磕头，那是人家师傅在过大寿。不分场合时间，见着权贵与长辈倒头便拜，是奴性的表现；在有象征意义的特殊仪式庆典如拜师、贺寿或祭祖行磕头礼，只要不是作秀，多半都是内心敬意的一种流露。如此看来，问题的关键不在于磕头不磕头，而在于这头磕的对象、时间、地点合适不合适，以及磕头所表现的情感虔敬不虔敬。

亚里士多德说：“一个人不是因感到恐惧或愤怒而受到谴责，也不是因怒气本身而受到谴责，而是因以某种方式发怒而受到谴责。”无论卑微或者虔敬，恐惧还是愤怒，都是人类的天然情感，情感的表达往往需要一些外在的形式予以教化和定型。中国人的神经之所以特别经不起“磕头”的挑拨，原因在于人们有一种固化的逆向逻辑：磕头这个“外在形式”只能凝结一类情感——卑微或者奴性。打破这个迷思，也许能让我们更加平和地看待磕头行为。

2006年春节前夕，河南民俗学家高有鹏发布《保卫春节宣言》，指出“磕头和作揖是典型的非物质遗产，需要保护”，而且“晚辈在春节向长辈磕头、朋友之间相互作揖是不为过的，都是虔诚的敬意”。

上述主张遭到了朱大可先生的猛烈抨击，在《保卫民俗还是复辟陋习》一文中，朱大可指出：“这个论调没有任何新意，恰恰相反，它不过是一百年前‘缠足’和‘辫子’捍卫论的翻版而已。”在我看来，这个批评可以说打脱了靶子。新的就是好的，旧的就是坏的，这样的进步史观如果放在“五四”时期还情有可原，到今天仍然采取如此简单的二分思维则未免失之粗陋。更何况，类似的批评对于高有鹏这样的民俗学家根本无关痛痒，因为“没有新意”对于他们来说原本就是“题中应有之义”。民俗学家孜孜以求的恰恰就是去维护那些虽然“毫无新意”但却（在他们看来）“意蕴深远”的传统生活方式。因此，批评民俗学家的论调了无新意是没有杀伤力的，朱大可需要澄清的是磕头和作揖作为一种礼仪究竟是好还是坏，而非是新或是旧。

朱大可的另一个批评理由是：“与磕头作揖相比，辫子和小脚才是最激动人心的‘民族遗产’，在独创性、本土性和传承性方面，都更符合‘民俗’的文化指标。按照这样的逻辑，我们不仅要保卫磕头作揖、长袍马褂和缠足剃发，还要保卫与之相关的整个皇权和古代礼制，因为这才是所谓‘民俗’的价值核心。”这是一个在大专辩论赛中常见的归谬法，只可惜从“按照这样的逻辑……”往后的所有推论都不符合高有鹏本人的逻辑。细查高有鹏的宣言，他所主张的仅仅是恢复“作揖和磕头”，而且明明白白有着特殊的时间限制和对象限制，即“在春节”、“向长辈”和“朋友间”。春节无疑是中国最重要的传统佳节，美国人头脑简单，尚且知道中国人的“春节”是一个“相当于我们（美国人）的感恩节、圣诞节、新年、生日和复活节的总和”。呼吁在这样一个重要节日里选择性地恢复传统礼仪以表现虔诚的敬意，哪怕仍有商榷的余地，但“按照这样的逻辑”，还真推不到长袍马褂、缠足剃发和恢复皇权上去。

“达尔文医学”有一个观点，认为人类的身体之所以患上某些疾病，根源在于我们是“行走在高速公路上的石器时代人”。其实身体如此，观念亦如此。在一个“器惟求新”的变革时代里，执意于“人惟求旧”已不再是明智之举，但这并不意味着我们必须要脱胎换骨、洗心革面以配合时代的进步。

（2008 年）

## 装装文明人

某日，我在牛津街头溜达，看见马路对面跌倒一个老太太，想也没想就跑过去扶她起来，让我大为惭愧的是，好事做到一半的时候脑海里竟然冒出一个念头：她会不会讹诈我呢？幸亏我反应得快：这是在番邦不是在天朝……

事后我很是自我批判了一下，小时候不是这样子的，看见解放军叔叔敬礼问好，遇见拉车的大叔推上一把，太阳当空照，花儿对我笑……虽然很傻很天真，但是我们70后的童年就是这样过来的。有同为70后的朋友嘲笑我选择性记忆，说她的回忆和我恰好相反，充斥着“习惯性撒谎”的各种恶行恶状，比如明明没有扶老奶奶过街非要说扶了，把墨水奉献给全班同学是因为快要评三好学生了，从没去过老师家却要写老师呕心沥血改作业的身影映在深夜的窗前……

我不否认小时候做好事时常会有私字一闪念——至今仍然如此，“求求你表扬我”的心情也一直很迫切，可这是人之常情，无可厚非。荀子早就说过，“人性本恶，其善者伪”。装是文明开始的第一步，装啊装啊就信以为真了，就深入人心了，就大道通行了。所以装不是问题，装什么和怎么装才是大问题。

几个月前我到英国访学，左手护照、右手防疫卡老老实实过海关，边检人员一边和身边的女同事调情嬉笑，一边有一搭没一搭地问着例行的各种问题，磨蹭良久，正当我怒从心头起恶向胆边生之际，他合起护照，往手心一拍，突然很客气地来了一句："Thank you very much！"次日去牛津大学哲学系找办公室主任 Tim Moore 办理校园卡，问带没带照片，带了，"Thank you very much"；填表格，请填这里这里还有那里，"Thank you very much"；请坐，哦不坐，接着又是一句"Thank you very much"……

一来二去，我自以为明白了，这叫做礼多人不怪，总之习惯就好，千万别把英国人的客气当回事儿。然而待得时间越久，我就越发现自己的判断失之偏颇。没错，的确有一些英国人假模假式，温良恭俭让的背后隐藏着根深蒂固的优越感，但不可否认更多的人真的是发乎本心地与人为善。

更重要的是，他们只是在装"文明人"而不是在装"圣人"。作为有理性的动物，人原本兼具神性和兽性。所谓"太上忘情，最下者不及情，情之所钟，正是吾辈"，作为有着七情六欲的凡人，可以装文明人但不可以装圣人。我们以前并不是不装，而是装得太崇高，万众一心地装，泡泡吹得太大，一旦戳破就难以收拾。相比之下，我们现在装的动机太功利，总惦记着立竿见影的效果，明明是在商言商的生意人，却偏偏要在雷锋像前集体下跪宣誓做社会主义的螺丝钉，荒腔走板沐猴而冠。

人是环境的动物，走在牛津的路上，不知何时就会飘来一句“早上好”、“对不起”或者“谢谢你”，这逼迫我随时处于礼貌用语的待命状态，久而久之就很难总是摆出一张“烦着呢别理我”的臭脸，而是渐渐地学会走在路上目视陌生人，微笑，并道：“Have a nice day！”

老实说我对于这种文明人的做派到底能“装”多久毫无自信，除了卖光盘的和推销保险的，很难想象有人在熙熙攘攘的中关村街头随便和陌生人微笑打招呼。也正因为此，我才越发对翻译家戴乃迭女士感佩不已。戴乃迭女士是英国人，追随夫君杨宪益来到中国，历经各种政治风波，“文革”期间她不幸身陷囹圄，即便身处如此极端的环境，她依旧恪守人之为人的基本尊严和操守，每当看守送饭给她时，总是答以“谢谢你”。

说到尊严二字，戴乃迭还为我们留下了另一则弥足珍贵的记忆。四十年代初她曾在兵荒马乱的贵阳乡下教书，后来在回忆录中戴乃迭充满感情地提到当地的农民，说他们有一种“天然的尊严”，称赞“中国农村的农民即使贫困、没文化，也总是一种古文明的后嗣”。

《易·贲卦》中说：“观乎人文，以化成天下。”无论是学富五车的戴乃迭，还是大字不识的中国农民，他们身上所闪耀的人性尊严都是化性起伪、文明教化的结果，这是一种“随风潜入夜，润物细无声”的性情积淀和德行培养。

汉密尔顿在《希腊精神》这本小书中说：“文明给我们带来的影响是我们无法准确衡量的，它是对心智的热衷，是对美的喜爱，是荣誉，是温文尔雅，是礼貌周到，是微妙的感情。如果那些我们无法准确衡量其影响的事物变成了头等重要的东西，那便是文明的最高境界。”

今天的中国，犬儒主义者装孙子，民族主义愤青装大爷，而在我看来，与其肆无忌惮地发泄心底里的戾气，不如抑制住对伪善的厌恶先装一装文明人。

（2010 年）

## 榜样的力量

印象中，“全国道德楷模”上春晚是央视最近两年才用的招数，虽说套路与十余年前“爱的奉献”相差无几，但至少楷模们脸庞更质朴、神态更本色，比起八卦消息满天飞的当红歌星要来得可信且可敬。

“道德楷模”的宣传历史可谓源远流长，按学术界的说法这属于“示范伦理”的范畴，从“一箪食、一瓢饮、在陋巷”依旧乐不可支的颜回到“二十四孝图”，中国人从来都笃信于榜样的力量是无穷的。

示范伦理的“兴”映衬出规范伦理的“衰”。这是一个说教的主题已经用尽的时代，从“五讲四美三热爱”到“八荣八耻”，规范虽然仍在提供生活指南，但质疑之声却不绝于耳，这样的困局表明规范已经被彻底掏空了道德意义和指导生活的功能。也正因如此，示范伦理才成为一些人眼中救治道德困境的一剂良方。

可是问题在于，道德楷模的感染力是随着时空尺度的拓展呈递减趋势的。道德楷模必须活生生地嵌置在每一个具体入微的熟人共同体中，唯当他的善良是你我亲眼所见，他的勇敢是你我亲耳所闻，才有可能因为朝夕相处耳濡目染，近朱者赤。反之，当道德楷模们四下穿梭只为陌生的人群巡回演讲时，哪怕听者动容闻者啜泣，得到的也不是光荣而只是虚荣。

被架到空中的楷模是偶像，稍不留心就会现出泥胎金身的本来面目。不信就让我们看看某网站的这段报道："大年初一下午，参加中央电视台牛年春节联欢晚会返回武汉的全国道德模范吴天祥一下飞机，就被迎接他的武汉市武昌区委书记、机关干部给围住了……区委书记张光清说，看到你在春晚上向全国人民拜年，你是武汉人民的骄傲，辛苦了！吴天祥说，这不是他个人的荣誉，这是全市人民的荣誉。"

我丝毫不怀疑吴天祥同志曾经做过很多好人好事，可是一旦被政治绑架，就会出现类似言不由衷、虚头八脑让人啼笑皆非的效果。明明是好榜样，却生生做成了坏榜样。

不久前辞世的季羡林先生差一点就成了这样的坏榜样，幸亏老先生觉悟得快，主动摘去了包括"国宝"在内的那三顶高帽。近来网上流传季先生的语录，比如"好多年来，我曾有过一个'良好'的愿望：我对每个人都好，也希望每个人都对我好。只望有誉，不能有毁。最近我恍然大悟，那是根本不可能的"。比如"歌颂我们的国家是爱国，对我们国家的不满也是爱国，这是我的看法"。都不是什么豪言壮语，也没有什么圣贤气象，恰如一个网友所言，看他的文字听他的故事都会觉得，他不是一个圣人的形象，而是一个人性美好的典例。

“一个凡人越难解放他自己，就越强烈地触动我们的人性。”季先生显然是明白这个道理的。

示范伦理的另一个潜在危险在于，虽然好榜样能够触动我们的人性，但是坏榜样却往往要更具诱惑力。柏拉图在《理想国》中这样问道：如果不正义的人过得比正义的人更幸福，那我们为什么还要成为一个正义的人？这是一个让人挠头的问题：如果在现实的逻辑里面道德楷模注定无法在世俗意义上获得成功，那么最终的结果就是坏榜样的力量是无穷的。因为按其本性，人们更愿模仿在社会中最易成功且获利最大的行为，而不会模仿看似动人而实际会吃亏的行为。

相比坏榜样，好榜样有一个天然的弱点，好榜样的树立和维护有如水滴石穿非一日之功，败坏起来却是一溃千里不可阻挡。这个学期结束不久，有学生告诉我，考场上一位深受学生爱戴、平素里总是壮怀激烈痛砭时弊的老师，在目睹作弊现象时不仅袖手旁观，而且语带无奈地叹道：“你们这样我倒是没什么关系，只是对不作弊的同学不公平。”这位学生说，那一刹那有如“偶像的黄昏”，第一反应是想把卷子糊在这个老师的脸上。

多年前我曾在一家不知名但有担当的媒体工作，主编策划了一个封面专题叫做“梦想的中国”，哲学家陈嘉映写了一篇非常出彩的命题作文。他说：“我梦想的国土不是一条跑道，所有人都向一个目标狂奔，差别只在名次有先有后。我梦想的国土是一片原野，容得下跳的、跑的、采花的、在溪边濯足的，容得下什么都不干就躺在草地上晒太阳的……”这样的梦想显然无法寄托在三两个好榜样的身上，因为唯当所有人都向一个目标狂奔时，才需要在终点处矗立一个标杆。更何况，在一个普遍正义尚未实现的社会里，好榜样的力量与人性的光辉终究只是暗夜里的微光，它可以鼓励人们前行，却无法真正照亮这个大地。若要遏制坏榜样的无穷破坏力，归根结底还是要回到正义制度的建设上。这个社会必须要能带来比“靠人们的信念坚持”更多的保障。

（2009 年）

## 求求你感谢我

公元前399年，雅典哲人苏格拉底被他的同胞以281票对220票判处死刑，罪名是“渎神”和“败坏年轻人”。

苏格拉底原本是有机会越狱的。当时的雅典狱卒要么是阿桑奇的支持者，要么是陈水扁的同道人，总之苏格拉底的朋友很容易就说服或者买通了他们。

但是苏格拉底谢绝了朋友的好意，不仅如此，他还滔滔不绝地讲述了一大通道理，来说明自己为什么要接受死刑的判决，哪怕它是明显不正义的。其中的两个论点是：

第一，城邦好比养育苏格拉底成长的父亲、母亲，甚至比父母和祖先“更为尊贵、可敬和神圣”；第二，即便城邦对苏格拉底所做的事情是不正义的，但是城邦让苏格拉底和他的同胞“分享了所有的好东西”。

如果把这两个理由翻译成群众喜闻乐见的现代汉语，可以一言以蔽之——“感恩”。

滴水之恩当涌泉相报，这是所有草民都拥有的善良天性，也是古往今来“仁政”所以可能的心理基础。

不久前，我们的近邻就再一次向我们生动地演示了这个颠扑不破的道理。在庆祝劳动党成立 65 周年之际，朝鲜向所有居民发放了自上世纪 90 年代以后最大规模的特别供给。据报道，咸镜道的会宁市居民除了每人配发了 450 克米，100 克大豆油，每个家庭还领到 500 克的糖果点心。平壤的市民更幸福，还有内衣、牙膏、牙刷这些生活必需品。

在这次全民福利大派送中，最振奋人心的当属那瓶印着金正恩头像的酒，这位不世出的领袖年仅 27 岁却已经拥有“千里慧眼般的睿智、广博深邃的见识、神秘玄奥的判断力，以及无比的胆量、非凡的军事才略和设想、多才多艺的实力、仁者的雅量和无限大的胸怀”，他让朝鲜人民心中洋溢着难以言表的幸福感。在送温暖的当日，成千上万的老百姓自发地聚集在公园和江边，感谢“金正恩大将送给了我们大量的礼品……”

我丝毫不怀疑朝鲜人民的真诚，由此我也愈发痛心于某些自由国家在感恩教育方面的缺失。

意大利的政治现实主义者马基雅维利早在 16 世纪就曾经指出：“自由生活带来的种种益处，不会培养出任何义务感。‘谁也不会承认，他对没有冒犯自己的人应当感恩戴德。’无论是汲汲于奖赏者，还是喜欢独处的人，皆不会成为共和国的朋友。”

汲汲于奖赏者，可比附为雇佣军；喜欢独处的人，多为个人主义者。这种自由生活所带来的坏处，和权利意识泛滥的后果有一比：

在一个权利意识深入人心的社会，人们不太会对政府的所作所为感恩戴德，因为之所以会感恩戴德，就意味着所予之物并非你“应得”，而是基于馈赠者的慷慨和仁慈。

有句老话叫做“喝水不忘挖井人”，可是一旦喝水的人开始觉悟到挖井是那个挖井人的本职工作，如果干得不好还可以通过招投标换一个挖井人试一试，整件事情就立刻失去了美感，至少不会再有树碑立传、传唱经年的感人故事。

现在我们明白了，为什么家长主义者和专制主义者都不喜欢权利观念，因为无论当政者做了什么“好事”，被权利“洗脑”的人民都会泰然受之，不仅甚少心怀感激，而且还时常挑肥拣瘦、说三道四，让领导难堪难看甚至难受，这样的“刁民”着实难以伺候。

马基雅维利看在眼里痛在心中，一不做二不休，指明了一条看似险恶实则通坦的康庄大道：“概言之，共和国的麻烦在于它的公正。人们对于自己得到的公正待遇，认为是他们理应获得的东西，所以不会表示感谢。对于共和国来说，这个问题的解决之道——确实有一个解决之道——就是少一点儿公正，多一点儿专制。如此，它所带来的好处和它所提供的安全，方能得到更多的感谢，更好的捍卫。”

当平等和公正深入人心，并且成为当然之理时，哪怕是一丁点儿的不公不平都会让人们心怀不满；反之，在一个高度专制的社会里，哪怕吹过一丝烤肉的微风，也能让人心情为之一振。两厢比较，当然是后者更加高明。

必须承认，马基雅维里的这套统治术在思想风格上干脆犀利，丝毫没有自由民主制国家那种腻腻歪歪、左顾右盼、患得患失的儿女情长！

我估计没有人愿意背负“忘恩负义”的罪名，但是在学会感恩之前，还是让我们来想象这样一个场景吧。假设有五对青年男女被空降到一个荒岛上共同生活，原本在逻辑上每个女孩子都有5种可能性去选择自己的伴侣，但不幸的是，其中的一个男人有着千里慧眼般的睿智、广博深邃的见识、神秘玄奥的判断力，以及无比的胆量，他干脆利落地解决了另外4个男人。让我们再假设那5个女人既没有“拉拉”的潜质也绝非性冷淡者，5年之后或者10年之后，她们都嫁给了那个男人。

现在的问题是，对于这5个女人来说，那个男人究竟是“唯一的选择”，还是“正确的选择”，或者，是我们所熟悉的那个“唯一正确的选择”？

（2011年）

## “我的”和“好的”

诗人尹丽川说：“一下雪，北京就变成了北平。”北京和北平，一字之差，这里头的宁静与诗意，只有“我们”才了解。大山们就算把蒸羊羔、蒸熊掌、蒸鹿尾儿背得滚瓜烂熟，恐怕也难以真正体会。

哪怕老舍笔下“处处有空儿”的北平已经变成“天天给人添堵”的北京，对于这座城市，我们依旧一往情深。比方说，都是 Fifth Avenue（第五大道），我相信走在曼哈顿的第五大街和中关村的五道口，你的心情一定会有很大不同。那些沿街叫卖的红薯摊，坑坑洼洼的行人道，像布朗运动无规则四下逃窜的路人，还有各种扑面而来的市井气息，所有这一切，都让你备感亲切和温暖。

你当然也会抱怨北京，就像 *Sex and the City*（《欲望都市》）里的 Carrie 一样咒骂曼哈顿，但是骂归骂，骂完之后，矫情的白领丽人照样还会站在第五大街上张开双臂大声喊：“我爱你，纽约！”还不允许别人说纽约的不好。

同样矫情的还有下面这句话，说母校是什么，母校就是那个自己怎么骂都可以，别人却不能说一句不好的地方！自己可以骂，是因为母校的确坑过你，别人不能骂，是因为别人一骂你就感觉在骂你自己。

骂母校就等于在骂自己——尽管这句话一脸欲拒还迎的献媚和撒娇，但我还是必须承认它的确有些道理。如果做道填空题，删去“母校”两个字，填上“儿子”或“祖国”，道理似乎仍旧说得通，原因很简单，这些字眼前面都可以加上定语“我的”，并且，还不是所有权意义上的“我的”，而是自我认同意义上的“我的”。

自我认同的奇妙之处在于，它不但把“我的”升级成“我自己”，而且还可以在价值论上进一步把“我的”变异成“好的”。社会心理学家说，一个心智健康的人自我评价往往会高于他人评价，将自我想象成是好的心理动力不仅普遍而且强大，与此相对，那些无法成功启动这个动力的人往往容易沮丧且缺少自信。

“我的”不一定就是“好的”，任何一个心智成熟的人只要稍作反思，都能得出这个结论。一般来说，人在年少时更容易成为一个“唯我论者”。其实不单是个体，民族同样也如此。在不成熟的民族眼里，这个世界只有两类东西：我的并且是好的东西，以及不是我的因此也就是坏的东西。古希腊人将周围的民族不加区分地一概称为野蛮人，所谓 Babarian，意思是说话时发出“巴拉巴拉”声音的人。唯我论者最大的问题就是不能跳出来看自己，如果希腊人意识到自己的发音在那些“野蛮人”的耳朵里也是“巴拉巴拉”，兴许就不会这么地自信满满。

上世纪 40 年代，美国心理学家克拉克兄弟曾经做过一个研究，把两个洋娃娃（一个黑人，一个白人）给两个小朋友看（一个黑人，一个白人），然后问他们，想跟哪一个洋娃娃玩，哪个洋娃娃更漂亮更好看。不出所料的是白人小孩几乎全部都选择了白人洋娃娃，出人意料的是大部分的黑人小孩也选择了白人洋娃娃玩，并认为这个洋娃娃较好。显然，对于上世纪40年代的黑人小孩来说，“我的”和“好的”之间隔着十万八千里，这种强烈的自我否定，以及想要成为别人的愿望，正是自我认同出现严重失衡的后果。据说，“黑就是美”的观念要到上世纪60年代民权运动之后才逐渐在黑人意识中扎下根来。

“我的”当然不必然就是“好的”，但是如果反过来认为“我的就是好的”无非是敝帚自珍式的阿Q心理，又未免稍显表浅。

法国大革命之前，英国人埃德蒙·柏克曾经在凡尔赛宫亲眼目睹过路易十六的妻子，当时的她“充满活力、光彩和喜悦，犹若启明星，璀璨夺目”。十七年后，这个柏克眼里纤尘不染、完美无瑕的王后在“暴徒”的威逼中服下毒汁，柏克内心的愤懑可想而知：“欧洲的光荣已往矣，那种对名分和女性的耿耿忠诚，那种自豪的屈服，那种富于尊严的依顺，那种即使在奴役制度中也能使高尚的自由精神不致失坠的心灵依附，所有这些，我们永远永远看不到了。”

显然，柏克哀惋的不单单是法国王后的香消玉殒，更是那个属于他的生活世界——如骑士精神、贵族生活等等一整套行为系统和情感模式——的烟消云散。1927年6月2日，国学大师王国维在颐和园的昆明湖投湖自尽，陈寅恪评论其为“文化殉节”，所谓“凡一种文化值衰落之时，为此文化所化之人必感苦痛，其表现此文化之程量愈宏，则其所受之苦痛亦愈甚；迨既达极深之度，殆非出于自杀无以求一己之心安而义尽也”。

好的东西总是相对于一个特定的参照系，在人文世界里，这个特定的参照系常常以第一人称的形式出现——“好的东西”就是“对我（们）而言是好的”。“我的”与“好的”之间的关联性，在柏克和王国维这些处于历史转折处的文化人这里，显然要比敝帚自珍来得更加深沉和厚重。

每个人都有许多张面具，个体的自我认同会随着情境的变化而变化。一个哲学院的女教授在和中学闺蜜“饭罪”时，哲学家的视角会咕咚咕咚地往外冒；当她参加一群大老爷们为主的学术会议时，女性意识兴许就会凸现出来；如果这场会议发生在法国巴黎，黄种人或者中国人的自我认同没准就盖过了女性以及哲学家。显然，在所有这些身份里，“哲学教授”是一个经过后天努力而获得的社会角色，假使有一天她厌倦了学院生活，完全可以脱离这个身份。但是种族（黄种人）和性别（女性）这样的社会分类，它们是被先天所规范的，而不是后天可获得的，这样的身份认同没有出口可言，哪怕有人实现了事实上的脱离，比如迈克尔·杰克逊，心理学家认为这种脱离在心理上也还是不可行。

在这个“黄种女性中国哲学教授”的所有身份认同中，最让人为难的也许是民族认同以及国家认同，它们介于先天规范与后天获得之间。曾经有人说，我从来没有见到过什么英国人、法国人或者美国人，我看到的只有一个个具体的个人：张三李四王二麻子。实情真的如此吗？以“东方主义”研究著称于世的萨义德说，欧洲人和美国人的身份绝不是可有可无的虚架子，当一个人与东方相遇的时候，他一定首先是以一个欧洲人或美国人的身份进行的，然后才是具体的某个人。当然是这样子。我有一个金融界的朋友，平均一个月出一趟国，每当提起在国外遇到不守规矩的中国人，都恨不能找一桶立邦漆把自己给刷白了，这种羞耻感恰恰反映出他对“中国人”难以摆脱的认同感——你永远不会为了一个阿富汗人在第五大街上吐痰而感到羞耻。

斯特雷耶在《现代国家的起源》中说，在现代世界，最可怕的命运莫过于失去国家，如果一个人不幸成为“没有国家的人”，那他什么都不是——“他没有权利，缺乏安全保障，几乎没有机会去得到有意义的职业。在国家组织之外，不存在所谓的救星”。但是这个状况不是自古皆然，事实上，历史上有相当长的一段时间里，不仅国家不存在，民族也不存在。本尼迪克特·安德森有句名言说，民族不过是一个“想象的共同体”。可是问题在于，即使民族（国家）认同包含着神话和建构的因素，一旦这个想象的共同体成为现实，人们就很难脱离既定的轨道。马雅可夫斯基说：“我想让我的祖国了解我，如果我不被了解——那会怎样？那我只得，像斜雨一样，从祖国的一旁，走过。”这话说得轻巧，但是在面对自己的故土家园，有谁能够如此轻松写意地挥一挥衣袖，不带走一片云彩？

胡适当年痛感“中国事事不如人”，既然如此，不如削骨还父、削肉还母，再造一个真身，全盘西化；而中国本位论的支持者则反其道而行之，主张“凡是好的都是儒家的，凡是坏的全赖别人家”。如此截然相反的立场，归根结底，仍旧是在拷问“我的”与“好的”之间的复杂关系。

时至今日，所谓“中国模式”与“西方模式”之争仍旧在延续这场持续了近一个世纪的主题。不久前，我的朋友刘擎说过一句特别点题的话：“对于探索中国发展而言，若一定要谈论什么模式，更基本和迫切的真问题是：什么是好的（可欲的）模式？而以‘我们的还是别人的’作为标准来决定好坏与否，是一种智识上的混乱。”这句话的有趣之处在于，它彻底否定了“我的”就是“好的”。姑且不论从“智识的逻辑”出发是否必然得出这个结论，若就“行动的逻辑”而言，刘擎的这个说法稍显仓促。

当一个负面事件发生，比如汽车追尾了，恋人分手了，国家解体了，或者传统文化衰微了，为求理解，人们总要查找原因。归因理论的创始人海德认为，当事人和行动者倾向于诉诸“情境原因”——天亡我也非战之过，总之和我没干系；观察者或者反对派则倾向于诉诸“气质原因”——都是你的错。行动者推诿责任，观察者强加责任，说来说去，还是在和自我认同作斗争。

说到观察者和行动者的不同，不得不提柏克的这句话，他说：“思想家应该中立。大臣却不能这样。”按照施特劳斯的解读，这里的意思是，大臣（行动者）必定对于“我自己的”东西有所偏私，这是合乎情理的——他的职责就是要站在自己这一方。而对于思想家（观察者）来说，他要毫不犹豫地站在“优异性”的一边，而不管它是在何时何地被发现的，也就是说，在好的与他自己的这两者之间，思想家要无条件地选取前者。

现在的问题在于，在权衡比较“我的”与“他的”、“好的”和“坏的”这一类复杂关系时，我们的身份到底是什么？观察家还是行动者，或者干脆二者都是？如果这两种身份发生冲突，我们究竟应该听命于谁？在我看来，“中国模式”的倡导者们过多强调了“行动者”的身份，不仅横蛮无理地站在“我自己的”立场上，而且不加区分地把“我自己的”直接等同于“优异性”。另一方面，彻底割裂“我自己的”与“优异性”关联的人则把自己想象成可以像上帝一样摆脱任何特定视角的“观察者”，而忽视了有一些“好”不仅是“对我而言是好的”，而且它们永远都无法被还原成为一些中立性的指标和数据。

当然，还有一个更加重要的问题是，好的东西就一定“应该”成为我的吗，好的东西一定“能够”成为我的吗？都说“儿子总是自家的好”，这里面除了有偏私、有护短，还在于儿子打得骂得换不得。

海德格尔说，人是一种“被抛”的存在者。生而为中国人、德国人、美国人、利比亚人，只是一个纯粹的偶然，自主性在这里根本不起任何的作用。然后，你在如此这般的家庭氛围、如此这般的传统文化、如此这般的价值世界里逐步成长，然后有一天，你拥有了理性的反思能力，你发现过往的一切不仅有美好，也有谎言、欺骗、愚弄和神话。你意识到上帝虽然像投掷骰子一样随机给了你一个身份，被抛者仍然可以对于“我是谁”做一个理性的决断，就像处在梦魇中的人那样，挣扎着让自己翻一个身，或者用自己的意志把自己唤醒。可是我相信，总有那么一些东西，在智识的逻辑上你也许认为它不是那么的好，但是在行动和情感的逻辑上却永远无法像割除阑尾或者扁桃体那样，轻轻松松地一刀了之。

去年我去威尔士的首府卡迪夫，坐在阳光灿烂的海湾边上喝咖啡。朋友抱怨说，这个海湾怎么不一望无际？为什么没有沙滩？又说卡迪夫只有一个很小的广场，到处都是破旧的房子还有呆板的面孔。这让我想起《杀手没有假期》里面，那个年轻的杀手最初也是这样抱怨的，最后他爱上了布鲁塞尔那座小小的、破旧的城市。

和一种文化，一座城市，一个人，一条狗，一本书，一首曲子……建立起关系，需要独特的现实感知力和历史因缘性。正是这种无法被量化和还原的特殊记忆让我们成其为我们，让我们了解那种只有我们才了解的好。

（2011 年）

## 没本事移民的，请做个公民吧

不久前的上海大火，引来周立波与网民的一场口水大战，尽管事关政府责任和公民表达这些严肃话题，但绝不妨碍周立波那张大嘴吐浓痰，其中最结棍的莫过于这一啐：“没本事移民的，请做个良民吧。”

都说流氓不可怕，就怕流氓有文化，幸运的是周立波只喝咖啡、不喝墨水，只吐浓痰、不吐莲花。如果他不巧读过柏拉图的《克里托篇》，整个争论就会变得稍微复杂一些。

在这篇不长的对话录里，即将面临死刑的苏格拉底同样拒绝移民，而且还提出了一个相对缜密的论证：任何雅典人在成年之后，认清了城邦的政治组织和法律，如果仍旧心怀不满，大可以带着财产到他愿意去的任何地方，但是如果任何人在这样的前提下，仍旧选择留下来，城邦就有理由认为他在事实上“承诺”按照城邦的旨意行事，这是一种自愿订立的契约。

当周立波说“没本事移民的，请做个良民吧”，我猜想他真正想说而说不出来的就是这个道理。

按照这个逻辑，哪怕你是一个出身贫寒的打工仔，不通外语也不了解外国习俗，仅靠微薄的薪水度日，买了盐就没有必要再买酱油，你依然拥有选择离开自己祖国的自由。所以，你只要仍旧待在这片国土上，你事实上就已经默默地认可了它的法律和政策，由此你必须做一个奉公守法的“良民”。

这个逻辑看起来顺理成章，不过在我们满心欢喜地接受它之前，再来看看下面这个例子：

假设你在睡梦中被人绑架到了一条船上，醒来时眼前除了汪洋大海就只剩下那个面目可憎的海盗头子。现在你有两个选择：1. 离开这条船；2. 留在这艘船里。前者当然意味着自溺，问题在于，后者是否意味着你其实已经在自由地表达你对船主权威的认可？

我必须把这个例子的发明权交还给休谟。这位英国哲学家的想法很简单：风紧，但不扯呼！

不扯呼，可能是因为不愿扯呼，不能扯呼，无论怎样，都不意味着你默默认可了这个海盗或者这个制度，而只是因为你被它绑架了。明明一边是大怪兽，一边是小蚂蚁，却活生生被绑在一条船上，一起沉船，一起落水。

2010 年岁末的网络正在疯狂流传一个发生在厦大辩论会上的求爱桥段：

“请问反方一辩，你有男朋友吗？请回答有还是没有？”反方一辩沉默。两秒后，“那么好吧，默认的答案就是没有！”

虽然我那颗跳动不停的八卦的心无比热爱这个浪漫时刻，但是我的理智却在举双手双脚反对男生的强盗逻辑。

没错，就是强盗逻辑！哪怕这个男生是以爱的名义，哪怕反方一辩没有立即表示反对，哪怕中文字典里有一个词语叫“默认”，都无法支持男生单方面得出那个让围观群众雀跃不已的答案来。

马雅可夫斯基曾经这样向他的祖国表白：“我想让我的祖国了解我，如果我不被了解——那会怎样？那我只得，像斜雨一样，从祖国的一旁，走过。”马雅可夫斯基写得诗意，但在充满负累的现实生活中，有谁能够如此斜风细雨、步履轻快地离开自己的故土和祖国？

一个不认可现有政治制度和政府的人，不但会出于各种原因放弃移民，而且还会接受来自政府的公共利益，比如国防安全、环境保护、法制和社会秩序等，但即便如此也仍旧无法证明他已经默认了这个政府或者制度，因为大多数的公共利益，就像空气一样无处不在，既无法主动接受也无法主动拒绝。如果因为吸入了空气就要效忠政府，估计承办朝鲜旅游团的公司就要破产了。

风紧，但不扯呼，不意味着反方一辩接受了男生的求爱，不意味着你只能做一个良民，当然也不意味着你必须要和制度死磕。现在的形势并没有迫使我们只可能在良民与暴民之间做非此即彼的选择，这个社会还有许多的空间可以去拓展。作为公民，我们可以用法律做挡箭牌，如果法律是恶法，还可以“公民不服从”。关键是，我们有没有在日常生活中持之以恒地去行使一个公民的权利和义务，而不是在常态生活中以良民心态逆来顺受，在情绪失控的瞬间又以臆想中的暴民面目骂娘。在良民与暴民之间，我们还可以有另外一个更好的选择，那就是做一个真正的公民。

季羡林说：“歌颂我们的国家是爱国，对我们国家的不满也是爱国，这是我的看法。”

从来就没有什么救世主。作为没有本事移民的，我们所能期盼的是社会上不同角色的人各自做好自己该做的事。所谓“微革命”，就是一要人人行动、敢于担当，二要不以善小而不为、不以恶小而为之。如果因为你的所作所为、一言一行使得此时此地的世界是一个更好的所在，哪怕就好那么一丁点儿，那么你的言行作为就是善的，你就是一个合格的公民——这是我的看法。

（2011 年）

## 桥都坚固，隧道都光明

1912 年，维特根斯坦 23 岁，此前的许多年里他一直在严肃思考“自杀”这个问题。他的疑问是，假如自己压根不是一个天才，那么活着就是没有价值的。

类似的困惑萨特也有过，他在少年时常常自问：“世间一切事物的存在都是必要的——你的存在呢？为什么这个世界需要你的存在，你的存在对于这个世界、对于其他人的意义是什么？”如果一个人的存在是纯粹偶然的，他在这个世界出生、成长、死亡只是一个纯粹的偶发事件，那将是多么可悲的一件事情啊！萨特说：“我多么想使所有其他地方的人都想念我，如同水、面包、空气那样使他们感到不可缺少。”

幸运的是维特根斯坦很快就迎来了命运的转机，1911 年他来到剑桥结识了早已名满天下的罗素。罗素在满腹疑云地观察了这个狂躁的年轻人长达一个学期之久后，终于向他郑重宣布：你的确是一个天才。

罗素的这个“诊断”让维特根斯坦暂时安下心来，有趣的是，这个“诊断”同样也让罗素本人安下心来：“他让我产生了一种愉悦的懈惰感，我感觉可以把艰深思考的全部都交给他，而这些以往全由我自己来承担。放弃一些技术活对我来说会更轻松一些。”

不过焦虑仍然存在。天才如维特根斯坦，在接手技术活儿的时候也丝毫不觉轻松，他曾经抱怨：“无论何时当我尝试思考逻辑时，我的思想就变得如此混乱不堪，根本不能产生任何成果。我感到的是所有只拥有一半天才的人所背负的诅咒；就好像有人举着灯带领你穿越一条黑暗的走廊，走到一半的时候灯光消失了，只剩下你一个人独自呆在黑暗中。”

罗素对此评论道：“可怜的人儿！我非常了解他的感受。拥有创造的冲动真是一个可怕的诅咒，除非你像莎士比亚或者莫扎特那样拥有随时可以依赖的天赋。”

在一次闲谈中，维特根斯坦说宗教信仰的价值就在于它能够给人带来“绝对意义上的安全感”，惟其如此，人才会坦然相信：“我是安全的，无论什么事情发生也不会使我感到伤害。”

终其一生，维特根斯坦都在寻找这种“无论什么事情发生也不会使我感到伤害”的安全感，不让自己成为“一只不受保护的小鸟”，无论在智力上，友谊中，还是日常生活的基本态度上。

我猜想只有感受到“绝对意义上的安全感”的人才会有尼采所说的那种“精神的微笑”。尼采这样比较大笑和微笑：精神上变得越是快活、越是靠得住，人们就越是忘记放声大笑；与此相反，他们脸上不断涌现出精神的微笑，这是他们对美好生活所藏匿的无数舒适感到惊讶的一种标志。

与此相对，那种用尽一切气力、寻找一切机会去放声大笑的生活恰恰是活在当下的反应，是一种缺乏安全感的表现。约翰·密尔说：“假如我们随时都有可能被任何在那一刻比我们强大的东西剥夺走一切，那么我们的生活的意义就只剩下满足于当前这一瞬间了。”这个比我们更为强大的、随时可以剥夺走一切的东西在密尔的心中是利维坦式的国家，但它同样也可以是逝者如斯夫的时间，是不可测的命运，是时有时无稍纵即逝的才情。只要我们意识到自己在面对他们时一如婴儿般渺小和无助，我们就只能像婴儿那样满足于当下的感官享乐。不管是一个人，或者一个民族，如果缺少深厚的哲学传统去沉思命运的无常，没有坚定的宗教信仰去抵御时间的清洗，也没有强健的法治精神和权利意识去抗拒国家的暴力，那么唯一可做的事情就是歇斯底里地狂欢和饕餮，起哄或围观。

在流传至今的各种相片里，维特根斯坦总是面无表情，或者凝视或者深思，没有微笑，更没有大笑。1951 年，罹患癌症的维特根斯坦死在朋友的寓所里，临终前他说：“告诉他们，我度过了极好的一生。”他所有的不安、焦虑还有对于天纵奇才的怀疑，在那一刻都化为接纳与感恩。

不知为何，这句遗言总让我想起土耳其诗人塔朗吉的那首诗：

为什么我不该挥舞手巾呢？
乘客多少都跟我有亲。
去吧，但愿你一路平安。
桥都坚固，隧道都光明。

桥都坚固，隧道都光明。这样的字句很扎实，就像我们所向往的生活，它通向远方，但绝不虚无和飘渺。

（2010 年）

## 人道主义是张一撕就破的薄纱

这个夏天已经过去，在暑热和戾气逐渐散尽的初秋重提《南京！南京！》或许是个好时机。

必须承认，关于这部片子已经有太多针锋相对甚至南辕北辙的评论。面对这样一个黑色深重的题材，每个人的观看过程总是一再地被“沉渣泛起”的历史记忆和“泥沙俱下”的现实经验打断。究竟哪些场景是“历史”上不真实的，哪些情节在“逻辑”上是自相矛盾的，哪些桥段是“品位”上不够高尚的，哪些立论是“政治”上不够正确的，哪些处理是“情感”上冒犯观众的，各种观点是如此地对立和纠结，以至于我有一个近乎相对主义的判断——那得看你更“愿意”相信电影本身的道理，还是自己的道理。

以角川自杀为例，日本观众加藤嘉一相信这样的日本兵不止一个，而更多的中国人则认定这只是特例或者压根就是杜撰！隐藏在这类“硬事实”之争背后的是理念上的分歧。事实上，问题的关键根本不在于能否在历史上找到“角川”，而在于当陆川刻意放大角川的叙事地位时，他就必须直面两个尖锐的指控：第一，用“占领者的视角”去审视1937年的南京城乃是一种“汉奸”行为；第二，在30万条生命的背景下浓笔描述侵略者的人性，体现的是一种虚假且孱弱的人道主义品味。我无意回应“汉奸电影”这个莫须有的指控，因为它不仅严重误读了陆川，更是在矮化和羞辱咱们中国的电影审查制度。

说到电影审查制度，不禁让我想起十年前那部同样以抗日战争为题材的电影《鬼子来了》，众所周知这部片子最后因为种种原因未能在国内公映。根据未经证实的“电影审查委员会审查报告”，其中的一个理由是这样的：“剧本第40页：毛驴发情一场，原文学剧本中已改为毛驴钻入鬼子粮仓。现影片第1590镜至1606镜，未做修改。此情节格调低俗、无聊。”倘若该报告属实，则我们应该毫无保留地相信电影局官员的智商，他们既然能够看出毛驴发情是无聊的，就一定能判断出《南京！南京！》到底是不是汉奸电影。

说来有趣，《鬼子来了》的导演姜文与陆川的缘份不浅。姜文不仅主演了陆川的处女作《寻枪》，而且在某种意义上与陆川“合拍”了这部片子，成功地注入了不少姜版的老奸巨猾和玩世不恭。必须承认，这多少与陆川“热血青年”的风格有些格格不入。

事实上，也正因为陆川是热血青年，所以《南京！南京！》就特别地紧张，从画面到情绪到整体掌控都显得紧张。相比之下，姜文这部被枪毙了的《鬼子来了》要放松很多，中国农民的狡黠，生存的小智慧，面对残暴时的绝望，绝地处出于本能的反抗，反抗时的瞻前顾后，乃至于脑壳落地后的阴魂不散死缠烂打，这一切都表现得非常——人性。

没错，是人性。如果说《南京！南京！》是一部极富“人性关怀”的片子，那么《鬼子来了》就是一部极富“人性”的片子。之所以在“人性”后面抹去“关怀”二字，不是说姜文不关怀人性，而是说姜文刻意回避了“人性关怀”这类宏大叙事所带来的形式主义“滞胀”。仍旧是那个未经证实的《电影审查报告》：“剧本第 39 页，大家商量送鬼子回去一场，原文学剧本中描写日军到了村中，将大米洒成一圈，将百姓圈住，逼百姓吃饭，吃不下的还按住头往嘴里塞，日军队长讲话时，百姓们都不理他。而影片第 1763 镜至 1871 镜，将这场戏改为联欢，并大力渲染，一起喝酒唱歌，百姓们感激不尽，日军与村民亲如兄弟，并有‘今儿我高兴，不单是冲这几车粮食，主要是冲皇军给了我们面子’等台词。”审查局官员认定“这是对剧本立意的重大改动，从根本上悖离了主题。”

中国老百姓爱面子，哪怕这面子是鬼子给的，该高兴就高兴，这道理政治上不通，人性上通。相比之下，当《南京！南京！》最后一幕赫然打出“小豆子，还活着！”的时候，虽然在特定的语境下让全场掌声雷动观众热泪盈眶，但是事后总让人不禁心生疑窦：这样的处理是不是出于政治正确的考虑，这样的感动是不是一种剧场效应以及导演的刻意为之。

当然，这些事儿不能全怪陆川。有时候，“关怀”是一个很“随便”的字眼，它可以落实到很具体的事物上，也可以依附在很抽象的概念上，特别是那些超级抽象的超级概念，比如民族，比如国家，比如人性……也正因为如此，“关怀”极易面临的一个指控是，它总是与“装”撇不清干系。

《鬼子来了》与《南京！南京！》之所以会出现这样的反差，原因之一在于题材不同。虽然都是抗战片，但《鬼子来了》选择的是胶东半岛一个封闭农村的小环境，这是一个几乎被八年抗战遗忘的角落，虽然最后发生了屠村事件，但对于整个大历史来说并不构成“事件”，所以姜文在大部分时间可以用近乎“戏谑”的方式去叙述。而《南京！南京！》注定只能浓墨重彩、正襟危坐地去演义，任何微小表情的不端都会被视作不恭。个人的生活史在这一刻无可逃脱地被国家和民族的命运所捆绑，宏大叙事是必由之路。

原因之二在于导演在年龄、阅历以及性情上的差异。我相信姜文永远也拍不出《南京！南京！》，就好像陆川拍不出《鬼子来了》。姜文从来不是一个政治上正确的人，他的“一点正经没有”是骨子里的。而陆川则是一个严肃的知识分子，这种内在的气质让他没法不喜欢“天地有浩然正气”之类的价值观，我猜想这也是为什么会有如此之多的不严肃的知识分子讨厌陆川以及《南京！南京！》的缘故，因为一旦知识分子严肃起来，就是一个既“无趣”又“简单”的有德之人。

十年过去，从《鬼子来了》到《南京！南京！》，一个深描“人性”，一个弘扬“关怀”，一个虽然被禁但通过网络广为传播，另一个则登堂入室并最终赢得亿万票房，两相比较，到底是进步还是堕落，我说不好。还是维特根斯坦的说法深刻又讨巧：“依其本性，进步看上去总比实际上更为伟大。”

1934 年，奥地利犹太裔作家斯蒂芬·茨威格决定为一个叫做伊拉斯谟的人道主义者立传，在这本题为《一个古老的梦》的小书中，茨威格写道：“历史……不赏识温和派，不赏识扮演斡旋者角色、充当调节者的人；总之，历史不赏识有人情味的人。她看中的是狂热派，是极端无度的人，是思想和行动领域中的冒险家……”也正是这一年，茨威格不堪纳粹迫害决定流亡海外。8 年后，他和妻子在巴西双双自杀，用生命印证了那本书里的断言：“对抗的紧张状态在历史上偶尔也会发展到大有一触即发之势，这时简直是出现一场席卷大地的风暴，人道主义顿时成为用手一撕就破的薄纱。”

陆川的失败以及成功在于，他试图再次给这个世界蒙上一层人道主义薄纱；而姜文的成功以及失败则在于，早在十年前他就已经明了，这人道主义的薄纱其实一撕就破！

（2009 年）

## 你永远都无法叫醒一个装睡的人

英语中有个词叫做“white lie”，谎言既为白色，自然充满了温情和善意：慈眉善目的圣诞老人扛着一大坨礼物限时专送，仁心仁术的医生隐瞒绝症患者的病情，老和尚告诫小和尚山下的女人是老虎，莫不是此类白色谎言的代表。

当“white lie”上升到国家的层面，为的是全体人民的利益，那就有了一个更好听的名字，名唤“noble lie”，谎言竟然都可以是高贵的，那是因为它不仅立意高远，而且大爱无疆。

有时候，“忽悠”的确是可以成为“护佑”的。

相比“高贵的谎言”所具有的古典意蕴、贵气逼人，“意识形态”这个术语天然带有机械时代的冷酷无情。19 世纪初，法国思想家德·特雷西在批判启蒙运动时创造了“意识形态”这个概念，将之定义为关于观念及其起源的科学。

不过现在我们不再用“科学”这样的字眼去形容意识形态，因为意识形态的根本目的不在于真理，而在于政治，不在于知识，而在于信念。美国社会学家丹尼尔·贝尔说，所谓意识形态就是“以行动为导向的信念系统”。换言之，意识形态的宗旨不是去探究客观的事实，而恰恰就是通过再造和扭曲事实去激发和维持群众做某些事情或者不做某些事情的信念。

举一个不算遥远的例子，上世纪60年代明明是史上少有的风调雨顺，但意识形态的强大功能却可以倒白为黑，不仅悍然将其命名为三年自然灾害，而且成功地撩拨起全体人民对于“北极熊”的刻骨仇恨。

有趣的是，时间过去50年，当所有人都认定这个信念系统已经濒临破产的时候，齐泽克却在5月的上海，讲述了关于意识形态的另一个故事：

“在欧洲，我们有长着长胡子的圣诞老人，如果你问一个孩子：你相信圣诞老人吗？孩子会说：不，我没那么愚蠢，我只是假装相信，从他那儿获得礼物。如果你问父母，他们会说：当然不信，我们假装相信，是为了让孩子得到礼物——事实是，没有人相信圣诞老人，但是他却发挥作用。现在大家都在说我不再相信意识形态了，但是我的观点是，即使你不相信意识形态，它还是在起作用，而且意识形态正是在人们不相信它的情况下，才起作用。”

齐泽克的意思是，无论是高贵的谎言还是冷酷的意识形态，其实都不必费劲巴拉地维持它的表面光鲜亮丽，一个不再被人们认可或相信的意识形态仍旧可以继续发挥政治和社会价值分配的功能，哪怕它看上去漏洞百出、苟延残喘，但只要每个人都可以通过它获得自己想要的东西，那么它就仍然功能健全、运转良好，这才是意识形态的本来面目。在某种意义上，这样的意识形态更可怕，因为它不再是少数人处心积虑地说谎，而是所有人心照不宣地共同维护那个公开的谎言。

谎言一旦变成赤裸裸，信任的支柱便被抽离，此时支撑谎言继续运转的动力要么是利益要么是暴力。赤裸裸的谎言不再承担造梦的功能，但它依旧可以让每一个人继续生存在一个虚假的空间里，在这个空间里，大伙儿集体在装睡。

齐泽克的故事并不能完全解释中国经验，在这片充满着魔幻现实主义的国度里，正在上演的更可能是下面这个充满了温情的场景：

午后的幼儿园里，静得连针落地的声音都能听见，阿姨在小床边巡视，孩子们假装发出沉沉入睡的呼吸，小心脏里想的是一个小时后冰爽可口的绿豆汤。时钟滴滴答答地走，有些孩子天生没心没肺倒头便着，有些孩子装啊装啊就真的睡着了，当然，或许有更多的孩子一直在装睡，他们在起床铃响前的半小时，就时刻准备着从床上一骨碌爬起来……

这个景象如此美好，以至于我们甚至希望它可以“永劫轮回”地继续下去。一个永远都不会醒来的大梦难道不就是现实本身么？

但我怀疑很少有人能够一辈子——从摇篮到坟墓——都在梦醒时分喝到绿豆汤。那些最终进入梦乡的孩子不会心焦悲剧地诞生，可对于始终在装睡的孩子来说，却必须时时按捺住这个让他崩盘的念头，在百爪挠心中等待被叫醒。

可关键的问题在于，你永远都无法叫醒一个装睡的人，除非那个装睡的人自己决定醒来。

(2010 年)

## 我们都是一小撮

大约是18年前的一个周末，我坐在返校途中的332路公交车上，后座两个中学生叽叽喳喳地在聊天，男生说："我最喜欢郭峰了！"女生兴奋地答："就是就是，我也特别喜欢他，每一首歌都唱到我的心坎里去了。"

这个星球上居然有人认为郭峰——而不是张楚——能够直指他的灵魂！那一刻，我的世界尽头至少向南拓展了5 000公里。我第一次明确地意识到身边原来潜伏着如此众多的陌生人，他们貌似与我同在一片蓝天下，实则却来自另一个平行的世界！

此后的18年里，让人抓狂的事件反复上演。比方说，一个在杭州当音乐教师的高中同学，从来没有听说过马拉多纳；上海某高校教师，杰出青年，经常在报刊发表豆腐块文章，不知道王小波是何许人也；今年春节返乡，某专门负责网络宣传工作的公务员在我这里头一回听说了"五毛党"。

马拉多纳、王小波、五毛党……正是这些常识构成了我的基本生活经验，但在广大人民群众眼里，它们却有如"天外飞仙"一样不知所谓。类似的经历多了，我那颗曾经想要“代表”人民群众的心自然也就凉了。事实上，我越来越倾向于认为自己不过是这个世界的少数派，并且，如果我胆敢对郭峰、赵峰、钱峰还有汪峰说三道四，那就连少数派都做不了，而只能去做“一小撮”。

说到“一小撮”，所有两岁开始看央视《新闻联播》、7 岁开始读《人民日报》的中文读者都了解，这个说法的完整版本是“别有用心的一小撮分子”，而它的反义词则是“一贯正确、永远正确的广大人民群众”。

不过奇怪的是，自从明确地把自己归类为“一小撮”之后，再遭遇“郭峰唱到我心坎里”之类的对话时，我反而变得越发淡定起来。显然，我既没有勇气自绝于人民，也没有天真到拿“真理往往掌握在少数人手里”这样的陈词滥调来搪塞自己，我之所以安于成为“一小撮”，只是因为我发现，其实我们都是一小撮！

前不久我在网上分享柬埔寨版的 MTV《不想长大》，引来争议一片，起因是我的一个评价：“柬埔寨人莫非都对‘门’有挥之不去的情结么？”之所以会有这样一个四六不靠的观感，是因为在我那对没有受过专业训练的耳朵听来，整首歌充斥着前门午门朝阳门总而言之与各种“门”死磕到底的发音。话说到这里，还只是无知者无畏，没有踏足任何“政治不正确”的禁地。真正要命的是有学生变本加厉地追了一句：“中南半岛的那些语言听起来是世界上最搞笑的。”这个略带歧视性的说法立即招致一个留学英国的孩子的反对：“不要这样说，如果大家听到西方人怎么议论中文，恐怕就笑不起来，有些人觉得中文就是 king kong ding dong 之类的古怪音调。”

这位留学生的意思是，面对柬埔寨人时我们也许是大多数，但面对英美人时我们其实还是那一小撮，而一旦我们意识到这一点，最好的做法就是悬隔一切判断，如此才有可能避免“不自知的恶与暴力”以及“自以为是的道德优越感”。

我在相当程度上接受这个留学生的观点：要做淡定的一小撮，而不是狂热的大多数。我所不同意的是就此放弃“指手画脚”和“说三道四”的权利。事实上，只要不试图代表人民去宣判，不抱着唯我独尊的天朝心态去睥睨，在善意批评他人的时候也能够接受他人善意的批评，这个世界就不只是“政治正确”意义上的多元，而是富有差异性乃至趣味性的多元。

记得互联网刚刚兴起的时候，曾经有人盛赞将实现“自由人的自由联合”，就好像一个打破一切壁垒、抹平一切差异的理想世界很快就要实现。但是现在看来，网络虽然拓宽了我们的视野，却没有真正拓宽我们的世界，它所实现的联合更像是“有限人的有限联合”。我的意思是说，这个看似四通八达、互相链接的网络社会实则被细化、断裂成有着不同趣味、取向、话语习惯乃至行为规范的小社会：彼此壁垒分明、界限森然。在有所选择地看待世界和接收信息的过程中，人们被分解、打散在各种小社会里，在这些林林总总的小社会中，人们追求的不仅仅是自由的联合以及理性的沟通，更重要的还有趣味的相投以及幻觉的相互支持。

在一个充满着差异性和趣味性的多元主义社会里，我们应该把“人民”放进中国失踪人口档案库，把“审判我就是在丑化人民”以及“代表人民审判你”这样的说法放到微博笑话语录里。

由于某种幸运的巧合，我们碰巧成为了这个世界的一小撮，只有成为世界的一小撮，才能真实地看清世界。

（2011年）

# 贰

## 你想要打听的那个人在哪里？

刘嘉玲提一小手提箱，站在破落腌臜的菲律宾小旅馆里，问："我听说香港来的人都住在这里，所以我想跟你打听一个人……"

张国荣："我听别人说这世界上有一种鸟是没有脚的，它只能够一直地飞呀飞呀，飞累了就在风里面睡觉，这种鸟一辈子只能下地一次，那一次就是它死亡的时候。"

王家卫一定很喜欢这段独白，不然他不会让张国荣说三遍。

说第一遍的时候，张国荣刚刚从张曼玉的店铺里出来，说了番关于"1 分钟"—"事实"—"过去"—"无法改变"之类不着边际的话。之后他遇见刘嘉玲，做了些超过一分钟并且改变过去的事实的事实。

第二遍发生在哐当作响的异乡火车上，大难刚过的侥幸心理还未平息，也许想找话题，也许是为自己的行径寻找借口，张国荣问刘德华："你有没有听说过这世界上有一种鸟……"刘德华打断他："听过，没有脚的那种嘛。你这些话哄哄女孩子可以。你像鸟吗？

你哪一点像鸟？你不过是我在唐人街捡回来的酒鬼而已。像鸟！你会飞的话就不会呆在这里了。飞呀！有本事你飞给我看看？”

张国荣笑笑：“有机会的，到时候你别自卑。”

张国荣没有给刘德华机会自卑，他只有机会说完这段被打断的独白：“以前我以为有一种鸟一开始飞就会飞到死亡的那一天才落地。其实它什么地方也没去过，那鸟一开始就已经死了。我曾经说过不到最后一刻我也不会知道最喜欢的女人是谁，不知道她现在在干什么呢？天开始亮了，今天的天气看上去不错，不知道今天的日落会是怎么样的呢？”

“不知道她现在在干什么呢？”，这句话似乎在暗示张国荣已经知道了“她”——也就是他最喜欢的人——是谁，只是“不知道”她“在干什么”而已。是因为张国荣已经走到生命的最后一刻吗？但是我却相信，如果有机会还能飞翔，张国荣仍旧不知道她是谁。

我知道有这样一些人，只有当眼睛前面挡上墨镜，耳朵里面塞进耳机，踏在地上的脚步才会有力量。这样的力量来自于拒绝，而所谓拒绝，其实不过是将自己可能的缺口都给堵上，比如耳朵，比如眼睛，这样你就自足了，这样也就有力了，这样你就可以随手甩出一些诸如“我不属于任何森林任何土地任何人”的少年意气然后很骄傲。

可是真的不需要任何东西吗？

总以为王家卫想说的好像除了拒绝，还有错失。其实很多时候我们不是在拒绝，而是在错失。拒绝的发生，或者是因为我更有自主性，或者是因为她更有自主性，反正是两个人中的某一位所呈现的东西不符合另一个人的欲望或念头，而错失不然，错失的原因只能怪罪时间、地点或者……还有命运。

张国荣离开菲律宾生母家的那段镜头很漂亮，张国荣的脚步很洒脱，慢镜头配上话外音——张国荣的独白："我终于来到亲生母亲的家了，但是她不肯见我，佣人说她已经不住这里了。当我离开这房子的时候，我知道身后有一双眼睛盯着我，但我是一定不会回头的。"说过不回头了，快镜头就转为慢镜头，色彩亮起来，音乐声起，脚步也就突然开始变得有力，"我只不过想见见她，看看她的样子，既然她不给我机会，我也一定不会给她机会。"这时候你知道其实没有机会的是那只鸟儿，它真的失去了活着下地的机会。

张国荣一直想知道自己想要打听的人在哪里，只不过知道了又怎么样呢？找人是件很郁闷的事情，你不知道那个人在哪里很郁闷，你知道那个人在哪里依然很郁闷。

不找能如何，找到又如何？

（1999 年）

## 阿飞后传

《阿飞正传》里梁朝伟最后的亮相具有象征意义，那只没有脚的鸟在梁朝伟这里找到停息的地方。

60 年代阿飞（张国荣）的雍容颓唐和不死的贵族向往在梁朝伟这里蜕变为彻彻底底的平民式颓废。

阿飞终于不再对遥远的母亲、故土抱有莫名的怅然，不再在阳台上自我陶醉地孤独起舞，不再佯装冷漠地固守自己的底线。

阿飞兴致勃勃地整装待发，为即将来临的霓虹流彩的夜晚雀跃不已，虽然也往头上一丝不苟地打蜡，虽然也精心地在西服口袋塞进手绢，但是你能听见他暗自吹响的口哨和偷偷的窃笑，这是属于平民的狂欢之夜，从此再无浪漫主义的怀旧情绪和返乡惆怅，虚无主义已然征服这颗不死飞翔的心，他欣然拥抱这个属于虚无的夜晚。

60 年代之后的阿飞（梁朝伟）不会像张国荣那样迎风起舞、揽镜自怜，给张国荣设计动作，就一定得让他展示妖媚的身段，在拧腰摆胯中，散发甜腻呛人的气息——一点点的矫情一点点的哀伤一点点的顾影自怜，就象Beatles清亮怅惘的声线，洇了水的照片，一块红布蒙住的天空，于黄黄亮亮中把你的怀旧情绪撑满。

60年代是一个符号，是革命激情和浪漫主义最后的回光返照，是世界堕入黑夜之前最后的回身凝视，无产阶级革命大众亲手挖掘了自己的坟墓，世界历史终结在60年代巴黎巷战，终结在美国西部公路上嬉皮士的毒品和烟草中，终结在湿毒蔓延的南越丛林里。香港的阿飞虽然没有机会亲历历史，但是他还是可以呼吸来自太平洋躁动的海风，可以孤身远走，可以昂起贵族血统的头颅拒绝市民文化。此后的字典里就真的没有诸如贵族、革命这样的字眼了。

如果说张国荣是躲在华丽大氅背后的脂粉，那么梁朝伟就是哀而不伤、乐而不淫，是淡淡烟草味和着干净肥皂香的性感。梁朝伟不用颦笑摇摆，他只需身着那身一成不变的白衬衫，孑立墙角，然后在嘴角叼一根烟，就能把空气熏染成他的味道。

梁朝伟自我但不自恋。他的血液里没有贵族的骄矜，你知道他就是这样长成的，他不像张国荣那样把一肚子的不合时宜写在脸上，他的平民身份就像他的白衬衫一样明明白白。你能感觉他有点郁闷，但是你很难搞清楚他究竟在郁闷什么。

梁朝伟的颓废不嚣张，他把身子深陷在沙发里面的时候你的心也跟着往下沉，他用眼神逼视你的时候你能看到他眼中的寂寥和落寞——那种“生活在别处”的游离和出神尤其让你心动，可是你知道他只是游离而已，是虽不能至心向往之的无可奈何，是身在曹营心在汉的有所不甘。

梁朝伟是真正状态里的人。什么是状态，状态就是你拿捏自己身体和目光的分寸与姿态。

状态里的人性格真纯没有杂质，他们用色调单一的墨镜看待整个世界事件和时间，因此状态里的人的世界没有时间和事件，他的世界是被抹平了一切事件和时间的世界。状态里的人天人合一神形合一。就像《暗花》里的梁朝伟，在澳门大街驱车挨家挨户寻找杀手的时候，拿完好无损的酒瓶砸疑犯的右手，一下，一下，再一下，其实砸什么东西无关紧要，要紧的是无论砸什么最终砸到的都是自己，都是属于他自己的状态。

梁朝伟是李寻欢手中的那柄飞刀，从来没有人见过它的出手。但江湖上都知道小李飞刀的刀要比阿飞的剑更有杀伤力。

张国荣是阿飞手中的长剑，凌厉但不感人，看着他就像在看一幕舞台剧，你知道他的真诚但你也知道他的遥远和装腔作势，他钟爱的是那种绝尘而去的速度——自弃弃人也自绝绝人。

所以梁朝伟是我们，张国荣是他们。

王家卫没有拍《阿飞正传》续集，梁朝伟在《阿飞正传》中的最后出场最终成为没有开始的结束，其实王家卫无须再拍续集，因为续集中的阿飞就生活在这个世界里面，因为我们的世界就是《阿飞正传》续集里的世界。

（1999 年）

## 沉默并诗意地活着

有一类电影注定不是用来娱乐大众的，就像有一些国家注定没有面目，有一些河流注定没有名字，有一些人注定只能张大嘴巴却发不出声音。

自从有了杜拉斯小说的风靡和《现代启示录》的成功，越南就注定只能在东方主义的想象中“忍辱偷生”——在法国人的记忆里，越南象征着曾经纸醉金迷的殖民生涯和春风沉醉的异国恋情；而在美国人的眼里，越南是挥之不去的梦魇，把无数年轻而飞扬的生命永远地留在疯狂的60年代……

不过值得庆幸的是，在《三轮车夫》里我们没有看到后殖民主义的猎奇和歪曲。陈英雄，这个生于越南、长在法国的导演，以一种博大而悲悯的关怀给出了一个真实的当代越南。

《三轮车夫》的情节并不复杂，一个与祖父和姐妹相依为命的三轮车夫，因了车子的被盗，被迫“卖身赎车”加入黑社会，与此同时，他的姐姐也被逼卖淫，与一个沉郁神秘的诗人发生联系，从此卷入到一个充满着性、犯罪、暴力和疯狂的世界。

影片的拍摄风格抒情而写实，大部分场景都由街头实景构成，间或夹杂以华美而诡异的画面。通过极富质感的镜头触摸和触目惊心的色彩搭配，陈英雄赋予整部影片以目眩神移的诡异效果。毋庸置疑的是，陈英雄在这部片子里面运用了大量的西方艺术电影元素，但是《三轮车夫》决不是平庸的形式主义作品，恰恰相反，这是一部洋溢着“水泥气息”的现实主义力作。陈英雄对时空坐标下的个体生命的关怀、对现实处境的深刻批判和对彼岸世界的超越性追求，使影片完美地融合了坚硬的力度和残酷的美感。

适度的痛苦让人喋喋不休，而太多的苦难则让人们默默承受。《三轮车夫》中的人物很少说话，即便面对突如其来的变故，他们的反应也只是沉默。有一个场景让我记忆犹深：三轮车夫在路口接受例行检查，忽然一群骚动的人群从街头席卷而至，在沉默中开始剧烈地打斗、碰撞、撕扯，警察掏出警棍例行公事地迎上前去，所有的过程除了急促而杂沓的脚步声，没有任何音响效果——狂乱的手提摄影愈发凸显出沉默的咄咄逼人。类似的意象在《三轮车夫》中反复出现，镜头中的每一张面孔都呈现出一种奇怪的“泰然任之”的表情。正是在这种生气勃勃的影像和沉郁压抑的情绪之间所构成的巨大张力，给人以近乎窒息的震撼。在导演残酷而具有美感的镜头面前，你能感受到来自电影语言的独特魅力。

而最让人难以理解是，即使是面对这样一块饱含着苦难、泪水和绝望的土地，陈英雄依然葆有着充沛而昂然的诗意和视野。不动声色的窥视镜头常常被导演饱满的情绪冲破，大段的抒情场景像刀子一样、肆无忌惮地插（剪接）在每一个意想不到的地方。

没有名字的河流
我出生时　暗自呜咽
蓝天大地　溪水黝黑
年复一年　我逐渐成长
没人对我细加垂问
没名字的人
没名字的河流
没颜色的花朵
芳香扑鼻　万籁无声
噢！河流
噢！过客
在那三轮车的生涯里
度过年年月月

歌声中，梁朝伟饰演的诗人和所有的孩子一样，闭目凝神侧耳倾听，是什么东西让这些命运多舛的人在面对苦难时如此安之若素，是什么东西使得他们在辗转流离的混乱中各归其位？

很显然，这种诗意的浪漫不是德国浪漫主义者式的自慰。这是一种沉默并诗意地活着的状态，所谓沉默的诗意，或者诗意的沉默，并不是里面只有鸟语花香曼语轻歌，没有血泪苦难和绝望，而恰恰是拽着眼泪和一无所有时的哀恸，是穿山越岭返乡之路的跌跌撞撞，是知其所来知其所终的安天知命。就此意义而言，陈英雄已经超越了自然地理意义上的越南，而是在直接书写一个属于生存论层面上的故事——这个故事属于每一个对故土饱含热泪的异乡人。

（1999 年）

## 抒情是一种病

如果我是《时尚》杂志的主编，孟京辉一定是六月号的首选采访对象，尽管有评论家说孟京辉一直在做着与时尚、流行为敌的斗争，但是当你目睹如此之多的观众涌向青艺小剧场，乃至台阶上都坐满了目光虔敬的青年时，谁能否认孟京辉不是时尚和流行的代名词？在看完《恋爱的犀牛》后，唯一让我明白的一点是有关先锋的定义——所谓先锋就是那些以否定现有的时尚来证明只有自己才是时尚的人。

然而，一个让观众和作者都有些尴尬的事实是，尽管剧中充斥着对“生活模仿电视剧”的戏弄和不屑，但是我们并没有从话剧中发现任何超越电视剧的“生活因子”，这台在垃圾场中生长起来的话剧没有告诉我们任何新鲜的东西——这不怪导演和编剧，想象力不是凭空而至的，谁能拔着自己的头发升空？所以在把通俗电视剧作为靶子和生长基地的同时，也就命定了整台话剧只有否定性，没有肯定性，只有批判性（其实就批判而言也不过尔尔），没有建设性。我们无法从中发现新生活的任何气息和踪迹，所谓对“冷漠的现实世界”的反抗无非就是歇斯底里的滥情——这种“好感动好感动”之类的抒情在同期播出的《还珠格格》那里比比皆是，而那个被刻意塑造为另类的男主人公马路则无非是尔康之流的话剧翻版，我看不出任何坐两小时公车到青艺小剧场去接受再教育的必要。

选择郭涛和吴越做男女主角尤其让人怀疑孟京辉的居心叵测，众所周知这两位是肥皂剧时代的既得利益者，分别饰演过若干海枯石烂、惊天动地的爱情角色，这种几近不言而喻的反讽意味尤其令我悲哀不已。吴越的表演几乎不用太多气力（郭涛的“气力”也许大些，小剧场的效果让我真切地目睹到他额头的汗珠和眼中的泪水），只需将《和平年代》里的角色原封不动地照般到舞台上即可，这同样不怪演员，导演的本意就是如此——你丫就是这么一个“带着打印机气味”的主儿，从电视剧到舞台，从直意到隐喻。

话剧的本意似乎是说在这么一个后现代主义时代，爱情虽然让人目眩神迷但却不堪一击。不过结局却不免有些叫人困惑：对爱情的嘲讽和狐疑没有一以贯之，青春的激情和生命的热血仿佛是在挣扎着要把这种不合时宜的抒情坚持到底，这样的剧情发展像极了通俗电视连续剧和流行歌曲的普遍程式，想一想黄舒峻的“恋爱症候群”，一千多字的长篇大论有990字是在打击嘲弄那些为了爱情“刷牙刷得特别干净，洗澡洗得特别用力，半夜起来弹钢琴”的人们（怎么样，孟京辉的表述才能似乎还不及黄舒峻来得明快且击中要害），但是在最后的20余字当中，曲风急转直下，温柔缱绻、柔情蜜意、海枯石烂的抒情最终替代了所有的不屑和反讽，爱如潮水浩浩荡荡冲决一切世俗的网罗和羁绊——这样一种坚持据说正是剧作者廖一梅想要表达的东西，但这显然太过浅显和庸常了，电视里成天放的就是这些调调，我不明白为什么要用话剧这种奢侈的形式来表达它。

当然当然，我们不能拿《恋爱的犀牛》与《一个无政府主义者的意外死亡》相提并论，毕竟没有多少人有达里奥·福的深刻与博大。但孟京辉前后的导演风格还是可以做一比较的，简而言之一句话，没有任何突破：依旧是山东快书，依旧是民间俚语，依旧是对“泰坦尼克”的戏访和揶揄……古典艺术家也许可以一而再再而三地复述自己，但现代艺术家却只能像一条被创新追赶的狗那样没命地向前奔，这是他们的宿命，停滞就意味着死亡。《恋爱的犀牛》的命门不仅在于主题落入都市爱情的滥套，而且形式也没有太多的突破，孟京辉的戏就像一堆从破布袋里跌落的土豆，每一个都是如此的实砣甚至滑稽，每一个又都是如此的毫无关联。这是一台大型的小品晚会，观众在狂笑之后期待着下一个小品的精彩上演，郭涛和吴越则是这台晚会的串场主持。

在轻松写意中感受那么一点所谓的“真情流露”，也许这就是作为这个时代的观众的唯一期待。

（1999年）

## “实话实说”还是“是话就说”？

《实话实说》正在成为一台大型的小品晚会。自打崔永元和赵本山、宋丹丹一道出现在春节联欢晚会的舞台上以后，我就越发对这个观点深信不疑。3月21号，当梁天再次插科打诨地在《实话实说》中亮相时，只不过再一次印证了上述观点的正确性——从梁天提及赵本山时，现场观众的哄堂大笑就可见一斑。这期的主题是《一块钱的官司》，很显然是为了呼应“3•15”，当戴墨镜的王海已然成为消费者权益保护“神”的今天，再谈这个话题无疑有些落套，不过落套不等于没话可说，事实上当我看完整个节目之后，第一反应是“我有话要说”。

事件的经过很简单，一位山西教师在北京海淀某书店买了一本书，回山西后才发现有缺页，于是他专程返回北京，要求退书，并要求书店承担往返的路费。书店的态度也很明确，书可以退，路费不能垫，理由是：1. 书店没有这种规定，也没有相关法律；2. 谁知道你来北京是为了什么事？如果《实话实说》的现场讨论围绕的是第一条理由，问题似乎比较简单，只要查查相关法律，依法办事就可以了。然而现场的焦点却更多地集中在第二点上，用梁天的话说："谁知道你是不是逛了回电影院，游了趟故宫，再顺道去书店换书的。"其实这种观点也无可厚非，这年头认死理较真格的人固然不少，但钻空子敲竹杠的更多，老百姓对这类人和事保持高度警惕是觉悟提高的一个表现。另一个观众的问题更尖锐：你这么做是不是为了出名？然而在我看来，上述争论都偏离了这件事情的争点，仅仅停留在一般的生活层面上，或者更确切地说是"莫须有"的心理主义层面上。

或许倒是在座的那位法律学者提出了一些颇值得探讨的问题，他的主要观点有四：1. 为了一块钱，花费近三千元的代价，此举有背于"利益最大化"原则，是对国家资源、个人财富的极大浪费；2. 由于这么一个微不足道的冲突而引发纠纷，牵涉个人精力，影响工作，麻烦法院，造成社会的不稳定是得不偿失的，如果所有的人都像这位教师去为了一块钱打官司，那么整个社会就将陷于瘫痪；3. 打官司是专业人士分内之事，作为教师不应该放弃本职工作，投身法律界；4. 法律赋予人们行使权利的权力，人们有权保护自己的合法利益，但法律同时保障人民过上幸福美好的生活，而这位教师的所作所为不仅使自己的生活不美好，还导致他人也过不上美好的生活。

这位法律学者的观点涉及好几个层面的含义，就第一点而言，我基本同意在场的一位观众的意见，即这是一种庸俗经济学的观点，所谓违反"利益最大化"原则，其理由不过是表面的1:3 000，显然我们可以提出反对意见：这位教师的行为有一种潜在的社会效益，而这是无法用现成的金钱衡量的。

就第二点来说，这件事是否“微不足道”，要看你从什么角度出发，如果仅从一元钱来看，当然微不足道，但如果从维护消费者的个人“权利”来看，则是兹事体大。至于影响工作，如果他为了打官司而导致旷工，那当然于理不合，但是他已经辞职则又另当别论，因为这是他个人的自由选择，只要他不违背法律和社会基本道德准则（所谓基本道德准则依然是可质疑的），旁人就无权进行实质性的干涉（社会舆论除外）。说到“麻烦”法院，就更是令人莫名其妙，中国社会的法治建设之所以如此薄弱，原因之一就是人们潜意识里的“麻烦”心理在作怪（当然，基于中国强大的道德本位传统，我们不必一味依照英美传统凡事皆以法律为准绳，可以适当由乡规里约、道德教化来规范人们的行为），作为一名“法律学者”不应该说出这么有背学理的话来。再次，说到如果所有的人都像这位教师那样行事，就会天下大乱云云，则更是犯了基本的逻辑错误：这种从单称的经验陈述向全称陈述的扩展是毫无道理的。而且这种辩护相当没力量，就好像你对三岁的儿子说，不应该抠鼻子，如果所有的人都抠鼻子会把你恶心死的。而且事实可能是，这位教师一个人的行为使得服务行业专门定立相关法则，从而彻底免除了其他所有人再为此类事情奔波，正如现场某位观众的玩笑之语“苦了你一个，站起十亿人”。

至于是否只有专业人士才有资格打官司，我想这是一个常识问题，在此就不必讨论了。其实对我来说，真正感兴趣的是第四个观点，我们先重温一下：“法律赋予人们行使权利的权力，人们有权保护自己的合法利益。但法律同时保障人民过上幸福美好的生活，而这位教师的所作所为不仅使自己的生活不美好，还导致他人也过不上美好的生活。”前一句话其实承认了这位教师有以法律为武器来保障自己合法权益的“权利”，这似乎也是一个常识问题。所以关键在于后一句话，这句话涉及的是法律与道德的关系问题。我们从两个层面来讨论，一个是制度设计层面，一个是个人生活筹划层面。

显然这位“法律学者”在两个层面上都混同了法律和道德，在他看来，法律不仅要维护社会的正常有效秩序，而且应该保证人民过上幸福美好的生活。（法律在起源上是否包含道德的内容，这是另一个更复杂的话题。）在我看来，就制度设计层面而言，法律与道德发挥的功能是不同的。法律是底线性的、维护性的，如果它是一种好的法律，那么它将有效地保证社会机体的正常运转，但是它并不必然保证社会将是一个幸福美好的存在，因为幸福就其实质而言不是普遍的，而是因人而异，所以法律对社会中的人有普遍的约束力，它规范的是公共生活领域当中的事。而道德则不然，道德虽然是高标的，却是特殊的，它的有效约束范围发生在法律以外的领域，尽管对私人生活领域可以指手画脚，但并没有任何天然合法的强制力。因此，个人只要在做法律所允许的事，即便他有违道德（或者更宽泛地说，有违大众的观点），也是具有相当的合理性的。就个人生活筹划来说，法律与道德则是相通的。那位教师之所以决定使用法律来保障自己的合法权益，并不仅仅因为出于对抽象原则的维护，更在于他对自我“幸福生活”的感受：如果不打这场官司，也许在他看来整个生活就将毫无幸福可言，他是通过法律来保障自己的“幸福生活”。

在这里我们发现一个极为有趣的现象：那位法律学者恰恰就是用破坏“幸福生活”来批驳这位教师的。为什么会出现这种矛盾？

原因很简单，学者对幸福生活的理解与教师的不同。所以现在的问题集中在，你是否可以凭借个我的价值体系来否定另一个人的价值体系？进一步地，因为这名教师的辞职导致数十名孩子失去一个经验丰富的年级组长，是这数十名孩子的“幸福生活”重要，还是这位教师的个人“幸福生活”重要？这里所牵涉的问题既根本又复杂，在此我只想指出一点，个人的道德观念对于他者并不具备“天然”的合法性，它不能用来作为证伪他者个人生活选择的理由。

在讨论过程当中，这位法律学者举例说，如果一个海淀区的居民为了一棵大白菜专程跑到东城区，那么人们就会认为此人是不正常的，姑且不论其中指桑骂槐的卑劣性，我们至少可以得出这样的结论：1. 这位“法律学者”犯了把问题简单化的错误，因为这两个例子具有相当程度的不可比性，“买大白菜”是件毫无社会意义的私人事件，而这场“一块钱的官司”却有其巨大的社会意义，我们不会为那个到东城区买大白菜的人专门做一期《实话实说》，但我们却会为了这名山西教师吵得脸红脖子粗。2. 他混淆了基本概念，“违反常理”不等于“不正常”，前者是事实判断，后者是道德判断。更何况违反常理并不等于不合理性。作为一名法律学者，不应该以一种道德至上论的面目出现在学理讨论中，这对于事实本身的剖析只有遮蔽，而无澄清。

这期《实话实说》的现场讨论给我的最大体会是，中国社会的舆论牵制力量太大了，道德理性往往压过了理论理性，结果使事实分析偏离其原本的理路，过早进入纠缠不清的道德领域。作为一档百姓言说节目，能在现场让各种观点充分展现出来，已属难能可贵，但我们能否让问题在皆大欢喜的哄笑声中走得更深入一点？我想，

“实话实说”不等于“是话就说”，玩笑是有分寸的，宽容也是有限度的。在学会以正确的方式讲道理之前，国人距离真正的民主社会还很遥远。

(1999 年)

## 掐死一切意识形态大臭虫

在20世纪的最后一个冬天上演《臭虫》和《切·格瓦拉》是一次意味深长的文化行动，关于意识形态的争论终于在这个红色世纪的最后一个红色首都以话剧的形式给出了交代，尽管这样的交代语焉不详、欲语还休，尽管这样的交代在那些没有阶级斗争经验、没有意识形态情结的红男绿女眼里，不过是一次节日的狂欢，一场昂贵但高雅的、布尔乔亚式的文化消费。

在某种意义上说，《切·格瓦拉》与《臭虫》的第一部构成了正相反对的呼应。《切·格瓦拉》争论的是：革命，还是不革命，这是一个问题；《臭虫》第一部阐明的是：问题恰恰在革命后的第二天才出现。乍一看来，《臭虫》的立意似乎明显要比《切·格瓦拉》来得高。因为《切·格瓦拉》表现的是立场，而《臭虫》追问的是问题。不过在一个普遍怀疑和反讽的年代，有时候坚持立场要比怀疑本身更加有力和值得尊敬。在孟京辉的话剧技巧中，反讽意识形态已经成为讨好观众最为百试不爽的一种手法，如此昭然若揭的功利主义态度理应遭到唾弃。

当然，我这么说并不代表我赞同《切·格瓦拉》的立场，事实上《切·格瓦拉》的陈述颇有些“最后的莫希干人”的悲壮，它的力量更多地源于激情而非理性。《切·格瓦拉》的煽情带有强烈的不容置疑的口气，整个剧场飞舞的都是无产阶级铿锵有力坚定不移的调调，三个满口正义、良心、真理和革命的男人拄着木棍砸地板，目光迷惘的时候就倾听来自剧场后边格瓦拉的声音，可是那个从扬声器中传出来的带有电磁噪音的“彼岸的声音”总让我产生纯生理的反应：是谁，凭什么，让你，切·格瓦拉，一个肉身凡胎的家伙摇身成为圣人，成为所谓真理和正义的化身，可以如此这般用祈使句的语气告诉我应该这样，不应该那样？！这种“文革”大字报式的话语暴力时常让我想起那句“哪里有压迫哪里就有反抗”，也许在反抗富人对穷人的压迫之前，首先要反抗的就是这样的话语权力和道德理想。

《臭虫》第二部在形式上远不如第一部精致，孟京辉和马雅可夫斯基之间的差距由此可见一斑。但是比较而言我却更加喜欢《臭虫》的第二部。第一部注重的是形式的张扬，而第二部则是思想的实验。孟京辉在《臭虫》第一部中对苏联抹杀个性的集体主义的批判颇有些落井下石的味道，其言辞凿凿与《切·格瓦拉》鼓吹革命的不遗余力在本质上并无二致。而在《臭虫》第二部孟京辉终于有了艰难的自由表达，不再拘泥于左与右、资本主义与社会主义、个人主义与集体主义之类的意识形态纠缠，这一点甚是难得，我们的先锋导演总算不再和过去较劲了，尽管他还没来得及告诉我们向前究竟看到了什么。

《臭虫》第二部和革命无关，既没有欢呼革命也没有告别革命，也许在孟京辉眼中这个时代终将以闹剧收场。《切·格瓦拉》的结论铿锵有力：只有革命才是不朽的——历史决定论者永远坚信历史将终结在何处。

尽管我坚决地反对血统论和出身论，但是我的确相信这两部戏之所以南辕北辙与张广天和孟京辉截然不同的出身有着异乎寻常的关系——一个是行吟诗人流浪歌手，一个是学院派的先锋导演时尚先生。

非常凑巧的是，在看《切·格瓦拉》的时候，恰好秦晖——那个关注底层农民问题的自由主义者——就坐在我的前边，所以我有幸得以观察他的反应。根据我的观察，整部戏中有两个场景秦晖最投入：一个是说现今北京知识界正在召开一个学术研讨会，题目叫做“告别革命”；另一个场景是在资产阶级小姐高喊“这个时代的最强音：www.com”以及“最弱音：傻逼呵呵革命啦”的时候，这个强调公平和正义的自由主义知识分子开心地左顾右盼，但是我明明看到在退场的时候他摇了摇头，尽管这无碍于他鼓掌以示礼貌，也无碍于我鼓掌以示教养。

（2000 年）

## 有这么一种困惑来自生活

生活的困惑林林总总，不一而足。但是在存在者状态的困惑之上的还有一种更为根本性的困惑，我称之为存在论的困惑，这样的困惑包括生与死、有限与无限，以及最主要的——生活的意义问题。

生活的大多数状态好比在光滑如镜的冰面上滑行，足下无尘、倏忽万里。如果你对这样的似水流年有所不甘，就会试图套上钉靴或者别的什么，用力且用心地步步为营，将时间钉在脚下，就像石匠在劈山凿石，锤子落在凿子上的每一下都是那么的铿锵有力坚固结实。这样的钉靴，可以是病痛，可以是冥思，可以是爱情，可以是悠长的无以复加的思念或者感伤，总而言之这种钉靴让你更加地贴近灵魂——至少它让你如此这般的信以为真。在这过程中，你细细体验每一分每一秒的生活，它的每个细节和侧面，让它彻底、无保留地放大。生存的质感如此紧密，以至于你以为是在用一刻去体认一生，用刹那来代替永恒。于是你坚信这就是生活的应然状态，这就是逃避空虚、绝望、死亡这些人生大敌的最佳途径。你对此深信不疑。这一刻，我们终于可以逃离生活狂流的席卷而去，命运不公的永劫轮回。

真的是这样吗？

在《白痴》中，陀思妥耶夫斯基让一个死刑犯人如斯想：“如果不死该多好哇！如果能把生命追回来，那将是无穷尽的永恒！而这个永恒将全都属于我！那时我会把每一分钟都变成一辈子，一丁点儿也不浪费，每一分钟都精打细算，决不让光阴虚度！”然后，那个犯人真的被改判减刑了，那个“无穷尽的永恒”也果然送给了他。那么，后来他把这一大笔财富怎样处置了呢？是不是每分钟都做到了“精打细算”呢？没有，他根本没有做到这一点；他浪费了好多好多分钟。陀思妥耶夫斯基的结论是：“可见，已有经验摆在我们面前：要真的每分钟都‘精打细算’，日子是没法过的。不知为什么，反正没法过。”

反正没法过！！！

普鲁斯特通过病痛来接近自己的灵魂，盖着厚重的鸭绒丝，从紧闭的天鹅绒窗帘缝隙窥视世界，他说：“病人，更多地觉得接近自己的灵魂。”但是他还有另外一句话：“生活是一样贴得太近的东西，它不断地使我们的灵魂受到伤害。一旦感到它的镣铐有片刻的放松，人们便可以体验到隽永的乐趣。”

生活贴得太近会伤害灵魂，灵魂贴得太近会疏远生活。反正没法过！！！但是时间不会戛然而止，时间在灵魂低眉举目之间轻轻跃过，把状态拉长成生活，历史就是这样完成的，生活就是这样展开的，然而灵魂还在丛林的月光下沉思，想着没有出路的出路。怎么办？

于是我们决定不用理性去规划生活。我们用意志力，用极大的轻蔑力去贬低生活，贬低一切来自生活幻想幻象帷幕之下的幸福、快乐、温馨、亲近等等一切美好词汇，在这种大轻蔑中体会另一种力量，一种源自生命底层的力量，狂飙突进、荡涤一切。我们终于把握住生活的本质，我们手指前方，道：“喏，这就是生活的本来面目，你们这些可怜的被蒙蔽的蝼蚁。”——尼采就是这么生活的，但是尼采首先摧毁的就是他自己的生活。此后的哲学家们再也不会这么孤注一掷地为哲学抛弃生活，罗素和萨特是最好的例子。罗素说，在我一生中，有三种不可遏止的追求，一是对真理不可遏止地追求，一是对自由不可遏止地追求，还有一个就是对爱情的不可遏止地追求。

对任何单一事物的耽溺都足以证明我们自身的脆弱以及生活的乏味。无论这个事物本身多么的崇高。几何学讲三角形是最为坚固的一种建构方式，在罗素这里，真理、自由与爱情就构成了这么一个坚固的三角形。罗素给我们的启示是，不要试图到哲学（真理）中去寻找关于自由和爱情的答案，因为这里不需要真理。

(2000 年)

## 存在的焦虑与勇气

《朗读者》是德国作家本哈德·施林克的作品，自1995年出版以来，已被译成22种文字，迅速成为国际范围内的畅销书。我们知道，战后的德国文学是以从“废墟”上站起来的姿态出现在世人面前的，这种姿态绝没有丝毫死地重生的骄傲，有的只是鞭辟入里的自觉忏悔——奥斯维辛集中营惨绝人寰的反人道罪行就像一个如影随形的魔咒让每个有良知的德国作家都很难掉过头去，这一点，即便是诺贝尔文学奖新贵君特·格拉斯也不能免俗。初读《朗读者》，很容易落入上述流俗的阅读陷阱，而且作者似乎也在有意无意地暗示这条可能的歧途：发生在15岁少年白格和36岁少妇汉娜之间的浪漫而诡异的畸恋关系；多年以后，已是大学法律系的见习学生的白格亲眼目睹了自己的情人以纳粹集中营看守者的身份出现在法庭的被告席，以及由此展开一系列对于集中营罪行的思考——所有的情节似乎都在昭示一个并不新鲜的理智与情感、道德与正义的主题。

但是作者显然不愿意就此向俗套屈服，德国人特有的“面向实事本身”的态度使得他们不会满足于平面的现象描述和简单的道德谴责。随着阅读的继续，我们发现汉娜的一切行为都只是基于这么一个事实：她是个文盲，而且她不想让别人得悉这个秘密。为了保守这个秘密，她放弃了在西门子公司升迁的机会而投身集中营；为了保守这个秘密，她津津乐道于白格给她朗诵的每部小说却总是反应古怪；为了保守这个秘密，她甚至不惜在法庭上承认自己就是那个书写报告的纳粹执行官，而事实上她根本就不可能书写那个报告——她甚至连自己的名字都不会写！汉娜就这么小心翼翼地维护着这个秘密，在她整个纳粹集中营以及此后数十年生涯当中，她所有的举动居然都只是为了保守这么一个微不足道的秘密：她是一个文盲!

很难想象这么一个事实究竟意味着什么，但是我猜想，对于德国人来说，这意味着一种耻辱，对于汉娜来说尤其如此，它使汉娜在一个由文字组成的现代社会中寻找不到属于自己的位置和身份。于是当个人的羞耻感与所谓国家民族乃至人类的正义发生龃龉的时候，问题突然变得尖锐起来，是竭力维护所剩无几的自我认同感呢还是心甘情愿放弃它?

桑多罗扎克说：“我们生活在这样一个时代，个人认同的找寻及个人命运定向的私人体验本身，都变成是一种主要的颠覆性政治力量。”这样的一种政治概念是完全有别于传统意义的，安东尼•吉登斯称之为“生活政治”，简单地说，它关注在后传统背景下，在自我实现过程中所引发的政治问题。30 年代的德国是一个传统价值完全被颠覆的时代，“上帝死了”的结果有两种：或者就此放弃所有价值和意义的追问进入到虚无主义的状态，或者置之死地而后生重新寻找存在的勇气——纳粹德国是 30 年代德国人寻找勇气的一种尝试，他们的选择当然错了。现在的问题是，汉娜的选择究竟是纳粹呢，还是所谓的现代性下的自我认同？

汉娜也许没有意识到这个问题，但她在实践这个问题。作者也在实践，很显然作者不愿意像《苏菲的选择》和《辛德勒名单》那样进行简单的想象，这些想象给予世界一个完整的解释，但却是以丧失事实的复杂性和真实性为代价的。而在善与恶的彼岸有一个更加幽晦莫深的“存在”领域，在那里道德的审判也许显得有些唐突？！

汉娜的生存境遇相当逼仄，作为一个前纳粹集中营的看守者，她面对来自国家、政府和社会道义的压力，作为一个文盲，她无法从文字那里获致任何关于自我认同的途径，因为超我的强大压力和自我的无法实现，汉娜唯一可以维护的就是身体的完整。所以在白格无法磨灭的记忆里，汉娜最为清晰的形象就是她“身上的香水味、新鲜的汗味”，汉娜是如此地讲究清洁，在白格看来她甚至有些“干净得过分”，每一次幽会他们的必经程序都是沐浴、做爱和朗读。15 岁的白格并不理解这个仪式对于汉娜的意义，但是汉娜知道，身体是她唯一可以找到自我认同的落脚点，身体也是她借以与白格、与世界媾和的唯一途径，这是她的希望所在，她自始至终都没有放弃过重新进入生活的努力，即使这个通道狭窄得让人绝望。

汉娜在白格朗诵作品的时候显得异乎寻常地专注，“她是个注意力集中的听者，她的笑，她的嗤之以鼻，她的愤怒或者是赞赏的惊呼，都毫无疑问地表明，她紧张地跟踪着情节”。汉娜就是在这种身份和角色的代入中开始她虚拟的文字生涯——没有现实生活，那么虚拟的也是好的。

当她终于被判入狱，开始长达几十年的监狱生涯时，汉娜依旧没有放弃身体。白格第一次也是唯一一次见到狱中汉娜的时候，她已经是一个“满头白发，满脸深深的皱纹，一副笨重身躯”的老妇人了，她的身上甚至有一种“老年妇女的味道”。这不能责怪汉娜，汉娜曾经近乎绝望地抵抗过，她在监狱里通过白格寄给她的录音磁带逐字逐句地学习德语，她甚至开始给外面的白格写信，先是寥寥几行的问候或者感谢，后来是对一位作者、一首诗、一个故事、一本小说人物的评论，她写“院子里的连翘已经开花了”或者“我希望今年夏天雷雨天多点”，她评论“施尼茨勒在吠叫，斯蒂芬·茨威格是条死狗”，或者“歌德的诗就像镶嵌在漂亮框架里的一副小画”，然而白格从未给汉娜回过信，除了一直为她朗读，为她不间断地寄朗读的磁带，汉娜在狱中焦急地等待白格的回信，哪怕是片言只句，但是她从来没有收到过。监狱长告诉白格，汉娜在入狱的前十几年“一直注意保持体型……而且她干净得有些过分”，但是“后来，她开始暴饮暴食，很少洗澡。她变得臃肿起来，闻起来有种味道”，在汉娜减刑出狱的前一天，也就是白格决定迎接她重新回归世界的头一天，汉娜死了，她终于放弃了与世界媾和的努力。

汉娜的死亡并非出于对重新投入生活的彻底绝望，事实上，汉娜一直不缺乏这样的“存在的勇气”，她的问题也许在于，她究竟有没有“存在的权利”。我们现在也许可以回答上面那个问题了，汉娜选择的不是纳粹，而是属于自己的生活方式，但是，不管怎样，汉娜的选择都构成了切实的政治后果，并进而从存在的幽暗领地进入到道德审判的十字架下——“生活政治”就是这样发生了作用。

在小说的最后，汉娜留下一份交给集中营受害者家属的遗产，而且那个当年死里逃生的孩子最终也象征性地接受了这个悔罪的举措：托白格将它转交给“犹太反盲联盟”。汉娜无疑是有罪的，作者从来没有否认这个事实，但是同样的，这个事实也丝毫无碍于我们在阅读汉娜时的感动，感动于她对真实自我、真实生活的热切渴盼和勇气。也许作为群体的存在勇气的确来自于某些宏大叙事的煽情，但是对于个体而言，存在的勇气只能源于某些隐秘的焦虑，那么你和我的焦虑在哪里呢？

（2000 年）

## 丧钟为游记而鸣

《忧郁的热带》无疑是一个相当具有蛊惑力的书名，把这五个字含在嘴边就好像看见19世纪的法国超现实主义画家卢梭的画作，扑面而来都是湿热难挡的热带气息。一如本书的封面色调——取自亚马孙河的酽绿与巴西橡胶园的土黄，两种质地细密的色彩搁在一起，无须复杂的图案，即已呈现出一种坦然而又脆弱的富丽气质，原始且性感。

有趣的是，在卢梭那幅著名的《异国风景》图中，经植物学者考证，除去可以见到的两三种外，画面上几乎所有的植物都只存在于卢梭本人的想象之中。而在列维—斯特劳斯的这本书里，虽然提到了麝香草、牛至草、迷迭香草、罗勒草和乳香黄连木这等古怪拗口闻所未闻的植物，但却都是个个有证可依有据可查。这里没有夸张怪诞的文化想象，所有的文字都是在见证实录的条件下写就——“1934年2月有天早晨，我从马塞港搭船前往山托斯港。从那次以后，还有无数次的出发，在记忆中全都混合起来，只留下少数几件特殊的印象：首先，法国南部的冬天充满一种特异的欢娱气氛……”这样的叙事方法不仅让人联想起杜拉斯式的异乡情绪，更因作者本人文化人类学家的身份而具有了真实的感染力。

《忧郁的热带》不是一本纯学术著作，和斯特劳斯其他几部人类学宏篇巨著如《神话学》、《原始思维》乃至《结构人类学》相比，《忧郁的热带》更像是这位20世纪最伟大的人类学家在闲暇时分随手写就的作者手记——因为不追求宏大叙事和理论体系的建构，所以没有太多行文的限制。

大师的胸怀和学养不允许列维—斯特劳斯像那些随时准备被感动随时要抒怀的文人骚客，哆嗦着企图在蛛丝马迹的历史遗迹中夸张情绪，这本书恰如一位文笔很好的科学工作者所写的工作报告，娓娓道来但不扭捏作态，处处精彩却又不露半点痕迹，丝毫不见时下国内某些学者撰写“文化大散文”时的顿足运气筋脉贲张。

很显然，这样的文字极易满足读者对异国情调鄙陋的猎奇心理和文化想象，我自己在捧读这部500多页的大部头时就读得甚为兴高采烈。可是本书开篇劈头一句“我讨厌旅行，我恨探险家”却一再地提醒我，这不是一本“依靠一些片段和残迹徒劳地去重新创造一种已经消失的地方色彩”的游记，相反，“这是一部为所有游记敲响丧钟的游记”。

用一瓶番茄酱把所有的食物涂成同样的味道是西方人与生俱来的能力，异质文明在启蒙之后的西方文明的强大倾轧下，不仅有被涂抹番茄酱的危险，更有可能最终干脆被基因改造成一个番茄。列维—斯特劳斯对此显然深感忧虑，他说：“可是人类只选择种一种植物，目前正在创建一个大众文明，好像甜菜是大批大批地种植一样。从今以后，人每天享受的就只有这么一样东西。”

不过斯特劳斯没有停留在简单的浪漫主义和文化还乡情绪之中。在时刻警惕文化优势心理的骄矜的同时，他也深刻地意识到那种居高临下的人道主义的虚伪和无力。他说：“我陷在一个圆圈里面，无法逃脱：不同的人类社会之间交往越困难，就越能减少因为互相接触所带来的互相污染，但也同时使不同社会的人减少互相了解欣赏对方优点的机会，也就无法知道多样化的意义。简而言之，我只有两种选择：我可以像古代的旅行者那样，有机会亲见种种的奇观异象，可是却看不到那些现象的意义，甚至对那些现象深感厌恶加以鄙视；不然就成为现代的旅行者，到处追寻已不存在的真实的种种遗痕。不论从上面的哪一种观点来考察，我都只能是失败者，而且败得很惨，比表面上看起来还惨。”这样的思考是沉重而又无奈的。

在历史面前，文化相对主义和绝对主义谁也没有真正站在真理的制高点上。而文化人类学所能提供的，除了智识上的满足：“作为一种历史，人类学把世界历史和我自己的历史这两个极端连接起来，因此显示了两者之间共有的存在理由”；再有就是研究“对所有人类都具有意义的种种人类与人类之间的差异和变化，而不研究专属于某一个单一文明特有的事物”。也许那些特殊的文明在外来的观察者的注视下都将不免化为乌有的命运，但是，列维—斯特劳斯相信他有能力向别人说明一个永远不会以同样方式再出现的独特事件发生的各个阶段和次序。那些无穷无尽的研究材料，那些样式繁多的习俗、利益和制度，使得他的个性和生命之间得到和谐，而这也就是人类学所能提供给世人的东西。

《忧郁的热带》就是这么一本在自觉反省、批判与再批判的心态下写就的大书，James Boom 对它的评价一语中的："这部书过去是，现在仍然是一本关于它自己文化（法兰西的、西方的）的书，也是一部否定这种文化的书；它是一部关于 20 世纪的书，也是一部否定 20 世纪的书；它还否定其他几个世纪中，西方推行其统治世界不同文化的政治使命。"

在本书第 7 节"一个人类学家的成长"的末尾，列维—斯特劳斯似乎是漫不经心地提到这么一个小插曲：加州的某个野蛮部族，整族被屠灭后，只有一个印第安人奇迹般地活了下来。在其后的许多年里，他出没于几个较大的城镇周围，没有引起任何人的注意，他仍然敲打石片制造狩猎用的石箭头。直到动物逐渐消失殆尽。有一天，这个印第安人被发现在某个郊区的外围，全身赤裸，饿得快死。人们把他救活，后来他在加州大学当打杂工人，安详地度过余生。

斯特劳斯没有对这个故事做太多注解，但是把这个故事作为"一个人类学家的成长"的结束语却是意味深长的。在这个星球开始的时候没有人类，可以肯定的是，在这个星球毁灭的时候也不会有人类，那么，期间的漫长岁月里是谁成为最后的印第安人，又会是谁最后成为城市的打杂工人呢？

（2000 年）

## 重见天日的生活

王尔德说“人生模仿艺术”，后来的人相信这句话，把它上升为真理，就有陀思妥耶夫斯基所谓的“更高的真实”，对此普鲁斯特显然同意，所以他说：“真正的生活，最终得以揭露和重见天日的生活，因而是我们唯一确实经历的生活，就是文学。”

我们当然可以想象一种没有艺术（或者文学）的生活，但是它同时或许就是人类存在的一种堕落，而艺术（或者文学）不仅指导生活、拯救生活，甚至创造生活，它使人们不再沉溺于日常琐屑的无意义状态，从精神的角度重新审视自己和世界。普鲁斯特确信自己的小说具有如斯功能：“通过我的书，我将使读者能够阅读自己。”

如果你对普鲁斯特的自说自话依然心存疑虑，那么再看看比梅尔的劝诫：“如若中国读者们做到了普鲁斯特讲的这一点，那就能体会到一种通过艺术的辨析才能获得的幸福感，因为艺术并不是使我们疏远于生活，而是使我们有可能理解我们自身，达到与我们自身的协调一致。”

比梅尔是哲学家，于是在《当代艺术作品的哲学分析》这本书中，我们有理由期待他给我们揭示哲学、艺术、生活三者之间可能存在的关联。

比梅尔选择卡夫卡、普鲁斯特和毕加索作为当代艺术作品的典范，这样的个案无可指责，任何对20世纪文化史有所了解的读者，都对这三个名字印象深刻。

三位大师的生平迥乎不同，毕加索多姿多彩，这一点世人皆知；公务员卡夫卡一生庸碌无为波澜不惊，两次失败的恋情也许是其人生最富戏剧性的一页；而普鲁斯特就更加乏善可陈——他终身缠绵病榻，盖着厚重的鸭绒被，从紧闭的天鹅绒窗帘缝隙窥视世界。仅从三者的现实人生似乎看不出任何生活之于艺术创作的影响，不过也许这正好可以证明普鲁斯特一再阐明的立场："真正经验到的东西"完全有别于"仅仅体验到的东西"。存在的质感并不取决于事件的堆积，生命的丰盈其实更在于内在化的体认与理解。所以唯有精神才是构成意义和理解意义的东西，而客体自身并不产生意义。

作为胡塞尔档案馆的合作者，海德格尔的弟子，比梅尔对艺术的理解不可避免地烙上海德格尔的痕迹，海德格尔对近代以来主体主义美学的批判众所周知，比梅尔接受这个观点，在本书"前言"伊始，就已指明：美学的时代已经终结。比梅尔的工作就是以一种非美学的方式去观察分析艺术作品。

从哲学的角度看艺术，最容易受到的质疑是："通过一种哲学的解说，艺术是否疏离于自身，被置入一个它不再能存活的环境中了。”对此比梅尔心知肚明，他小心翼翼地绕过这个指责，指出艺术的创生当然不是为了给哲学的概念做注脚，它有属于自己的使命，这种使命就是“在艺术中，人类的世界关联得到了某种表达，更有甚者，艺术不仅揭示了这种世界关联，而且甚至完成了这种世界关联。”

何谓“世界关联”？比梅尔的解释是：人对其同类的理解，人对非人的存在者和超越人的神性之物（只要这种神性之物对人来说是举足轻重的）的理解，以及人对他自身的理解。类似的表述在海德格尔那里屡见不鲜，比如海德格尔说，“然而，如果作品处于任何一种关系之外，那它还是作品吗？作品处于关系之中，这难道不是作品的本性吗？当然是的；只是还要追问：作品处于何种关系之中。”艺术作品究竟开启了何种领域，表达了哪一类世界关联，这是现象学描述所真正关心的问题。

为什么要对当代艺术进行哲学分析？比梅尔的理由很简单：“我们这个世纪的艺术不可能在一个直接性的层面上活动，艺术家必须反思他的所作所为，并且要求鉴赏者也做这种反思。”比梅尔认为艺术是一种需要解说的语言，这一点对“古典”艺术同样适合，只不过，在现代艺术中，这种解说的必要性变得更加明显和迫切。至于哪一种哲学解说言之凿凿切中肯綮，哪一种哲学解说可能发生明显的误读，比梅尔并没有给出一个评判标准。现象学的工作方法要求“面向实事本身”，任何空洞无物的先验判断都是不能容忍的，所以比梅尔既没有自吹自擂，也没有贬抑他人，他老老实实地分析他所面对的现象。

如果说生活总是被一些“执念”缠绕，陷入幽暗莫名暧昧状态，那么现象学的眼光则教会你如何让现象显露，如何让生活重新在阳光下熠熠生辉。

(2000 年)

# 叁

## 色情文学招谁惹谁了？

王朔的《顽主》里有这么一个情节：仨雄性荷尔蒙过剩的家伙准备上街找"穿着体面、白白胖胖的绅士"挑衅，其中一个叫马青的兴冲冲站在大街中央对行人晃着拳头叫唤："谁他妈敢惹我？谁他妈敢惹我？"一个五大三粗、穿着工作服的汉子走近他，低声说："我敢惹你。"马青打量了一下这个铁塔般的小伙子，四顾地说："那他妈谁敢惹咱俩？"

从马青的作为至少可以得出两个理论教训：1. 招惹有时并不重要，重要的是招惹的究竟是谁，以及你在傍着谁一块招惹；2. 按照伯林"两种自由"的划分，马青式的"招惹"是"积极自由"而非"消极自由"，它不仅干涉他人的自由而且违背了密尔的伤害原则，因此必须受到"工人大哥"的管制。不过衰人马青的最后一句话却给我们留下了最大的悬念：一旦傍上工人大哥一块干积极自由的勾当，这事如何收场？这个问题有些离题，按下不表。

回到色情文学，它肯定是"招惹"了谁，不过怎么招惹的，以及招惹的究竟到底可能是"谁"，则并非自明。

早些年这些问题的答案是清楚的，中国不说了，1727年，英国法官创立猥亵罪，专门惩戒那些腐蚀英王臣民道德的言论。这一罪名的潜台词是，色情文学的作者和读者冒犯了传统道德，法律和人民必须强迫这些诲淫诲盗的坏分子重新做人。

这个论点虽然稀松但却非常强势，几百年来色情文学一直不得翻身，直到最近几十年它们傍上“言论自由”这条自由主义的大膀子之后，腰杆才硬了起来，至少在美国、英国这些礼崩乐坏的资本主义国家，再拿传统价值这样的“白胖绅士”来压制色情文学就不成了。

有好事的理论家把这个转变扣上库恩的“范式转换”的帽子。早先的那个范式叫做“猥亵范式”，主张者多为保守主义者，其特点有二：第一，多数人的意志以及对善的认同优先于个人的自主性；第二，它是性别中立的，也就说色情文学招惹的既不是男人也不是女人而是人类整体。

自由主义大行其道之后，保守主义者还曾做过绝地反击，他们声称色情文学不是言论，而是“诉诸生殖器官的非认知性表达形式”——下半身不思考也不说话，所以就没自由可言。不过库恩说“范式转换”之后就没有道理可讲，有点类似“说你是你就是不是也是”，既然在“新范式”中“色情文学是言论”这个命题是不言自明的，所以“白胖绅士”的最后一枪其实是颗“臭弹”。

“新范式”的主张者多为女性主义者，她们放弃有伤风化、诲淫诲盗这样的道德指责，强调色情文学招惹的不是人类整体而是女人这个特殊群体，说得更严重一些，色情文学的主题就是“男人反对女人”。新范式认为，以性别歧视为出发点的色情文学不仅在现实中刺激、诱导男人去强奸、虐待女性，而且还在社会文化中导致一种更为普遍和流行的对妇女地位的贬低，使女性群体物化与非人化。

面对女性主义者的挑战，为色情文学辩护的人主要采取如下两条策略：

策略1，色情文学不是马青式的满大街挑衅的“积极自由”，而是“消极自由”。根据罗纳德·德沃金的观点，消极自由的实质就是“冒犯”的自由：人们也许会反感色情文学，但不能因此把它作为禁止色情文学的充分理由，因为我们所憎恶的言论和任何其他言论一样具有被保护的权利。显然这里的关键在于如何界定“伤害”概念的种类与程度。《英国种族关系法案》禁止宣扬种族仇恨的言论，因为它会使少数民族成员受到侮辱和伤害，但是海淀法院一定不会禁止工人大哥光着膀子上街，尽管这也让马青很受伤。色情文学造成的伤害一定介于种族主义者和工人大哥之间，但问题是更偏向哪一边呢？这个事实认定一时半会说不清，特别是把“受伤害”替换成“感到受伤害”之后，就更麻烦。

策略2，既然女性主义者指责色情文学导致“男人反对女人”，那么好，男同性恋的色情文学呢，里面没有女性出现，新范式的指责似乎就没有用武之地了。这一招够阴，有股釜底抽薪的狠劲，不过女性主义者仍有话说：尽管没有直接出现女性形象，但男同性恋色情文学中同样有人扮演在异性恋中被动的、从属的“女性”角色，因此拐弯抹角还是对女性形象构成了侮辱和歧视。这种“还原论”

的思维方式一经提出就遭到了反击：“还原论”的理论基础是性行为中主动/被动的角色分配标志着男性/女性的身份认定，但是首先，人家弗洛伊德老先生早就说过，这种区分标准过于简单，不够充分；其次，这种区分模式烙有异性恋男性中心主义的痕迹，乃是对男同性恋的误读；最后，在性行为过程中（包括日常交往模式中），主动/被动的角色分配是不可避免的，如果说两个人都主动还可勉为其难一试，两个人都被动却是万万不可能的。

女性主义者的理论底牌是，性别差异乃是社会建构的结果，因此反对色情文学就是反对一切男性中心主义的社会意识形态。不过女性主义理论的发展经历了一个否定之否定的过程：上世纪60年代，西蒙娜·德·波伏娃说的是，“没有人天生就是女人”，而到了90年代，酷儿政治（queer politics）的宣扬者则说，“每个人都是易性者”。换句话说，不仅男性中心有问题，女性中心同样也有问题，真正的后现代者应该是东方不败那样的雌雄同体者。

事情已经很清楚，在这场色情文学究竟招谁惹谁的争论中，真正的焦点在于何为新、何为旧，何为“常态”、何为“异端”，对于主张猥亵范式的保守主义来说，自由主义对待传统价值的态度太过颠覆，对于主张新范式的女性主义而言，自由主义对待身份政治的嘴脸又过于保守，而色情文学呢，从头到尾都只是一根顺手捎来的棒子，人们拿着它互相招惹。

（2005年）

## 请“真实”的康德起立

有哲学家说，奥斯维辛之后，写诗是可耻的，这是激愤之词，不可完全当真，不过，奥斯威辛之后，有一点倒是千真万确，那就是“反种族主义”成为最具“政治正确性”的政治术语。如果我们赞同约翰·格雷在《自由主义的两张面孔》中的陈述，“现代性并不始于对差异的承认，而是始于对一致性的要求。”那么一个自然而然的疑问就是，为什么这种对一致性的要求竟然会把犹太人，以及此前的黑种人、黄种人排除在外？现代性出了什么问题？具体一点说，在哪里、什么时候，现代性出了问题？

作为现代性或者说启蒙主义的定调者之一，康德的普适主义伦理学似足可以被当作追本溯源的入手点。2003 年 1 月号的《激进哲学》（*Radical Philosophy*）杂志发表了一篇题为《请真实的康德起立》的文章，作者是一个任教于美国孟菲斯大学的白人教授罗伯特·伯纳斯克尼，文章指出，一些具典范意义的西方哲学人物，比如洛克、康德和黑格尔都曾经表达过在今天看来显然是种族主义的观点，尽管他们自己或许并没意识到这和他们所宣扬的伦理体系相违背。

以洛克为例，这个自由主义的始作俑者在著名的《政府二论》中声称，唯有那些“在一次正义的战争中被获的俘虏”才是奴隶。但当他替当时的英殖民地撰写《卡罗来纳州根本宪法》时，却明确赋予奴隶主拥有他们的黑人奴隶的“绝对权力和权威”。洛克不仅纸上谈兵，而且身体力行，晚近的一些研究洛克的学者指出，有必要澄清洛克在英国官方殖民活动中的领袖地位以及他在奴隶贸易中所做的投资。

康德论种族的资料早在二次大战的时候就已被发现，但哲学界一直以来对此讳莫若深，直到20世纪90年代，康德的种族主义问题才逐渐成为哲学界的话题，比如克里斯蒂安·纽格堡在1990年撰写的《康德和黑格尔的种族主义》，以及查尔斯·密尔斯在1997年出版的《种族的契约》。康德的种族主义言论比洛克还具爆炸性。试举几例：“人性的最完满形式存在于白种人。黄皮肤的印度人天赋要少一些。黑人更次，而最低等的当属那些美洲人。”“美洲的人种是不可教的。这个人种没有动力，因为它缺乏情感和激情。他们也不会爱，因此也就不会怕。他们很少说话，也不彼此抚爱，他们不关心任何东西，而且非常懒惰。”

黑格尔也好不到哪去，举凡是黑格尔专家几乎不可能不意识到他在讨论非洲人和拉普兰人的惊人之语，以及他将中国人和印度人排除在世界历史进程之外的言论。

引人注目的是，上述这三位西方大哲不约而同都持一种道德的普适主义立场，而这显然与他们的对某一种族另眼看待相矛盾。

如何调和这两种截然相反的立场？一个最为简便的方法就是将

他们的种族主义观点解释成时代所限。可是这类“时代的孩子”的辩护方式并不总是有效，黑格尔的世仇——尼采的话可以作为反驳，在《瓦格纳事件》中，尼采说：“一个哲学家对自己的起码要求和最高要求是什么？在自己身上克服他的时代，成为‘无时代的人’。”

另外一个办法是由我们这些今人替古人做主：比如有些康德专家就认定，尽管康德有种族主义倾向，但康德的道德理论仍旧“能够作为表述当代种族问题的一个合理的理论框架”，进一步的，他们声称那个主张种族主义的康德并不是“真实”的康德。但这个说法似乎更奇怪：哲学史中的康德居然比历史中的康德更“真实”？！

如果实在给不出一个“洁本”康德形象，唯一的解决之道就是认真地对待康德的种族主义论述。伯纳斯克尼指出，世界主义在今天被视作对民族主义的最好回应，但是它与康德意义的世界主义并不相同，因为后者的提出是为了回答人类历史的意义这个问题，而不是作为民族主义的解毒剂。在《论普遍历史》一文中，康德写道：“东方的民族永远也不会自我提升。我们必须在西方寻找人类的持续进步，并且从此出发传播到全世界。”伯纳斯克尼由此认为，康德的世界主义使他的种族主义更为明确，因为他此前所声称的种族差异使他认定所有的非白人都具有有限性，唯有白人拥有“所有的动力和天赋”，欧洲人必将为其他的人类立法。不过，在康德版的世界主义与种族主义之间存在着一个操作性的困难：一方面康德坚持认为种族之间存在永久性的特征差异，一方面他又极力反对殖民主义和种族融合，由此导致的结果是，因为坚持种族主义的观点，康德的世界主义立场似乎永远也不可能实现。

有一个方法可以解决康德版的世界主义与种族主义的矛盾，康德未曾明言，但是伯纳斯克尼相信康德本人对此有所意识：即其他种族的灭绝。在回答“全体人类”如何进步这个问题时，康德说：“看起来所有的美洲人都将被消灭，不是通过谋杀——这也太残忍了——而是他们将会死绝……在他们内部将发生私下争斗，由此他们将彼此消灭对方。”不难看出，康德说人类的全体时似乎并不意指所有人。根据伯纳斯克尼引述，康德曾以更为险恶的笔调写道：“所有的种族都将被灭绝……除了白人。”但是这种情况将如何发生？计划中包括种族灭绝么？事实上，在18世纪，因为欧洲人带来的传染病，美洲土著正在大量地死亡，他们的死亡正好可以解决世界主义与种族不平等之间的矛盾。当那些劣等的种族因为大屠杀以外的原因消灭后，“单种族”的世界主义就顺理成章地实现了。

伯纳斯克尼给出的真实的康德形象令人心悸。也许康德版的世界主义并不必然蕴含种族主义，一如现代性对一致性的诉求也许并不必然蕴含种族主义，但是考虑到“蕴含”是逻辑学的术语，而人类往往不按逻辑办事，所以这样的保证并不能让我们宽心。理论从不承诺它的实践后果，但是一旦理论在实践中出了差池，我们仍旧只能找“理论”来理论。

(2005年)

## “帝国”失去“主义”，“天下”将会怎样？

以世界为尺度，从霍布斯以降的现代政治哲学是一个彻头彻尾的失败，因为“一切人反对一切人”的“自然状态”从未在世界坐标内消失，不仅如此，身处“诸神竞争”的时代，世人越来越清楚地认识到，代表现代政治制度的民族 / 国家不但没有缓和国际间的自然状态，反而是激化自然状态的罪魁祸首和始作俑者。如果全球化的到来是一个硬邦邦的事实，那么超越民族 / 国家限制、建立全球政治秩序究竟有无可能？

2000 年美国哈佛大学出版的《帝国》，对上述问题给出了西方学者的一个回答。这部被捷克左翼知识分子齐泽克称为“我们这个时代的《共产党宣言》”的著作由两位作者合力写就，其中哈特写书时年仅 41 岁，是美国杜克大学比较文学副教授，内格瑞 68 岁，是意大利著名的左翼知识分子，曾因在思想上“启发”了意大利红色旅而被判入狱 13 年，据说至今仍对意大利反资本主义青年充满“魔”力。这部厚近 500 页、以马克思主义和后结构主义为主要理论资源的著作甫一问世，便风靡全球，迄今为止已有十几种不同文字的版本发行，Google 搜索服务器上相关的消息多达 33 400 条。

《帝国》开宗明义，劈头就是一句时代的诊断报告：“我们正眼睁睁看着帝国正在成为现实。”佐证这一“现实”的两个理据是：第一，民族 / 国家的主权正在逐步衰落；第二，一种新的主权形式正在诞生，这种新的全球主权形式就是——帝国。

中国语境里，帝国主义一直是个臭名昭著的字眼，初读《帝国》极易产生望文生义的误读。不过此“帝国”非彼“帝国主义”，两者最大的差异在于：帝国主义是现代性的一个后果，它的政治基石是民族 / 国家的主权超出自身疆界的扩张；而帝国则是后现代语境中的产物，它不建立权力中心，不依赖固定的疆界和界限，是无中心、无疆界、身份混合、等级模糊、多元交流的统治机器。

帝国虽然不是帝国主义的后裔，但也绝非天外飞仙，而是其来有自：根据作者的观点，它可以上溯到古罗马帝国时期，在那时，帝国境内天下太平，众生都能得到公正。而为了维护社会太平以及伦理真理，必要时帝国的唯一握权者就可以发动“正义战争”。根据这一判准，作者认为眼下已经可以确认出一些帝国概念复活的迹象，比如说“正义战争”观念的复兴。简单说，作者认为帝国的应运而生正是为了解决“一切人反对一切人”的国际冲突，只有解决既有冲突的国际共识已经形成，并且帝国已经嵌入这种共识之链中，帝国才会形成，才会在法律上获得合法性。

帝国要想进行“正义战争”，就必须拥有“干涉的权利”以及“普遍的价值观”。但是只要仍旧处在民族 / 国家的架构之下，正义战争，干涉（无论道德的、法律的还是军事的），普遍价值这些概念就必定是改头换面的地方性策略或者说“伪普适主义”。作者认为，帝国之所以不同于此前所有的超国家权威结构，乃是因为帝国拥有“控制社会”和“生态权力”（bio-power）这两个核心特征。这是援引自福柯的两个概念，所谓控制社会，是相对规训社会而言，其特点在于规训的规范化手段的强化和普遍化，在这种社会中，控制实现于灵活、多变的网络系统之中，从而使它的效力范围远超出由各种社会机构构成的架构严整的场所，完全内化进个体的日常生活和政治生活之中。而所谓生态权力，强调的则是权力已经伸展到社会结构的每一个神经末梢，潜入到个体的意识和身体之中。

从现代性的“规训社会”到后现代性的“控制社会”和“生态权力”，权力的作用方式从“有招”变“无招”，效果则更为隐蔽而全面。随着通讯交往工业产生的语言系统，全球化的生态权力以一种后现代的方式不断消解民族/国家的认同感和历史，建立起去中心和反疆界的生态权力结构。这样一来，现代性背景下曾经是你死我活的“一切人反对一切人”的战争，在帝国背景下转化成一场自我生成、自我调控、动态平衡、无足轻重的游戏。

从帝国主义到帝国，世界历史虽然有所进步，但绝非已臻完善，作者承认，在许多方面，新权力关系甚至比已被摧毁的旧权力关系更加野蛮，因此要想避免帝国腐败与异化，就必须诉诸“民众”力量加以反抗和制衡。

如一位评论家所言，除了在表述上好用规定式的和断言式的口吻，《帝国》其实是一本冒着极大的理论不确定性的著作。比如，“民族/国家已经逐步衰落”便是一个争议颇多的“事实描述”；此外，帝国的哲学基础仍旧植根于西方文化的脉络之中，在精神基因上极易指认出文化普适主义和基督教帝国的影子；而作者心目中的帝国抵制力量“民众”则像是《黑客帝国》中的尼奥——身份不明，行踪难觅。

简言之，割了“主义”这条尾巴的“帝国”不仅成分复杂，而且问题多多。如果这就是我们必须投身的未来世界，实在是忧大于喜。基于此，中国学者赵汀阳提出了“天下”模式作为回应。在《“天下”概念与世界制度的哲学分析》（以下简称《天下》）等文章中，赵汀阳指出，在中文语境中，与“帝国”遥相呼应的概念是“天下”，但“天下”表达的与其说是帝国的概念，不如说是关于帝国的理念，也即“关于帝国的一种理想或完美概念”的观点。通过对“无外”原则和“礼不往教”原则等传统中国思想资源的分析，赵汀阳力图证明，天下理论虽然在古代中国没有获得充分发展，但其潜力极大，而且天下模式在思考世界理念和世界制度的基本原则上具有哲学和伦理学的优势。

表面上看，《帝国》与《天下》的最大区别在于，《帝国》的作者自认为是对一个正在发生的历史进程的事实描述，而《天下》的作者却从不否认自己只是对一个可能世界的理论构想，但究其根本，无论帝国，还是天下，都是对于现存世界秩序的一种超越性想象，因为一个让所有人都不满意的世界需要的正是想象力。

（2005 年）

## 圆地球还是平地球?

虽说大众传媒社会常常以常识淹没洞识，但是要想撩拨民众的神经还就必须讲些反常识的话，精通此道的传媒人士前有麦克卢汉，后有弗里德曼，一个无视世界的广袤无垠偏说它正在成为村落，一个无视地球明明是圆的偏说它是扁平的。

对于任何成功的概念包装来说，“万幸中的不幸”在于，喻体一旦过于绚烂总会喧宾夺主，诱导受众忽视作者的真实所指。比如麦克卢汉的“地球村”，人们就总是望文生义认为这是在感叹发达的传媒使世界变小，殊不知麦克卢汉的真实用意是说，在电子媒介的作用下，人们的交往方式从非直接的文字交往重新回到原始部族的面对面沟通，由此进一步引申，我们才会明了为什么在电视民主时代，各种摇唇鼓舌的民意煽动者（demogogue）、卡里斯玛（charisma）以及意见领袖们会粉墨登场成为政治剧场的主角。

2005 年 5 月，《纽约时报》的专栏作者托马斯·弗里德曼出版 *The World is Flat* 一书，虽然直译应为“世界是扁平的”，但正如台湾的一些媒介人士所言，中文语境里“地球是扁平的”会更加符合弗里德曼语不惊人死不休的本性。相比学者出身的麦克卢汉，三次普利策奖得主弗里德曼应当不必担心被误读的命运，因为本书的基本观点就像书名一样一目了然：席卷全球的政治、经济、科技革命正在迅速碾平那个曾经壁垒森严、分而治之的地球，当游戏的界面被拉成平面，所有的人——哪怕是过去与权力和财富无缘的人——就都获得了“公平竞争的环境”，只要他们够特殊、够专业、肯深耕或者会调适，就一定能取得成功。

尽管副标题是“21 世纪简史”，但弗里德曼并不是作为一个未来学家在预告即将到来的前景，因为弗里德曼想说的不是“地球将是扁平的”而是“地球就是扁平的”——这是一个已然发生的事实。弗里德曼列举碾平地球的十大推土机：1989 年柏林墙的倒塌以及 PC 的出现、网景浏览器的问世、工作流程软件、开放源代码软件、外包、离岸业务、沃尔玛式“供应链”、内包、网络信息搜索以及轻科技“类固醇”。这是一个让 IT 人士和商业精英举双手双脚赞成的论断，对于这些已经或者企图在经济全球化中分一杯羹的人来说，弗里德曼的观点可谓深得我心，因为它站在历史必然性的高度间接论证了财富的获取正义，借用任志强的名言：“如果我的收入合法，你凭什么仇富？”

塞缪尔•亨廷顿曾经把那些热衷参加瑞士“世界经济论坛”的“达沃斯男女”形容成“全球化的超种族者”，这些人“毫无国家忠诚感，把国界视为障碍而且欢天喜地于这个障碍正在消失”。如果说右派人士反对全球化是出于对国家、民族和传统的念念不忘，那么左派人士反对全球化则是基于对弱势群体和经济平等的孜孜以求，对于这些以“反对新自由主义、反对资本统治世界”为己任的人来说，弗里德曼美国式的乐观自大不但让人厌恶，而且充斥着各种文化误读、历史贫困以及智力衰竭的混乱表现。

在批评弗里德曼的各种声音中，值得一听的是英国政治哲学家约翰·格雷的观点。在他看来，弗里德曼看似惊悚的论断其实了无新意，因为早在150年前马克思就已经在《共产党宣言》里预言了地球是扁平的，并且，虽然通常认为新自由主义和马克思主义在根本上是敌对的两套观点，但事实上他们的思想风格相当一致，因为他们同为技术决定论和经济还原论的信奉者，都相信全球化的进程将会把战争、极权和贫穷抛在一边，让人类克服以往的分裂状态并最终携手走向流淌着“牛奶和蜂蜜的故乡”。

格雷认为弗里德曼一方面分享了马克思主义的盲点，一方面又无视马克思主义的洞见：马克思认为无拘束的市场具有无政府和摧毁性的力量，随着资本主义的全球扩张，必将摧毁整个工业体系、生活方式以及政治制度，这几乎不可能预期会是一个和平的过程，事实上它一定伴随着根本的冲突和社会暴乱。20世纪的历史业已证明，全球资本主义的表面胜利是以两次世界大战、冷战和野蛮的新殖民主义冲突为代价的，那么新自由主义者凭什么相信在21世纪事情会有所不同？格雷认为答案部分在于全球化概念的模糊性上：一个是相信我们正生活在一个迅猛且持久的技术革新时代，这种技术革新将使我们比以往更为广泛和快捷地把全球事件和活动连接在一起；一个是相信这个过程正在导致一个单一的全球经济体系乃至文化政治体系。格雷认为前者为经验命题而且很可能是真的，而后者则是一个无根无据的意识形态判断。

弗里德曼有一个著名的预防冲突理论，早年的版本叫做“金色拱门”理论，最新的版本称作“戴尔理论”，其中心思想是只要置身于全球一体化的麦当劳销售网络或者戴尔电脑供应链，永久和平的梦想就一定会实现——这仍旧是一个古老理论的现代翻版，康德早在200多年前就提出了民主国家不会自己人打自己人的永久和平理论。

太阳底下没有新鲜事，过多纠缠“辩友”观点的了无新意不仅没有多大意思而且必定会自我挫败，如果“地球是扁平的”属于拾人牙慧，那么格雷的“地球仍旧是圆的”就更加老生常谈。不过有一点格雷可能说对了，那就是民族主义不但没有被全球化抛出历史车道，反而成为全球化进程的一个组成部分：在美国，民族主义正在扮演全球化刹车闸的角色，而在快速工业化的亚洲，民族主义则是全球化驱动力之一。历史总是以吊诡的方式嘲弄人类的渺小智慧。

（2005年）

## 历史尚未终结，国家仍需强化

“一切坚固的东西都烟消云散了”，一位美国学者这样概括他眼中的“现代性体验”，这种对不确定性的巨大焦虑成为20世纪的主导情绪，直到一个名叫弗朗西斯·福山的日裔美国人站出来，以宣告福音的口吻与姿态慰藉世人：历史终结了！历史终结，并不意味着从此时间停摆，而是说尘埃落定，曾经有过的意识形态纷争以及人类历史走向的不确定性归根结底都有了定论：自由主义民主制度一劳永逸获得了胜利——渡尽劫难的世人终于找到了流淌着奶和蜜的土地！

1988年，福山第一次提出“历史终结论”，次年苏东剧变、冷战结束，一夕之间，“诞妄之词”成为“科学预言”，福山因此暴得大名。

福山的“历史终结论”看似振聋发聩，其实并不新鲜，在思想谱系中它上承基督教千禧年观念，下接黑格尔、马克思的历史决定论，其核心观念是自由主义的现代化理论，真正的理论动机则是为代表美国利益的全球化鸣锣开道。就此而言，福山的“历史终结论”

只是这些理论的拼盘 pop 版。

冷战结束后，历史说是“终结”了，但世界并未就此消停，相反各种事件纷至沓来，似乎都在证伪福山的观点，尤其在“9·11”之后，一度有美国媒体喊出“福山的终结”。面对层出不穷的经验反例，福山不得不一再为他的“历史终结论”辩护，2004 年 5 月出版的《国家建设：21 世纪的政府和世界秩序》就是福山的最新努力。

根据福山的观点，所谓“国家建设”指的是创立新的政府制度以及强化现有的政府制度。众所周知，限制政府职能和主张“小政府”一直以来都是古典自由主义的主流论点，但是福山却反其道行之，指出 21 世纪国际社会最为重要的议题之一是“国家建设”，其理由是冷战之后，孱弱国家或者失败国家业已成为国际秩序的乱源所在。

福山的问答逻辑很简单：是谁造成了全球范围的贫穷、艾滋病、毒品乃至恐怖主义？孱弱国家和失败国家！治疗国家孱弱和失败的良方是什么？市场经济和自由主义民主制度！问题兜兜转转，还是落回“历史终结论”的基本立场：只有自由民主制度才能救世界。不过从气势如虹地宣告“自由民主制度已经获得胜利”到循循善诱“只有自由民主制度才能挽救国家衰落”，语气和语义的变化背后，我们隐约看到福山的些许怀疑和不自信。

福山的立论基于两个极富争议的命题：第一，民主制度是现代政治唯一可能的合法性源泉；第二，经济发展与民主制存在着相当紧密的联系。遗憾的是，福山蜻蜓点水式的论证并不能说服他的读者。约翰·格雷就指出，国家的合法性根据最终并不落在它是否实行了民主制，而在于国家是否以及在多大程度上提供了人民所需要的东西，比如提供安全保障，确保体面的生活，保护对公民来说意义重大的文化价值等。格雷进一步认为，高效率和合法化的国家必须要体现出地方性而不是普适性的知识和价值，这是因为不仅法律和教育体系具有地方特殊性，就连经济制度也无法简单复制。

伊战之后，美欧分歧日深，争论焦点集中在国际干涉的合法性根据上：美国人认为国际干涉的合法性源于单个宪政国家内部的民主多数的意志，而欧洲人倾向于比特定国家更高的法律或者正义原则。对此福山认为欧美的分歧体现出民族历史的差异性。从历史上看美国的创建是基于一个特定的政治理念，其民族认同的基础是公民而不是宗教、文化和种族，而欧洲人不然，在进入民主制之前他们已经共享了悠久的历史，身份认同的来源要复杂许多。历史上欧洲出现过大大小小、形形色色各种政体，欧洲人看惯了它们的兴衰存亡，而美国却只存在过一种政体，它并不是稍纵即逝的政治妥协，而是世界上最为古老、至今仍旧生机盎然的民主制度，对美国人来说他们的政治制度总是笼罩着宗教式的尊严。而美国人对“美国价值和制度的普适性”的坚信，也时常让他们混淆狭隘的国家利益和更为广大的世界利益。

虽然仍旧在为美国的“先发制人”战略作辩护，但是福山的立场较白宫的新保守主义者来说已经相当软化，他不但在多种场合直认“伊拉克战争是一个错误”，而且承认美国价值和制度只是普适价值的“一种范例”，并且不一定就是“必然正确”的那一种。不过福山反对人们过多纠缠于伊拉克战争这一特殊案例，主张把注意力放在更为根本的问题上，即，在一个由孱弱国家和失败国家组成的世界中寻找安全的要求，与国际组织提供安全保障的能力之间存在着严重的不均衡。在福山看来，欧洲的立场始终只有抽象的正确性而缺乏现实的可行性：首先，即使在理论上可能存在比特定民族/国家更高的法律和正义，但是在任何现存的国际机构中都难觅其踪；其次，由于现存的国际组织以及国际法没有基本的执法能力，使得“国际社会”终究不过是一场镜花水月。

这一镜花水月还体现在——福山借用罗伯特·卡根的话——欧洲人真的相信他们正生活在历史的终点，也即生活在一个总体上和平、在相当程度上由法律、规范和国际协议所支配的世界，在这个世界里，权力政治和古典的现实政治成为冗余之物。相反，美国人认为他们仍旧生活在历史之中，需要用传统的权力政治手段去应对各种所谓“邪恶势力”的威胁。

福山对卡根的引述可谓意味深长，因为它暗示出这个“历史终结论”的作者最后承认了“福山的终结”，因为他终于认识到，历史的最基本原则和制度仍有讨论的空间，世界依旧动荡，国家仍需强化，历史尚未终结！

(2005年)

## 谁是美国的孩子？

“9·11”之后，塞缪尔·亨廷顿的理论信用度在美国达到顶点——“亨廷顿一说话，人类都倾听”，尽管这样的吹捧之词有些把肉麻当有趣，却也真实地反映出这位新权威主义者一时无两的学术地位。2004年5月，亨廷顿新著《我们是谁？》新鲜出炉，正如其副标题“对美国民族认同的挑战”所提示的，这一次亨廷顿把目光放在了美国国内的“文明冲突”上。

亨廷顿警告说，尽管今天少有美国人放胆预言美国的解体，但问题是苏联解体前同样也没有几个人预见到，因此如果美国人依旧无动于衷，任由目前的局势蔓延下去，那么2025年的美国（仍旧是我们熟悉的美国）将会是一个“最大的意外”——这一对美国民族认同造成空前威胁的因素就是移民问题。

说到民族“认同”就必定预设“他者”存在，这一点原本无可厚非，可是如果这个他者不仅是“敌人”，而且还是身在曹营心在汉的家族“内鬼”，那可就兹事体大不得不防了。亨廷顿没有一棒子打死所有的移民，在肤色不同、背景各异的移民大潮中，他独独挑出西班牙裔尤其是墨西哥移民说事，自有其道理在：首先，墨西哥移民人数庞大，2000年已达800万之众，占移民总数的27%；其次，墨西哥移民喜欢聚族而居在美国南部少数几个州市，与他们的故国近在咫尺；第三，这些墨西哥移民缺乏融入美国社会的兴趣，与以前的其他移民相比，他们教育水准落后，大部分人不愿意学习英语，而根深蒂固的天主教信仰则使得他们安于贫困、无视“美国梦”，并拒绝接受代表美国民族认同和政治文化基石的基本信念。

除了上述理由，墨西哥裔移民们对亨廷顿的最直接刺激来自于1998年的美洲足球金杯赛，在亲眼目睹了无数墨西哥裔球迷高举墨西哥国旗狂嘘星条旗之后，作为“爱国者”的亨廷顿自认有充足的理由怀疑这些“墨西哥旗下的蛋”能否成为真正的美国孩子。亨廷顿担心，一旦墨西哥对美国南部各州提出领土主张，这些拒绝归化的墨西哥裔移民将会成为潜在的“敌后武工队”；而且随着更多墨西哥移民的不断涌入，将使美国的核心价值和文化不断萎缩，最终成为一个“拥有两种语言、两种文化和两个民族的国家”。

什么是美国的核心价值和文化？亨廷顿的回答是对自由、民主和个人权利等信条的笃信，这个观点并不新奇，亨廷顿的与众不同在于，他认为这些抽象的普遍信念“其实”来自一个特定源头，即美国的“盎格鲁—新教”文化，具体说来包括操持英语，信奉基督教，遵守法律条规，恪守个人主义的新教价值和工作伦理，相信人们有能力也有责任在地上建立天国等信念。亨廷顿相信，如果美国最初的定居者不是英国的新教徒而是法国、西班牙或者葡萄牙的天主教徒，那么美国就不会是今天的美国，而会是魁北克、墨西哥或者巴西。

亨廷顿的逻辑与钱锺书正好相反：光认识鸡蛋是远远不够的，一定要熟悉乃至崇拜下鸡蛋的老母鸡。所以，要想正面回应墨西哥裔移民的挑战，重建美国人对自由、民主和个人权利的信念，就必须“再次确认美国是一个宗教性并且首先是基督教的国家”，就必须怀抱“坚定的盎格鲁—新教价值，说英语，保存欧洲的文化遗产，承诺（美国）信条的原则……”

亨廷顿的这些观点极富挑衅性，一经发表便遭到群起攻之。

有人费心点数伊拉克战争的美国阵亡将士，指出截止到 2004 年 2 月，在 525 名阵亡者名单里面西班牙裔名称的有 64 位，占总数的 12%，恰好与西班牙裔的全美人口比例相一致，证明西班牙裔移民同样热爱美国。

激愤者清算旧账，从 2004 年的《我们是谁？》开始，由此上溯到 11 年前的《文明的冲突》，34 年前的《民主的危机》，以及 47 年前的《战士与国家》，白纸黑字历历在目，亨廷顿从来就是不折不扣的种族主义者。

更具学术深度的批评则指出亨廷顿缺乏基本的美国思想史知识：首先，美国建国之初，盎格鲁—新教徒虽然在马萨诸塞州建立教堂，但是与此同时纽约和新泽西州的主要定居者却是德国新教徒，马里兰州的主流力量是天主教徒，罗得岛州的定居者是浸礼会教友……；其次，即便在盎格鲁—新教文化内部也存在着激烈的观点分歧。一句话，美国人的核心价值和民族认同绝非由盎格鲁—新教独力形成，亨廷顿一贯以来就以“撒谎”作为治学方式。

上述指责可以用“政治不正确”这个标签一言以蔽之。亨廷顿虽然自称老资格的民主党人，但在移民问题上却和新保守主义者站在了同一阵营，为此《历史的终结》的作者福山甚至暗中庆幸：只有亨廷顿这种级别的学者才有可能发表这样的观点而不被唾沫完全淹死。

抛却“政治不正确”、“事实描述有误”等硬伤不谈，亨廷顿倒是提出了一个值得严肃思考的真问题，即国族认同对于维护国家统一和稳定的重要性。他的错误在于把国族认同混同于文化认同，尤其是混同于对某一特定宗教文化的认同。当人们通过移民方式获得一国国籍，就表明他以明示的方式认可了国家权威和宪法，由此也将承担相应的政治义务，但这决不意味着要求移民认可该国的主流文化乃至某一特定宗教，这一点对于美国这种移民国家和多元文化社会尤其如是，对此罗尔斯的《政治自由主义》有过详尽和令人信服的论述。

美洲金杯赛后，一个饱受酒瓶和柠檬攻击的美国球迷说道：“当我们在自己的国家甚至不能举起美国国旗，一定有些事情出了差错。”如果这就是亨廷顿的困惑，那么它的确是个问题，虽然它极有可能宫外孕出一个政治上不正确的政治问题。

（2005 年）

## 行走在高速公路上的石器时代人

为什么我们的鼻梁凸起？因为要用来支眼镜架。为什么婴儿会啼哭？一定是他在做肺部运动。为什么我们都在接近 100 岁时一定死去？那是为了给下一代人腾出生活的空间。

仅仅凭借常识你就能认定上述答案近似脑筋急转弯而与科学无关。很多时候，我们的确可以替每一个“为什么”配备一些似是而非的答案，倘若没有客观的标准，寻求一个说法总是容易的。某种程度上，这也正是思辨哲学在今天如此不招人待见的原因所在——左右都是一个说法，好坏也能成就一种理论，只要前后逻辑一致并对智性有所启迪，即使褊狭那也是深刻的褊狭，即使荒谬那也是深刻的荒谬。

显然，除了缺少严谨的实验方法和充分的科学证据，问题的症结可能还出在提问方式上。被《纽约时报》誉为“20 世纪达尔文”的著名进化生物学家恩斯特·迈尔在论及本学科的发展时，曾经说过一句发人深省的话：“最重要的也许是生物学家终于能受人尊重地提出为什么的问题而不致被怀疑为目的论者。”

从“为什么”(why)入手,常常逼迫人们不得不打破沙锅问到底,这是孩子们最喜欢的游戏，可是稍有常识的人都知道原因之链和目的之链不可能无限进行下去，为了避免恶的无限，人们只有诉诸第一原理或者终极原因，要么上帝要么无极，总之是些貌似一劳永逸实则不明所以的答案。反之，以“如何”（how）或者“什么”（what）发问，就可以干净利落地把问题从形而上降到形而下，只需在工具理性的层面上处理一些技术性难题。

以“我们为什么生病？”这个问题为例，现代医学选择从“近因”的思路去回答它，其实就是在转换提问方式，因为所谓“近因”解答的是我们生了“什么”病以及我们“如何”生的病。而真正意义的我们“为什么”生病则被放逐给达尔文医学去回答。

尽管达尔文提出进化论已有150年的历史，达尔文医学却是一门方兴未艾的学问，而且一直以来它都在努力摆脱思辨哲学以及目的论这样的“非科学”帽子。原因仍旧出在这个“为什么”上。达尔文医学试图从进化论的角度去解释疾病的起源和功能，可是一来关于身体器官的功能存在不止一种的正确答案，二来无法通过做实验来检验一种疾病的进化史，所以提出的假说稍不留神就偏离轨道，要么往思辨哲学的形而上方向跑，要么往脑筋急转弯的形而下方向跑。

某种意义上，达尔文医学和神学面对的问题有重叠之处，在惊叹人体器官精妙绝伦的同时，它们也都对人体许多难以置信的纰漏和疏忽困惑不已。借用《我们为什么生病》的作者R.M.尼斯以及G.C.威廉斯的话说，这好像是宇宙间上帝麾下的那些最高明的设计师手艺做到一半，突然甩手把活儿交给了一个马虎草率专门会把饭烧煳的徒弟——此处的“上帝”显然不是实指，因为达尔文医学并不准备代替神学回答全善全能的上帝为什么要让好人生病的问题。

对于人体的诸般疏漏，达尔文医学没有用“自然选择不是万能的”这种大而无当的话来搪塞过关，他们至少提出了五种可能的思路，其中有一条是这样的，我们之所以生病，可能是因为身体的防御机制不如传染病的病原体进化得更快。打个形象的比方，人类就像是行走在高速公路上的石器时代人，外在世界的文明已经来到21世纪，而身体机能却还停留在1万年前。人类社会的很多问题都源自于这种时空上的错位：全世界的普适人权就是一个石器时代不曾有过的新观念。事实上当柏拉图要求包括雅典人在内的所有人都要为希腊着想的时候，也曾遭到许多非议。再比如说，为什么男女之间的性高潮如此地不协调，而且几乎一定是男人比女人更快到高潮？根据达尔文医学的观点，这种“不人道”的现象恰恰体现出自然选择的最根本原理——它以基因复制是否成功为宗旨而不在乎个体的快乐。我们不妨设想一下，在原始社会的环境中，一个“有幸”拥有持久性高潮的男子将会有什么样的下场？他可能会使性伙伴更愉快，但也可能在精液到达子宫之前就已经被别的男人或者野兽杀死，所以在恶劣条件下短平快的性生活不仅对男性更加合适，也更符合自然选择的目的。

思想史上总有一些广为人知的伟大理论因为几句口号式的宣传而被根深蒂固地误解，进化论也不例外。“适者生存”曾被广泛认为是对自然选择过程的高度概括，但事实上这种提法却会引起一些误解：首先“生存”本身并不重要，在自然选择过程中，那些带有能够增加生命期中繁殖力的基因会被选择和保留下来，即使生物体本身的寿命会缩短；其次对于“适者”的理解也有诸多混淆，从生物学的角度看，最具有适应性的个体并不是乔丹、格林或者霍利菲尔德，而是那些儿孙满堂的人。

尼斯和威廉斯认为，从达尔文主义的观点看待医学使疾病失去了神学的意义但却得到了科学的意义——这句话目前为止只应验了前半句，因为所谓科学的意义还在争取的过程中。关于什么样的假说才是有意义的，他们有过解释，虽然不那么科学却非常有洞见：“有意义的假说，是那些重要的及合理的，但不是很明显很容易地可以看出是对还是错的假说。”

（2005年）

## 与正确无关的政治正确性

政治正确性（Political Correctness），简称PC，在上世纪80年代末的美国知识界成为最打眼的一个概念，并和稍早出现的另一种PC（Personal Computer）一道迅速走红，席卷全球。说来也怪，这两个八杆子也打不着的PC不仅深刻影响了所有人的生活方式，而且关键词也是惊人的相似：比如强大、霸道、追求统一性和普适性以及因此对异己怀有不容置疑的排他性。

1793年，两个来自南卡罗来纳州的公民因财产问题起诉佐治亚州，州政府的官员拒绝出庭应诉，并坚决否认最高法院对此案的管辖权，美国最高法院做出了不利于佐治亚州的判决，这就是美国宪法史上著名的"希谢尔姆诉佐治亚州案"。当时的大法官之一詹姆斯·威尔逊在判词中指出，当"美国"而不是"美国人民"成为最首要的东西时，"这是政治上不正确的"。

据说这是"政治正确性"在美国历史上的首次亮相。威尔逊只是在纯字面意义上使用PC，由于他相信是美国人民而不是美国政府拥有真正的权威，所以把国家置于人民之上就违背了"正确的"

政治理论。注意，是“正确的”而不是“真的”，这暗示出在美国先贤们眼里，政治领域是一个与真理无涉的意见世界，一个此时此地正确的政治理论并不代表它永远正确或者放之四海而皆准，因为正确这个词既不保证时间上的永恒也不保证空间上的无限。

可是真正预见到 PC 本质的却是当时的首席大法官杰伊。杰伊同意威尔逊的观点，他认为佐治亚州之所以拒绝出庭是因为蔑视作为个体的公民：“我无法想象被十万人起诉……和被一个人起诉有什么不同……除了可能认为起诉人数少而瞧不起这种诉讼、并由此在感情上产生不快之外，我看不出二者之间有什么更大的不妥。但是，如果抗辩的理由是基于这种瞧不起少数人起诉的鄙视心理的话，那么这种抗辩的效力至少有一半会因以下事实而被抵消：州是可以作为原告在本院起诉作为被告的单个公民。”杰伊没有使用 PC 这个词，但几乎是一语成谶，200 年后，人们的确就是从“阴暗心理”入手去给正确/不正确划界的：只要你在语言/行动/观感上鄙视“少数人”，那么无论是你的理由还是你这个人都是站不住脚的。所以现在的美国人就真得学会了不说“印第安人”而说“本土美国人”，不说“宠物”而说“我们的动物朋友”，不说“某人丑怪”而说“看上去很……独特”——任何可能对少数族群造成心理创伤的字眼都成为禁忌。

杰伊的判词开了一个非常不好的先例，它不但否定了政治和真理的关系，而且进一步割裂了政治与正确或者说理性的关系，直接把 PC 与偏好、倾向、立场等心理因素联系起来。这就好比另一种 PC 对用户的习惯培养，一旦当你熟悉了 Windows 的界面，就意味着你再也不能适应 MAC，尽管所有人都承认 MAC 要比 PC 更加优雅和完美。

1987年，列奥·施特劳斯的大弟子阿兰·布鲁姆教授撰写《走向封闭的美国心灵》，指责美国高等教育充斥着自由主义主导的各种政治正确性的教条，并因此反对欧洲传统和“西方经典”、排斥白人精英并最终腐蚀美国心灵。保守主义者左右开弓大打出手，和他们直接交过手的论敌从自由主义者到激进主义者、社会主义者、女权主义者、多元文化主义者、环保主义者、平等主义者直到各种其他左派观点。

保守主义者不但认为自由派在各种社会议题上论断话语权：比如支持女性主义、多元主义、少数族裔的权利、环保主义、福利国家、凯恩斯主义，在抽象意义上倾向于共同善优先于个体自由但在具体问题上支持少数群体的权利优先于多数人的一致意见，支持用社会学的方法而不是生物学和心理学的方法去解释人类行为，反对欧洲传统和“西方经典”，反对帝国主义和全球资本主义下的新世界秩序，支持参与式的民主而不是消极的民主，以及支持各种积极补偿行动等等，而且还篡改美国历史，包括中学和大学的历史教材都有严重的自由派偏见，这“无疑”是对上帝、民主、爱国主义以及大部分美国家庭价值观的背叛。为此一个名叫托马斯·伍兹的人专门撰写了《美国历史之政治不正确指南》，此书于2004年12月出版，力图重现“真实的美国历史”。在伍兹笔下，清教徒并不是盗窃印第安人土地的种族主义者，建国之父们也不是革命派而是保守主义者，美国内战根本不是为了奴隶制而战，林肯不是奴隶的朋友，罗斯福的新经济政策事实上让大萧条变得更加糟糕。

但是正像一个美国学者所指出的，反政治正确性的主要力量的确主要来自保守主义，可焦点并不在于政治正确性的具体信念和意识形态是对还是错，而在于自由主义者在主张和推行其信念时的方式让人无法容忍：比如狭隘、教条化、不公正、不宽容、自以为是……

如果说自由主义者把政治搞成了站队问题，那么保守主义者则试图在政治中重新发现绝对真理，前者的面孔虚假而乏味，后者的面孔严肃而无趣，二者都和真正意义的“正确”无关。所以我们要做的是超越政治正确性以及政治不正确性。

(2006 年)

## 全民开讲 2.0 时代

一个被反复定义的时代很可能是一个无法被定义的时代，尤其当它被冠上后现代、后革命、后殖民、后东方之类的头衔，就愈发凸显出面目模糊和身份不明来。托网络的福，现在我们有了再次获得定义的机会，这是一个更加技术化和专业化的说法，叫做 web2.0 时代，尽管它在形式上仍旧残留“后 web1.0”的痕迹，但是在内涵上却已获得了相当实质性的指认。按照 web2.0 鼓吹者美国人吉姆·昆尼的说法，从 web1.0 到 web2.0，最根本的变化发生在：“web 1.0 的模式是读，web 2.0 则是写和贡献；web 1.0 是静态的，web 2.0 是动态的；web 1.0 的内容创建者是网页编写者，web 2.0 则是任何人都可以创建内容。”

博客（Blog，又称网上日志）、维基百科（Wikis，一种让任何人能够即时、匿名且民主地更新和编辑网页的软件）是 web2.0 主导力量，在这样一个崭新的互联网时代，网络用户不再只是内容的消费者而是内容的创造者，他们已经从 web1.0 时代各门户网站 BBS 上的二等公民翻身成为拥有博客自留地的包产到户者。如果说

web1.0 是少数人说话、多数人旁观，那么 web2.0 就是大家一起说话并且彼此旁观。一句话，这是一个“全民开讲”的时代。

乍看上去，“全民开讲”承诺了一个无比美好的愿景：它不但可能兑现法国人贡斯当所说的“古代人的自由”，而且还可能实现“现代人的自由”。其中古代人的自由指的是公民直接参政议政的自由，古希腊雅典城邦“参与式民主”是其理想的典范；现代人的自由指的是保障个人独立空间免于外力骚扰的自由。但是当我们深入了解 web2.0 的真实特性后，就会发现这样的预期也许过于乐观甚至天真。

传媒学大师麦克卢汉曾有名言：“深入一种文化的最有效途径是了解这种文化中用于会话的工具。”波兹曼的观点比麦克卢汉更加鲜明，在他看来，“某个文化中交流的媒介对于这个文化精神重心和物质重心的形成有着决定性的影响”。波兹曼身处的是电视时代，在他看来，正因为“电视无法表现政治哲学，电视的形式注定了它同政治哲学是水火不相容的”，所以通过电视来探讨和传播“公共话语”以及一切曾经“严肃过的东西”，就必定会让它们成为“娱乐的附庸”。波兹曼虽然极力渲染电视时代对于公众话语可能造成的戕害，但对电视本身却并不反感，“为我们提供纯粹的娱乐是电视最大的好处，它最糟糕的用处是它企图涉足严肃的话语模式——新闻、政治、科学、教育、商业和宗教——然后给它们换上娱乐的包装”。所以如果波兹曼亲眼看见超女活动，一定会为之大声叫好，因为它体现了电视的最大好处，却没有或者甚少体现电视的糟糕用处。

波兹曼说，电视原本无足轻重，只有当“它强加给自己很高的使命，或者把自己表现成重要文化对话的载体”，危险才会出现。同理，尽管web2.0为我们呈现出全民织网、全民开讲乃至全民参与的繁荣景象，但如果因此指望博客和维基百科能够推动人类知识积累、实现现代人的自由、乃至承担起雅典“公民大会”的政治功能，那就可能产生问题。事实上，就目前所见，web2.0虽然在相当程度上实现了参与、表达、个性、自由等启蒙主义价值，但与此同时网络本身所独有的“市场效应”和“剧场效应”，也让“全民开讲”越来越有沦为“全民乱讲”的危险。

以维基百科为例，匿名制下的全民乱讲已经迫使网站编辑在“乔治•布什”词条后面贴出如下的官方提示：“为解决最近出现的恶意窜改问题，新用户或匿名用户不能对此页进行编辑。请对有可能进行的改动开展讨论，或者提出解除保护。”而一旦全民乱讲的趋势迫使网站对参与编写词条的网民进行实名制管理乃至资格认证，维基百科就将丧失全民开讲的2.0本质。

在web2.0时代，一个颇具悖论性质的现象是话语权的彻底碎片化与话语权的极易集权化同时存在，这既导致了千千万万相对封闭的网络小社区，从而实现所谓“有限人的有限联合”（比如豆瓣读书小组），同时也催生了一茬又一茬的娱乐领袖和网络意见领袖及其假象公众和即逝公众。

“意见领袖”是一个应网络而生的头衔，它的有趣之处在于，一方面它是言论自由的直接产物，另一方面它又在某种意义上与自由概念背道而驰。一旦我们把真正的自由理解成不是自由地逃避什么，而是主动地承担什么，不仅是一种权利同时也是一种责任，那么所谓的“意见领袖”其实就是在做一项免责宣称，它暗含了这样一层意思：我的所言所行仅只是个意见，意见只需按照意见的自身逻辑来将之做到极致，除此之外，我不准备承担更多的责任——因为“意见”无须成为“知识”也不必向“真理”靠近。

当没有人为自己的言行负责任之后，全民乱讲就会成为主流，我们就会看到许许多多以“冒天下之大不韪”搏出位的个体。然而这是一个边际效用迅速递减的做法，由于技术门槛过低，所以赖以成名的手段和工具很快就成为他人模仿的对象，并且被迅速消耗殆尽：一个芙蓉姐姐出名了，就会有千万个菊花姐姐站起来；一个木子美红了，就会有千万个流氓燕摇身出现。可是人类的想象力终归是有限的，这种疯狗般追逐标新立异的局面很快就会因为出名资源的过度消耗而回归平淡。

除去全民乱讲的威胁，博客运动的最新尴尬是，随着老徐（徐静蕾）、李老大（李冰冰）这些传统名人对博客的“逐臭而动”，导致曾经以“全民织网”鼓舞了无数网民的博客运动正在丧失其最激动人心的草根性和平民精神。如此一来，刚刚被 web2.0 定义的这个时代就将再次面目模糊和身份不明。

（2006 年）

## 大众文化的“群架二原则”

某日，菜包与拉面大打出手，菜包被打得落花流水，就去约了天津狗不理、杭州小笼包等同族兄弟，准备去找拉面理论，结果狭路相逢遇到了泡面，二话没说围住了泡面就是一顿暴打，菜包边打边说：“拉面，别以为烫了头发，我就不认得你啦。”

这个笑话给我们的启示是，在大众文化时代打群架必须遵循的第一个原则是：不管对方烫没烫头发，穿没穿马甲，反正都是一丘之貉，所以棒下无冤魂，一上来就应该没头没脑先给他一通暴打。

因此当新浪在名人博客的轰动效应开始逐渐衰微之时，忽然开始为草根博客摇旗呐喊，我们切不可被“名人”与“草根”的二分表象所迷惑，而应该立刻意识到所谓的草根博客很可能就是“烫了头发”的名人博客。

不过如果各位认为，我的意思是要不管三七二十一地暴打新浪的草根博客，那就大错特错了，因为这个笑话还没完呢。

话说泡面被打之后，越想越窝囊，扭头就跑去通知弟兄们，众面兄弟操起家伙追出去，拐角处遇到了灌汤包，泡面作势欲上，却被众兄弟一把揪住说放过他吧，泡面问为什么啊，兄弟们异口同声地道："还没打他，他就已经一裤子小便臊了你一身啦。"

所以在阴谋论无处不在的大众传媒时代，打群架的第二条原则是：如果暴打对方的结果是帮助对方实现了他的人生理想——比如灌汤包，此生的理想就是把憋了一肚子的小便臊人一身——那么最佳的策略就是干晾着他。

关于这一原则，鲁迅有一个说法最贴切也最毒辣：让他叫喊于生人之间，却无人响应。

上述"群架二原则"存在一个字典式的排序，也就是在我们遵守第一条原则之前必须充分满足第二条原则。我相信，唯当我们彻底地遵守"群架二原则"的精神和排序，才不至于掉进大众文化操盘手的圈套，在不知不觉中成了哄抬物价的合谋者。

遗憾的是，迄今为止围绕着 Acosta 所发生的媒体乱战充分显示出人们并不了解"群架第二原则"的重要性及优先性。当各路媒体都在兴致勃勃地去探讨"Acosta 是谁"的时候，他们就已经帮助新浪这个灌汤包实现了他的人生理想——一个原本可能是虚构的千万点击率就这样活生生做成了事实。

Acosta 是何许人也？这个问题在我看来根本就不值得追问。草根的一个本质特征就是无名，网络那一端是狗还是人对于网络这一端究竟有什么关系呢？更重要的是，鉴于新浪的炒作能力已经到了"要你红你就红，不红也红"的境界，所以对于 Acosta 这样的案例我们就更应该抱持狐疑的心态。在我还在读大学的时候，主管思想工作的领导就一直在用血和泪凝结成的经验告诫我们：围观即参与——这个论断在眼球经济时代愈发凸显出它的真理性。

我承认，“乱战第二原则”存在着极大的修订空间：如果暴打对方的结果是，不仅帮助对方实现了人生理想同时也满足了自己的私人欲望，那么我们就应该毫不犹豫地加入战团。事实上，大众文化的席卷能力是如此之强，除非你能够真正做到闭目塞听，否则不管是参与者、围观者还是评论者，我们都是这场媒体狂欢的合谋者。

(2006 年)

## 娱乐不精神

看完《鸟笼山剿匪记》，再回想《一个馒头引发的血案》，让人不由得心生感叹：从鸡蛋里挑骨头果然要比生鸡蛋更容易一些。同样是戏仿与拼贴，前者只因多了那么一丁点儿原创的野心，就让胡戈落了个“第二眼蠢才”的骂名。幸运的是，鄙夷归鄙夷，“鸟笼山”应该不会再引发第二波的“血案”了——网络时代的娱乐草根们尽管无畏，但还不至于无知到去恶搞一个毫无颠覆意义的文本。

恶搞的方向必然是自下而上的，自上而下的那叫欺压，这两个动词的精神指向可以用两句话来概括，一个是“王侯将相宁有种乎？”，一个是“唯上智与下愚之不移”。网络时代特别是wcb2.0带给世人的福音是，以草根和娱乐的名义，我们可以自由去表达自己的声音，并且，正当地去恶搞或者颠覆某些道貌岸然、假模假式的经典，直到满足我们由平等所激发起来的欲望和情绪。

有人说这是一个恐惧巨人的时代，这个说法并不准确，在我看来，这是一个恶搞巨人的时代。谦逊如牛顿者认为自己的成功要归因于站在巨人的肩膀上，大众文化的娱乐草根们同样要通过攀上巨人（名人？）的肩膀获得成功，不过有一点我们必须牢记，站在巨人肩膀上的侏儒仍旧是侏儒，走在老虎前面的狐狸仍旧是狐狸。

的确，人类一切伟大的艺术作品都先在底层汲取最深厚的营养，在民间展现其勃勃的生机，然后再由行家里手定型成为伟大的作品。但是只要网络时代的草根娱乐继续以恶搞为己任，就注定了它们只是伟大作品的寄生虫，而不可能成为下一个伟大作品的原始胚胎，这一点冯小刚说得一点都没错。

当然，恶搞并非一点前途都没有，从哲学的角度看，恶搞到了极致就成了“解构”。最典型的就是周星驰，虽然他本人一再声称对于“后现代”、“反传统”、“解构”这些五迷三道的术语一无所知，但这无碍于“大话迷”对他的顶礼膜拜。可是话说回来，像《大话西游》这种让你在暴笑之后还能哭出声来的恶搞“极品”毕竟可遇不可求，周星驰若不是遇见刘镇伟，强强联手再加上负负得正，恐怕一辈子都只能顶着无厘头的帽子混迹江湖，与后现代英雄没半点瓜葛。

网络时代草根文化与民间文化的另一个本质区别在于，前者属于后现代消费主义的市民文化，它与生俱来就缺乏民间文化的质朴感和本真性。所以，在某种意义上我们可以在草根娱乐和“粗鄙”之间画上等号，按照古希腊人的说法，所谓粗鄙就是形容缺乏对美好事物的经历。这种经历要求人们学会倾听安静和细微的声音，这在众声喧哗的网络时代显得稍稍有些不合时宜。

“要有点娱乐精神！”最近这句话变得非常时髦，常被用来规劝那些不能与时俱进的老冬烘们。可是娱乐本身是不需要精神的，它需要的只是感官与刺激。赫胥黎早在 80 年前就已经警告我们，在一个科技发达、文化成为一场滑稽戏的时代里，造成精神枯萎的敌人更可能是一个满面笑容的人，而不是那种一眼看上去就让人心生怀疑和仇恨的人。

（2006 年）

## 我们何时丧失理解？

据说诺贝尔物理学奖得主费曼曾打算给大一的学生开一次讲座，解释量子力学中的费米—狄拉克统计，最终他放弃了这个打算，理由是他没有办法把它简化到大学一年级的水平，费曼因此反思道："这意味着实际上我们并不理解它。"

对于费曼的这个说法，哲学家陈嘉映在新书《哲学、科学、常识》中这样解释道："自然理解才是本然的因此也是最深厚的理解。"所以，只要我们不能运用简单直接的自然语言去解释一个结果，我们就还没有真正弄懂它们。仍以量子力学为例，尽管费曼们可以运用规则和公式按部就班地进行计算，但是他们并不真正理解这些计算为什么会有效，它们真正意味着什么。一句话，这个星球上其实并没有人在会心会意的层面上（at a "soulful" level）真正弄懂了量子力学。

这个结论让人大惑不解。亚里士多德说，人天生求理解。可是当现代科学终于以毋庸置疑的成功证明了人类的理性能力时，我们中间最出类拔萃的那一拨人却坦承自己丧失了对这个世界的理解！

“理解”为什么必须植根于自然语言？科学怎样改变我们对世界的认识，它在哪些方面促进了我们对世界的理解，在哪些方面又给我们带来了新的困惑？《哲学、科学、常识》试图回答这些深植于人类认知历史中的大困惑。正如封面导语所言，本书是对“神话以来的理知历程——人类心智所展现的世界图景”的一次整体反省。穿越大量的科学史实，陈嘉映关心的是——在实证科学以它的方式提供了世界的整体图景之后，哲学的命运，或者，思想的命运将何去何从？

然而，这又是一本与众不同的哲学书，某种意义上它将打破世人对于哲学专著的成见。在一个很不起眼的注脚处，陈嘉映这样写道：“我最希望读到的，是通俗的语言表达高深的思想，最不喜欢的，是用高深的语言表达浅俗的想法。”我们不妨把它看成是陈嘉映的自我期许。尽管身负“海德格尔专家”的盛名，但陈嘉映的个人气质更接近于英美分析哲学尤其是日常语言学派，因此，避免使用各种诘屈聱牙的行话术语，用非学术的日常语言去表达深刻思想的做法，原本就深浸在他的哲学观之中。充满灵性和智慧的文字，辅以众多科学史上或动人、或有趣、或出人意表的故事，让这本书读起来就像是 *Discovery* 的文字版，引人入胜又意味深长。

在陈嘉映看来，古希腊时期的哲学与科学是一个连续体，可以用“哲学—科学”称谓之。“古代哲学—科学之寻求真理，是在寻求一个可以被理解的世界。”这种对“可理解”的诉求，要求用统一的眼光对枝蔓丛生、芜杂不齐的历史和世界进行裁剪，使之成为一个完整的故事。因其完整，天、地、人、神才能相互联系并且各归其位，因其完整，古希腊的哲学—科学才不是一门特殊的理论，而是一种具体的生活方式，个体的人可以据此安度一生并且意蕴充沛。用陈嘉映的话说："完整的故事才有明确的意义；或不如说，意义赋予完整性。"

然而，古希腊的哲学—科学之所以有别于其他民族的巫史传统以及神话宗教，就在于它除了要求对世界作出整体解释，还企图去探求隐藏在现象背后的隐秘结构。

一种表述只有在生活之流中才有意义，自然语言尤其如此，陈嘉映认为："哲学曾希望找到世界的本质结构。然而，即使找到了，我们的表述也会因为（自然）语言的限制而受到歪曲。"当自然语言不足以承担这一重托时，古希腊人另辟蹊径，选择用数学语言去重新定义各种基本概念。

这一步的踏出至关重要。一方面，数学作为真正通用的语言，它可以为人类建构普适理论；另一方面，数学的普遍性来自量的外在性，这种外在性虽然可以保证长程推理的有效性，但却是以丧失直观和感性为代价的。从此科学世界与常识世界渐行渐远。

陈嘉映把基于数学语言的理解称为"技术性理解"，技术性理解就事物之可测量的维度加以述说，它有助于我们了解自然界的精确结构和机制，但是它并不能取代常识的理解，因为它"触及不到很多日常事实"。与此相反，自然语言虽然只能进行短程推理，但它始终坐落在生活形式之中。自然理解天生就包含着直接性，这是一种与周遭事务打成一片的"领会"和"感悟"，包含着心领神会的洞察、直觉的同情以及历史的移情，人们置身其间，往往习焉不察并且甘之如饴。对此量子力学家海森堡心知肚明，他说："任何理解最终必须根据自然语言。”

陈嘉映认为：“数学的确建立了某种普遍的联系，然而它破坏了另一种统一的联系。”以“空间”概念为例，曾经是上尊下卑，天、地、人、神各归其位的宇宙，在牛顿这里被抹平为“均匀的、无限的”空间概念，天上人间不再具有本体论的差别，“一个我们生活、相爱并且消亡在其中的质的可感世界‘被替换成了’一个量的、几何实体化了的世界”。

当以牛顿为代表的近代科学家终于用纯数学这门语言谱写完自然这本大书的时候，哲学—科学的脐带彻底发生断裂，哲学与科学开始分道扬镳。奥斯汀对此有形象的比喻，哲学好比“处在中心的太阳，原生旺盛、狂野纷乱”，过一阵子它就会甩出自身的一部分，成为这样那样的一门具体科学，这些具体科学像行星一般远离母体，“凉冷、相当规则，向着遥遥的最终完成状态演进”。

在诸神隐退的科学世界里，曾经扎实牢靠的日常直接经验就如水银泻地般四处散落，再也无法拾缀成为一个整体。“意义赋予整体性”，反之，整体性的丧失也意味着意义的丧失。

在检讨“科学与现代世界”的关系时，人文知识分子的情绪极易泛滥成为浪漫主义的“诗化哲学”，陈嘉映也留恋一去不返的古典世界，但是他时刻保持语言哲学家的清醒自律，在拥有宽广的科学史视域的同时，不滞留在大而无当的观念批判，而是从细致入微的概念分析入手，这让本书的运思方式和发问角度更加发根起由、直指根本。

在当今中国哲学界，陈嘉映从来不是最流行的那几个，但始终是最重要的那几个。之所以不是最流行，是因为陈嘉映一直缺乏与时俱进的潮流意识，更没有振臂一呼应者云集的权威心态，所以尽管翻译了 20 世纪西方哲学两部扛鼎之作——海德格尔的《存在与时间》和维特根斯坦的《哲学研究》，但陈嘉映本人的运思行文总是慎之又慎，他更愿意深入到西方思想的最源头和最深处，去与人类最伟大的心灵做隐秘对话，而不是在镁光灯下闻风起舞。也正因为这样，才让陈嘉映的思想风格雄健且深厚。

哲学—科学的脐带虽已断裂，但是对哲学家来说一个更大的隐忧（引诱）在于，由于数千年来巨大的思想惯性，他们往往对此熟视无睹。维特根斯坦说："哲学家们经常看重自然科学的方法，并且不可抗拒地试图按照自然科学的方式提出问题和回答问题。这种倾向是形而上学的真正根源，它使得哲学家们陷入绝境。"接着维特根斯坦的话往下说，陈嘉映认为，今天的哲学工作既不从假说开始，也不企图预言未来，哲学不再为解释世界提供统一理论，而是专注于以概念考察为核心的经验反省，这种概念反省要求哲学家始终盘桓在自然理解的近处，它"并不增加我们对世界的了解，它改变我们对世界的理解"。

"既得其母，以知其子；既得其子，复守其母。"如何在实证科学无往不利、大行其道的今天，为哲学和自然理解奠定一个恰切的逻辑地位，替人类存留住"意义的世界"和"存在的家"，这是摆在每一个当代哲学家面前的紧迫课题。《哲学、科学、常识》在语言的深处将这个问题重新显影，但是正如陈嘉映在"自序"中所说，这本书只是他行在困惑中的一些片断思考，既不是一个开端，更不是一个结论。或许，这就是思想的应有之义，因为它总是在路上。

（2008 年）

## 过　期

这个时代什么东西都会过期。凤梨罐头会过期，感情会过期，大闹“立法院”的追诉时效同样会过期。

2006年10月24日，李敖头顶防毒面具、一脸诚恳地向台“立委”们痛陈：军购的后果很严重。正说话间，李敖掏出蓄谋已久的催泪瓦斯连喷八次，一干绿营的“立委”大呼小叫，边撸鼻涕边退席，发誓要严惩李大师的恶劣行径。12月25日该案被移送纪律委员会，转眼到了2007年3月23日，也就是三个月追诉时效的最后一天，谁料36位纪律委员会委员只有两位露面，眼睁睁看着李敖得志便猖狂，对着摄像机大放厥词：“谁敢惹我李大师？”

“时效”，按《现代汉语词典》的解释，本义是“在一定时间内能起的作用”，引申义指“法律所规定的刑事责任和民事诉讼权利的有效期限”。

显然，时效的功能在于为所有的行动者都设立了一个共同标准，但凡在规定的时间内没有起到应有的作用或者达成预期的效果，一过死限，就必须放弃，即使不舍，也不能纠缠。可是，凤梨罐头过了保质期会变质，大闹“立法院”作为一个已经发生的事实，却不会发生任何变化。对于没有保质期的东西仍旧设立“时效”，秘密只有一个，那就是使“放弃”或者“遗忘”这个行为合法化。

人天生擅长合理化。以“时效”的引申义为例，为什么要给刑事责任和民事诉讼权利规定有效期？法理学家可以轻而易举地举出一长串合情又合理的理由：要维护安定团结，要节约社会成本，要有利于打击现行犯罪活动、提高办事效率……危害一方的刑事案件尚可以追诉时效的名义合法放弃，遑论大众民主时代的一场政治秀？

在即用即扔的快餐时代，催泪瓦斯事件前后历时近半年，于李敖而言，已经赚足了眼球，末了再来一个胜利大逃亡无疑是再完满不过的事情。但是我们也不能因此轻率断言那些缺席到会的纪律委员们就是彻头彻尾的孬种，在这样一场由于丧失先机、进而节节败退的政治秀中，以不作为的方式去终结它或许是最明智的选择——须知追诉时效过期的另一面就是炒作时效过期。就此而言，那些拒绝到会的纪律委员们不是在放弃对李敖的追诉权利，而是在放弃这一回合的游戏，题外之义是：这一局我认栽，咱们重新来过！

随时可以“重启”是大众传媒时代带给政治人物和娱乐明星的最大福音——无论上一局是一败涂地，还是彻底死机，由于观众的遗忘速度是如此之快，所以你随时都有东山再起的机会。最近的一个经典个案是璩美凤，在性爱光碟公开发售之后蛰伏六年，这个女人选择回归媒体，加盟某电视台当起了新闻女主播。

米兰·昆德拉在《慢》中讲述了一个人们经常熟视无睹的场景：

当一个人在路上走的时候，如果此时他突然要回想什么事情，就会机械地放慢脚步，反之，如果他想要忘记刚刚碰到的倒霉事儿，就会不知不觉地加快走路的步伐，仿佛要快快躲开在时间上还离他很近的东西。昆德拉的结论是，上述现象暗示出思想与速度的秘密联系，他把这一联系总结为存在主义的两个数学方程式：慢的程度与记忆的强度直接成正比；快的程度与遗忘的强度直接成正比。昆德拉说，从这个方程式可以推断出各种各样的原理，比如说：我们的时代迷上了速度魔鬼，由于这个原因，这个时代也就很容易被忘怀。当然，这个论断可以颠倒过来说：我们的时代被遗忘的欲望纠缠着，为了满足这个欲望，它迷上了速度魔鬼。

无独有偶，在批判电视媒体的文化影响时，皮埃尔·布尔迪厄也提到了思想与速度的关系，他说："电视引发的一个主要问题就是思想与速度之间的关系。"齐格蒙特·鲍曼对此的评论是："这不仅仅意味着，人们在电视面前必须飞快地思考，他们很难有时间来关注思想，并反思和比较论据的说服力。更为重要的是，在一个快速交流的世界中，如果在说出一个句子之前没有时间暂停和思考，那么，'公认的观念'无意中就获得了特权——这种观念是价值不高的观念，大家共享的观念，不会也不需要思考的观念（因为它们是不证自明的；并且，它们像公理一样，是不需要证明的）。"

正因为人们善于遗忘，必须遗忘，所以我们给任何事物都贴上"时效"的标签，时刻准备着遗忘和放弃。事实上这种"时刻准备着"的状态就是对变化的一种殷殷期待，当你以时速 175 公里疾驰在高速公路上的时候，你唯一能做的事情就是"时刻准备着"。反之，静止既不需要"准备"，更用不着"时刻"，因为它是时时刻刻、始终如一的。

赫拉克里特说现象界“一切皆流、无物常驻”，现代人对于速度和变化的痴迷表明了现代人总是习惯于停留在“现象界”。对现代人来说，变化是高贵的，而不变则是保守乃至无能的表现。这种对待快和慢、运动与静止的不同态度彰显出古代人和现代人的差别。

罗素在《西方哲学史》中说：“希腊人并不耽溺于中庸之道，无论是在他们的理论上或是在他们的实践上。赫拉克里特认为万物都在变化着；巴门尼德则反驳说：没有事物是变化的。”这个论断一如罗素的许多言论那样深刻又偏颇。赫拉克里特的确主张万物处在流变之中，“一个人不能两次踏进同一条河”就是他的名言，但赫拉克里特重点要说的却是后面这个观点，这种变化是根据不变的规律（逻格斯）而发生的。因此，就“道”不变而言，赫拉克里特与巴门尼德的差别没有罗素说的那么大。

巴门尼德的学生芝诺后来提出了四个让普通人瞠目结舌的悖论，其中最著名的是阿基里斯（古希腊著名的长跑运动员）追不上乌龟，基本想法是：“在赛跑的时候，跑得最快的永远追不上跑的最慢的，因为追赶者首先必须要达到被追赶者的出发点，这样，那跑得慢的必定总是领先一段路。”这个悖论对于通晓极限概念的现代人来说似乎有些无厘头，但是如果我们不想只是炫耀自己的数学知识，而是试图同情地了解古希腊人的思想，那么我们就会体认到芝诺的良苦用心其实是在论证他老师的基本观点：没有事物是变化的。或者，换一个说法：运动是虚幻的，只有静止才是真实的。

静止相对于运动在本体论上的优越地位，会映射到伦理学上，于是古代人就认定静止是高贵的，而运动是卑贱的。这个想法如此地合乎常情，以至于它看上去不像是一个哲学观念，而更像是一个常识。陈嘉映在《哲学、科学、常识》中这样论述静止的优越地位："物体不受外力干扰，就会处在它该处的位置上，这是它的自然状态，也是一种高贵的状态。"据说当年哥白尼为日心说提供辩护时，其中一个理由是，太阳比地球高贵，因此，静止不动的应该是太阳而不是地球。

静止是高贵的，反过来可以说，高贵的总是表现为静止的。亚里士多德认为自由人的标志就是拥有大量的闲暇，能够极好地去利用闲暇。每当行驶在类似于露天停车场的三环路上，我对于那些急匆匆、曲里拐弯不断超车和加塞的车主总抱以善意的同情，这些人之所以不停地在与时间和速度抗争，正是因为他们的生活是不自由的，他们的字典里没有"闲暇"这个词，他们的所有时间安排都是不由自主的，都是被其他人——顾客、老板或者女友——所决定的。他们没有闲暇，有的只是"时效"与"死限"，过期不候，不是放弃别人就是被别人放弃。

古时候的人不是这样的，他们往往用一生乃至几代人去做同一件事情，比如为袁崇焕守墓 370 余年的佘家人，比如成吉思汗陵 780 年世代守候长明灯的守陵人，这种以百年乃至千年为单位的无时效行为，对于多数现代人来说只能是高山仰止、敬而远之。

李敖了解速度与遗忘的关系，也洞悉"电视不思考"的真相，所以才能在大众文化时代左右逢源，做出一系列既政治正确又娱乐观众的行径。事实上，大众文化的蜕变速度甚至超出了鲍曼的理论更新速度。鲍曼在评价思想与速度的关系时，指出只有“公认的观念”才可能在电视时代占据特权地位，但这个想法并不完全适用于台湾的政治格局，因为在一个“信者恒信，不信者恒不信”的政治生态中，并不存在所谓的“公认的观念”，久经沙场的台湾政治人物深知真理过于复杂，不可能存在于斗嘴之中，观念太多分歧，不可能通过演说说服对方，所以他们索性专心致志玩电视观众喜闻乐见的游戏，用“行为艺术”替代“道德说教”。对李敖们来说，要想永远站在聚光灯下面，就必须充分体认“凡事都有时效”这个不变的现代“逻格斯”：任何招数不能用老，效果就像筷子，全都是一次性的。

当电视引领的那两个存在主义数学方程式——慢的程度与记忆的强度直接成正比；快的程度与遗忘的强度直接成正比——逐渐成为生活模仿的对象，现实中的人们便开始丧失平衡感。这或许是我们这个时代的最大病症所在：生活模仿电视——人们在电视的诱惑下逐渐丧失了对时间的真实体会，以及对真相的辨别能力。

昆德拉在《帷幕》中对陀思妥耶夫斯基的小说《白痴》大为赞叹，理由是这部小说的前四分之一、大约二百五十页的篇幅，仅仅处理了一天中的十五个小时，而且不超过四个背景（火车上，叶潘钦的家，加尼亚的寓所，纳斯塔西娅的寓所）中所发生的事情。昆德拉的总结陈词是，只有在戏剧中，事件才会如此集中地发生在如此紧凑的时间和空间中，而随着情节的极端戏剧化——比如说加尼亚打了梅什金一个耳光，瓦丽娅朝加尼亚的脸吐唾沫，罗戈任与梅什金同时向同一个女人示爱——一切属于日常生活的都消失了。

这种在极短的时间段里迅速堆积起来的一系列事件，会产生昆德拉所说的“生活中骤然凝聚起来的密度之美”，当这种密度之美在日常生活中出现的时候，会让身临其境的人体会到一种传奇般的美妙和愉悦。它是对琐碎、无聊、重复、平凡的日常生活的一种强力挣脱，在我看来，这种挣脱是通过拧紧“变化”的发条而产生的，它使得人们再也不能“好整以暇”地去面对时间，面对闲暇，面对慢。

“超级女声”总决赛每个周末的那三个半小时就在充分展示这种“生活骤然凝聚起来的密度之美”，各种出人意表的戏剧性变化不断地轰击人们的情感和感官：待定、复活、PK、投票、淘汰……普通人在一生中所可能遭遇的各种剧变，“超级女声”在三个半小时里面不断地重演。当电视选秀节目和偶像剧取代琐碎、无聊、重复、平凡的日常生活成为意义之显影的时候，人们就处于一种再也停不下来的状态。

中央电视台最近一直在热播一则热水器的广告，那位长相平庸但笑容温馨的女主角有一段让所有人都“过耳不忘”的台词：“我家的AO史密斯热水器！是父亲在50多年前买的！过了半个多世纪还在用它洗！你也要洗半个世纪？”

——这是一则典型的反现代性广告！按照鲍曼的观点，现代商业广告的总体效果是“绝不允许欲望的减弱和消失（这里的欲望就是向往尚未拥有的东西和尚未体验的刺激）”，因此商业广告就“绝不希望消费者对任何一个具体的产品保持长期的欲望”，否则就意味着浪费钱财。而这则热水器广告之所以如此地让人“触耳惊心”，乃是因为广告商穷极思变，选择了一条反其道而行之的策略：一个从爷爷辈用到孙子辈的热水器，这种广告策略是对一个由消费欲望刺激起来的技术革新时代的巨大反叛。

尼采说："只有非历史的东西才可以被定义。"这句话的意思是，对于那些历史性的也就是有时效性的东西，我们都无法确认它的本质属性，因此也就无法替它下一个普遍定义。AO史密斯反现代广告策略的成功之处在于，通过宣称本品牌的产品经历了半个世纪的考验，来表明自己已经超越了历史性和时效性的束缚，因此也就在这个没有本质、无法定义的时代获得了自己的独一无二性。

于是，在这样一个什么都会过期的时代，我们惊异地发现，凤梨罐头会过期，感情会过期，大闹"立法院"的追诉时效会过期，唯有AO史密斯的热水器不会过期。

(2006年)

## 好人电影与好公民电影

2009 年 2 月 15 日，村上春树在耶路撒冷接受文学奖时发表了一个注定会名垂青史的演讲《永远站在鸡蛋一边》，其中的点题之笔是：

**“假如这里有坚固的高墙和撞墙破碎的鸡蛋，我总是站在鸡蛋一边。是的，无论高墙多么正确和鸡蛋多么错误，我也还是站在鸡蛋一边。”**

在巴以冲突的背景下，鸡蛋与高墙的寓意可谓一目了然。除此之外，村上更用高墙一词暗指所有阻挡个体自由和幸福的“体制”（system）：“体制本应是保护我们的，而它有时候却自行其是地杀害我们和让我们杀人，冷酷地、高效率地、而且系统性地（systematically）。”正是这一点让他的鸡蛋高墙之说拥有了超越一切历史语境的引申力量。

村上春树毕竟只是一个作家，作为一个生活在现代民主社会的自由公民，一个不依靠组织帮忙就能自食其力的个体脑力劳动者，村上可以很明快地选择站在鸡蛋一边。这么说丝毫没有诋毁村上的意思在，而只是想要点出，当创作者的身份从个体经营者的作家转为电影导演，当言说的外部政治环境从民主社会转为威权社会，那个一度看上去如此斩钉截铁的姿态没准就会变得扭捏婆娑起来。

崔卫平女士在《我们唯一的敌人是专制》一文中就讲述了另外一个事关“体制”的道理：“体制的梦想不等于每个人的梦想，体制的路径更不等于每个人的路径。……社会进步不可能是某一单方面梦想或理想的结果，而是各种梦想、诉求、利益互相之间平行四边形的合力。其中每一方力量都只是一个组成部分，而不是全部。”

崔卫平既是一位持不同梦想者，也是一个独立的电影评论人。事实上，在一篇区分“主旋律电影”和“主流电影”的文章里崔卫平表达了几乎完全一样的观点：如果说主旋律电影扮演的角色主要是“宣传片”，那么主流电影则“不是某一社会力量单方面颁发的结果，而是社会的多个阶层多种力量经过多重磨合，所达成的某种平衡和共识”。主流电影所包含的“主流意识形态”，之所以能够具有支配和主导的地位，恰恰因为它是“无数个平行四边形的合力”。

如果说作为持不同梦想者的崔卫平是在主张一种理念，那么作为独立电影评论人的崔卫平则是在描述一个事实，前者关乎政治体制改革向何处去，后者关乎中国电影如何自处。正是这种身份上和语境上的错进错出让同样一句话拥有了不同的意义。

在那些“逢体制必反之”的人看来，不突出强调任何力量的天然正当性而是主张“平行四边形的合力”，这样的论调多少有些痴心妄想——就像老虎是用来打的，高墙是用来推的，哪里存在什么和谐共存的发展之道呢？而对于那些立志要登堂入室的商业大片导演来说，如果站在高墙那边还是鸡蛋这边是一个非此即彼的二难选择，那它压根就不是问题，因为任何对此感到为难的人要么转为地下电影从业人员，要么成为中央六台的专职渠道供货商——据说大量由地方政府出资筹拍的政府形象宣传片都是在中央六台非黄金时段播出的。

所以对于商业大片的导演来说，真实的情况一点都不复杂：在政治与商业齐飞、权力共资本一色的当代中国，一个成功的商业片导演必须同时兼具“鸡蛋”和“高墙”的视角，学会在各种约束条件下辗转腾挪的技巧，敏于各种梦想、诉求、利益角力所产生的效果，惟其如此，才有可能在盛世中国的商业大潮中共襄盛举、引领风骚。

面对这样一个理论上非常简单、操作上极其复杂的命题，身经百战的中国导演越来越呈现出轻车熟路的架势。最近几年的商业大片，自《云水谣》开始，到《集结号》、《建国大业》、《叶问》系列，直至今夏狂揽 6 亿元票房的《唐山大地震》，无不表明以冯小刚为代表的中国导演已经逐渐摸索出了整合政治题材与商业运作的有效方式，正在完成“危墙之下仍有完卵”这一看似不可能完成的任务。

虽然冯小刚们一直强调在不断调整自身的文化姿态以满足社会主流情感与价值观，但没有人会天真到认为这些主流大片所反映的主流价值已经能够很好地代表“平行四边形的合力”。这首先倒不是因为他们的能力不足，而是因为“平行四边形的合力”这个说法如果真有意义，其前提必须是现实社会的各种力量真的达到了谁也吃不了谁的均势，显然这不是事实。尽管如此，我们依然希望追问这样一个问题：在主旋律电影主动退出历史舞台、主流大片登堂入室的今天，我们能否向冯小刚们提出一些更高的要求？比方说，除了讲述一个流畅明白的故事，迎合大多数主流观众的基本情感需求，让他们在轻松写意或者满眼泪花中感受那么一点所谓的“真情流露”，是不是还能够像好莱坞大片那样塑造一种正面的“中国价值”，为中国人提供一种伦理生活乃至政治生活的想象力？

当村上说“假如小说家站在高墙一边写作——不管出于何种理由——那个作家又有多大价值呢？”，他不仅仅是在宣告一种政治立场和价值理想，同时也在传达一个艺术创作的秘密：只有从鸡蛋的角度才有可能说出真正的故事，反过来，任何为高墙所作的正面辩护都只能是面目丑陋的教化和训诫。

中国导演里面，最懂这个道理的人是冯小刚，从早期的《甲方乙方》、《不见不散》，中期的《天下无贼》、《手机》，一直到最近的《集结号》和《唐山大地震》，不管故事的背景如何变幻，不变的始终是站在鸡蛋一边的立场。冯小刚不是张艺谋，《英雄》之后，张艺谋就把自己架到了高墙之上；冯小刚也不是陈凯歌，陈凯歌的文人气质让他动不动就想偷运一些形而上学的概念。冯小刚之为冯小刚，就在于他的电影“一定要和观众建立一个沟通渠道”，用他自己的话说：“这是我的本能。”

冯小刚的另一个本能是，他虽然选择站在鸡蛋这一边，却没有任何对抗高墙的意思。在他的所有电影里面，高墙或者彻底隐身，或者只是作为一个虚化的背景存在，他从不赤裸裸地讴歌高墙，也绝无诋毁忤逆高墙之意。他的故事骨子里就是一大堆好人或者一大堆不那么坏的人的伦理生活史。

只存在伦理生活意义上的弱者视角，而缺乏政治意义上弱者视角，注定了以冯小刚为代表的中国导演只可能拍出好人电影，而不可能是好公民电影。

熟悉亚里士多德《政治学》的读者一定知道好人与好公民的区别，但是本文对于好人电影和好公民电影的区分却和亚里士多德有所不同。这是因为在现代汉语中，说一个人是“好人”，言下之意他不是奸人恶人也不是能人强人，而只是一个德行无亏却能力有限，心地善良且与世无争的“老好人”。这与古希腊语境中的“好人”——“卓越之人”、“优秀之人”、“高尚之人”没半点关系。

在亚里士多德的文本里，好公民的概念是比好人更次一级的概念，因为好公民总是相对于不同的城邦。比方说，斯巴达的公民从小就被教导话说得越少越好，想得越少越好，斯巴达人相信战争是人类最高尚的活动形式，战死疆场则是此生最大的荣誉。雅典民主制时期的公民则与此完全不同，他们靠辩论和劝说来做出决定，习惯去“思考、观察、理解、怀疑、质问每一件事物”。正因为好公民的标准因城邦而不同，好人的标准却是普遍有效的，所以亚里士多德才会说，只有在一个好的城邦，一个好人才可能成为好公民。

相比之下，本文所说的好公民意思非常简单：他不仅应该拥有最低限度的个人权利意识——“我至少和你一样强，因此我至少应当得到你所得到的”，而且还要具备共和主义公民观的基本理念——“政治的真正体现是公民们在公共领域内协商共议群体公共事务”。只要人间一日没有成为天堂，政治体制就永远处于有缺憾和未完成的状态，就一定会对每一颗完整鸡蛋的存在构成威胁。在这个意义上，好公民电影就是一个以卵击墙的电影，它讲述的是一颗颗完整鸡蛋的故事，是这些脆弱但完整的鸡蛋们如何质疑、嘲讽、谴责乃至撞击高墙的故事。如此这般的好公民电影在好莱坞数不胜数，达斯汀·霍夫曼的成名作《毕业生》、罗宾·威廉姆斯主演的《死亡诗社》、朱丽叶·罗伯茨的奥斯卡封后之作《永不妥协》、乃至最近席卷全球的《阿曼达》，无不是在讲述以卵击墙的故事，而它们的最高理想则是——借用村上演讲中的一句话说——“给予每个灵魂尊严，让它们得以沐浴在阳光之下”。

相比之下，中国主流大片中光有鸡蛋的角度，却没有鸡蛋的立场，更没有任何对于高墙的质疑，在这种叙述逻辑中，中国式的“好人电影”讲述的不是一颗颗完整鸡蛋的故事，而是打碎了搅匀后又和着葱花一起翻炒过的摊鸡蛋的故事。

冯小刚或许会对这样的指责不服气，在接受《三联生活周刊》的访谈时他说：“我的电影从不掩饰真情流露，但也并非对现实没有观察和批判。《一地鸡毛》、《手机》，都是走心的片子，也都具备对现实的批判。只是我的批判并不是‘用刺刀刺’，我不喜欢也不希望看到‘人头落地’，那有违我的本性。我是一个善良的人，善良不意味着脆弱和感伤，我相信善良也是有力量的。”这些说法表明冯小刚足够善良也足够精明。鲁迅说：“勇者愤怒，抽刃向更强者；怯者愤怒，却抽刃向更弱者”，善良而又精明的冯小刚没有“抽刃向更强者”也没有“抽刃向更弱者”，而是抽刃向每一个和自己一样的人。

同样是在这个访谈里，冯小刚说："我怎么可能比观众高端呢，我比观众水平高？我比观众对生活的人生深刻，我比观众有智慧……如果你这么想的话，你首先是一个非常愚蠢的人。"这种近乎于献媚的低姿态说明冯小刚非常了解现代社会的基本逻辑。从讲一个好故事的角度说，弱者视角在今天天然就比强者视角更有优势。这么说的原因在于，现代性在整体价值取向上是向下看齐的，并且，千万不要挑战观众的智力或者品格，而要撩拨他们的情感与泪腺。

今天买票入场的电影观众和古希腊圆形剧场中的观众最大的不同在于，后者要么是王公贵族要么是自由平民，他们有着充分的闲暇时光去思考生命真正重要的问题，无论上演的是喜剧还是悲剧，这些观众都希望从中获得精神的提升和灵魂的荡涤。古希腊戏剧的功能并不是造梦，而是让观众更加真实地去领悟现实，无论它呈现的景色是壮美还是残酷。

《唐山大地震》的制片之一陈国富说"中国没有悲剧"，这话一点没错。严格说来，中国有的是苦情戏而不是悲剧。按照叔本华的观点，"分析到最后，悲剧的快感是一个接受问题"。古希腊悲剧反复想要阐明的一个道理是：既然事情非如此不可，那么好，我现在就来完成你的意愿。这是一种对生活的慨然接受，它固然与斗士的反抗精神无关，但也与默认和屈从不同。换言之，古希腊的悲剧精神在于，"它接受生活，是因为它清楚地看到生活必然如此，而不会是其他的样子"。也正因为此，我特别赞同罗锦鳞先生的这段话："看中国的悲剧，可能要带手绢去，看希腊悲剧你不一定哭，但看了以后，会感觉到一种强大的震撼力。"因为"悲剧是对于一个严肃、完整、有一定长度的行动的模仿。因此，古希腊悲剧重在严肃以及强烈的震撼力，而不在于哭哭啼啼”。

中国之所以没有悲剧，是因为站在伦理生活的视域里，所有的屈辱、苦难和不幸要么来自一地鸡毛的伦常纠葛，要么来自晴天霹雳的无常命运，前者的道理说不清楚，后者的道理没处可说，于是乎中国式好人对于“为什么”的追问最后只能化约为认命。即使隐晦地指向公权力所带来的制度性羞辱，那也必须处理成少数害群之马的个人行为，而与整体性的制度不正义无关。这样一种自我阉割的处理方式导致中国式的“好人电影”传达的无非是些逆来顺受、小富即安、没事偷着乐的小农理想和劫后余生的幸存者心理。

亚里士多德说人是政治的动物，相比之下，中国人却是伦理的动物。“政治”在古希腊语的意思是城邦，换言之，亚里士多德认为人的本质只可能在城邦（政治）生活中才获得真正完满的实现。在政治生活中，真正重要的美德是勇敢、智慧、节制、大度这样一些充满男性气概的品格，而在伦理生活中则是善良、友爱、忍让这样一些粉红色的情感。善良虽然也有力量，但是善良再有力量，也还是摆脱不了软绵绵潮乎乎湿答答的本色。

公允地说，没有好公民电影这事儿不能责怪冯小刚，一来中国人的情感活动方式从来就不在政治领域停留，二来现实的中国语境也完全缺乏类似的土壤和空气。英国人罗素在论及晚期希腊时曾经指出，基督教出世精神的心理准备开始于希腊化的时期，并且是与城邦的衰颓相联系着的。这是因为在一个政治理想崩溃的世界里，受苦受难的人民不会关心“如何才能创造一个好国家”，而是孜孜以求“怎样才能获得幸福”。这个道理并不难以理解。

通常认为政治哲学只探讨两个问题，一个是“谁得到了什么”，一个是“谁说了算”。把这两句大白话翻译成专业的学术术语，前者指的是权利和利益的分配问题，也就是“正义”问题，后者指的是政治权力的“合法性”问题。很显然，不管是政治正义问题还是政治合法性问题，自古以来中国人都没有机会堂而皇之、明目张胆地追问之，商业大片的导演们也不例外，哪怕充满魔幻现实主义色彩的生活经验为我们提供了无比丰饶的素材。

电影的高度取决于生活的高度，只要现实中的每一个人都尚未成为真正意义上的公民，只要现实中的每一个人都还只是满足于做一个善良的好人，而不是有着权利意识、法治精神的好公民，不是一个品格卓越、灵魂独立的真正意义上的好人，那么寻找伦理学和政治学想象力的任务就不能寄托在冯小刚身上。

龙应台在《大江大海》里记录过无数颗“鸡蛋”的故事，其中我尤为钟爱这个：“脱下了军衣，是一个良善的国民。”这句话摘自一个叫做“耕”的长春守城国民党士兵的信件。这是耕在战场上写下的第52份信，时间是1948年6月1日9时：

芳：

……生活是这样地压迫着人们，穷人将树叶吃光了，街头上的乞丐日益增多……我因为国难时艰，人的生死是不能预算的，但在我个人是抱着必死的信念，所以环境驱使着我，我不得不将我剩下的几张照片寄给你，给你作为一个永远的纪念……我很感谢你对我用心的真诚，你说死也甘心情愿地等着我，这话将我的平日不灵的心竟感动了，我太惭愧，甚至感动得为你而流泪……我不敢随便的将你抛弃，我的心永远的印上了你对我的赤诚的烙印痕，至死也不会忘记你……

我已感到的是我还能够为社会国家服务，一直让我咽下最后一口气方罢。这是我最后的希望……我的人生观里绝对没有苛刻的要求，是淡泊的，是平静而正直的。脱下了军衣，是一个良善的国民，尽我做国民的义务。

耕手启

“脱下了军衣，是一个良善的国民”，这句话之所以动人心魄，是因为这里的良善有军衣的映衬，有对那个“本应是保护我们的，而它有时候却自行其是地杀害我们和让我们杀人”的体制的控诉，只有在这个意义上，善良并不就是哭哭啼啼，善良同样也能带来震撼的力量。

（2010 年）

## 通过对话能够走向真理共识吗?

50多年前，美国导演悉尼·卢曼特执导过一部经典老片《十二怒汉》（*Twelve Angry Men*），它的情节相当简单：一少年作为杀父嫌疑犯被庭审，有两个对其非常不利的证人证言（一老翁，一妇人），以及一个证物（父亲胸口所插的那把刀恰好与少年自称遗失的刀一模一样）。由十二名陪审员组成的陪审团必须在有限的时间内达成一致意见，否则就无法对少年做出裁决。

这部片子一度作为政治哲学的范本在国内学界广为讨论，焦点集中在这样一个问题上：民主社会的人民可以通过相互说理达到对真理的认知吗？倪梁康教授认为要使相互说理得以可能，需要满足两个条件，其一，在相互说理中包含着对需要得到的论证的“理”的前设；其二，在相互说理中包含着论证活动本身的“合理性”（理智地说话 noui legontas），而且这个合理性是得到共同认可的（人人共同的东西：logos）。对此观点，陈嘉映教授和王庆节教授都曾经专门撰文予以回应。这场论争发生在六年前，就一个文本和主题进行细致探讨、彼此交锋往来数回合的情景在国内哲学界并不多见。

今天重提旧事，笔者并不想对参与讨论的各方得失进行评述，而是直接从《十二怒汉》的电影文本入手，尝试做一次详细的个案解剖，以探讨在这个典型的——但并非“理想的”（ideal）——对话环境中，是否必然需要预设真理以及通过对话所达到的共识究竟是否是真理等问题。

从法理的角度看，这次审理或曰公共审议有两个前提：

1. 英美法系对嫌疑犯做出的是“无罪推定”，意即除非有确凿的证据可以证明少年的确犯案，否则就不能对之作出有罪认定。因此，要想作出无罪认定，只要对上述提及的两个证人证言和一个证物提出“合理的怀疑”（reasonable doubt）即可。值得注意的是，这一法理设置表明在这个案例中其实无涉对事实的“正面认定”，陪审员不用提出确凿的证据表明少年的确没杀人，只需对证明少年有罪的几条理由提出合理怀疑就足够了——这个思路与我们此前反复阐述的观点相契合：我们永远也不可能了解“原始的”、“裸露的”实在真相，我们所能够做的就是排除所有相关的可选择性，并由此达成一致意见；

2. 必须是全体一致通过，而不是多数决（majority rule）。这个制度设计在精神气质上更接近于卢梭所向往的直接民主或者某些审议民主理论家所向往的审议民主。多数决是应“做集体决定”这个目的而生的，它极有可能以牺牲少数人的意见和利益为代价，其基本精神是为了达到政治结果即便牺牲真理也在所不惜。而全体一致意见虽然并不能确保真理，但至少让所有参与讨论者的意见和利益都得到最充分的重视。我们知道在大规模的、价值多元的“陌生人”

社会要想达成全体一致的意见几乎是不可能的，如若可能，也极有可能是通过某种专制或意识形态宣传的方式达到（想想苏联经验和“文革”经验就不难了解），但在本片当中，在一个由 12 个人组成的小规模陪审团里，通过非压制手段达成全体一致意见的概率却大许多，那么它是如何可能的呢？它能够通过自由、平等的人们的理性论辩达到吗？

影片开始。

首先映入眼帘的是千奇百怪的众生相：在一间不足 20 平米的会议室里，聚集着来自各种不同背景的陌生人，这里有股票经纪师，有推销员，有手表商人，有清洁工，有退休老人，有父子关系紧张的暴戾中年汉，当然还有我们的主人公亨利・方达——一个仁慈、理性、始终抱不可知论态度的侦探。这样的十二个人因为肩负的政治义务而担任陪审员，手中突然握有对一个年轻生命的生杀予夺大权，其心理状态自然各异，既有一朝权在手的兴奋莫名，也有对浪费时间和金钱的抱怨和喋喋不休。

在组织者不厌其烦地说了三次“我们开会吧”之后，第一次投票正式开始。之前，人们并没有对案件本身做沟通和交流，每个人只是从自己的立场、观点、所了解的信息对案件作出各自的判断——一切情况都像极了我们今天最为流行和熟知的民主形式：以投票为中心，单向度地表达个人意志和倾向。第一次投票的结果是 11：1，十一个人认定有罪，一个人认为无罪。这时全体一致通过的机制发挥作用了，陪审团无法作出任何决定。于是，当那个唯一的异议者——由亨利・方达扮演的侦探“不合时宜”地提议说：“让我们谈谈吧”、“让我们说说各自的观点吧”，对话与沟通——这个审议民主的要件便开始发挥作用了。不过要小心，这里似乎并不存在哈贝马斯所说的“理想的言谈环境”，因为虽然在法理上所有人都是自由平等的，但在这个“典型的言谈环境”里对话者的社会身份、地位背景却是随时彰显无法回避的因素，而所谓“理性”对话则难得一见。

我们发现，在亨利·方达的一再坚持下，主张有罪方最先发生立场动摇的陪审员都有一个共同特征：他们都来自社会中的弱势群体。在陪审团这个特殊的情境下面，社会弱势群体的心理机制展现出极为有趣的图景。一方面，因为弱势所以更容易受到其他意见的影响——事实上我们发现最后仍然坚持己见的三个陪审员或者是性格上最强势或者是社会地位最强势的三个人；另一方面，因为弱势就愈发有凸现自我的心理需要，就更加渴望得到他人的认同，因此也就更倾向于表达异议。这两种看似冲突的因素叠合在一起，在必须全体一致才能得出最后结果以及具体投票结果为 11：1 的情境下面，便产生了一个奇异的场景：那些来自社会弱势群体的陪审员更倾向于少数方（也即亨利·方达）而非多数方。

有人会立刻反驳道：弱势之人不是更倾向于附和大多数吗？的确，弱势的人通常情况下更倾向于附和大多数，但这与弱势的人更容易受其他意见的影响，二者并不矛盾，此其一；其二，老者也好，清洁工也罢，在日常生活状态中他们虽然处于弱势地位，但突如其来的一个机会，使得他们可以与其他人平等相处，共同拥有分量一样的一人一票，这令他们屡受冒犯和挑衅的自尊感找到一个最佳的突破口，异议的表达就显得愈发弥足珍贵。尤其当他们通过自己“艰苦”的思索，贡献出某一属于自己的独特观察就更是如此。（比如老者“骄傲”地指出那位年迈的目击证人一定不可能亲眼目睹了嫌疑犯；清洁工则用他贫民窟的生活背景告诉大家，少年如果犯案，持刀的姿势一定与死者胸口的伤痕不一致。）

另外一个有趣的现象是，当陪审员从主张有罪到主张无罪转变时是可以被接受的，但如果再次改变立场则是不可接受的。这里涉及自我认同的问题：你究竟是不是一个反复无常的骑墙小人？我们看到，在片子里，除了那个习惯见风使舵的销售员（这个习惯对于销售员来说是一个优良的职业品格，可惜在这里并不适用），其他人在改变一次立场后就此坚定不移，可是他们真的就坚信不移了吗？其实未必。而且，那位销售员在遭到“两面派”的指责，神色黯然地再次接受无罪认定的结果后，他就已经无路可退，再也不能回到有罪认定的结论上了。

在交谈与论辩过程中，有两个因素至关重要：

第一是亨利•方达的个人魅力，这是一个极其出色的政治煽动者（political demagogue），他几乎主导了整场讨论，而且善于在论辩中及时占据道德高地，比如对少年嫌疑犯“贫民窟”背景的强调，指斥论辩对手缺乏同情心和仁慈心等等。这对于参与讨论的其他一些拥有类似背景的，或者恻隐之心较强的人显然有某种催眠作用。与之相反，对立方最强势的家伙恰恰是一个性格暴躁、思路混乱的自大狂，当他以一种气急败坏的方式与方达辩论的时候，其输赢高下已判，可以毫不夸张地说，支持有罪认定的多数陪审员之所以放弃原有观点，与此人的负面形象不无关系。

第二，亨利·方达“持之有据”地对现有证据提出了所谓“合理的怀疑”：楼下的老者可能听错了打骂声，因为他可能不能在15秒内走过整个走廊然后目睹嫌疑犯冲下楼梯；妇人或许是近视眼，所以很可能看不清杀人的真实场景；少年嫌疑犯的刀可能被人捡去了，他之所以记不清楚电影的名字也许是因为太紧张了……诸如此类。要注意的是，在整个论辩过程中并没有引进新的证据，只是在原有证据的基础上进行排列组合，并且从各个角度进行“合理”怀疑，不过在我看来，这里的所谓合理怀疑其合理性其实大可质疑，我们知道知识论上有一派观点叫做“相关的可选择性”，说的是并非所有的怀疑都是相关的怀疑。亨利·方达在本片中所提出的不少怀疑在我看来也是这样一些不相关的怀疑。

有一个细节值得一提，在坚持少年有罪的人里头，最为理性冷静的当属那位股票经济师，他坚持有罪认定的理由有两个：1. 少年嫌疑犯自称不在犯罪现场的理由是当时他在看电影，可是少年无法提供电影名称及主人公的名字；2. 有妇人曾经目睹了凶案的发生。

亨利·方达认为股票经纪师的两个理由都是可以被怀疑的。他这样批驳股票经纪师——或许用诱引更好：

方达：你昨天晚上做了什么？
经济师：下班后回家。
方达：前天晚上呢？
经济师：与妻子共进晚餐。
方达：大前天晚上呢？
经济师：大前天……似乎是在……

方达的用意很简单：记忆是可能出错的。可是他的论证方法却是取巧的。我的确不记得七八天前晚上 8 点 34 分在做些什么，可是这既不能作为相关的证据来证明我的记忆力很差，也不能推己及人证明他人的记忆力很差，更重要的是，不能证明所有的记忆都是错的。

最富戏剧性的一幕出现在亨利·方达对那个暴戾中年汉的说服上。此时，认定无罪与有罪的比例已经翻盘为 11：1，但是暴戾中年汉仍在负隅顽抗，直到亨利·方达当头棒喝，让后者顿悟自己之所以认定少年有罪原因在于他与儿子的紧张关系，所谓“恨屋及乌”。纵观其余 10 个人的立场转变，同样不是理性论辩的功劳，恰恰相反，多数人是因为彼此之间的身份、地位、心理冲突而转变的立场，这一点在清洁工和老者身上体现得尤为明显。

这部片子以群像的方式描绘了论辩的全过程：从异议、辩论、说服、争吵、推理到共识。它展示的是在现实的言谈、交流、论辩过程中，不同话语力量如何相互角逐以达成共识的过程，但是这个共识并不指向真理。倪梁康在文章中引赫拉克里特的话说：如果要理智地说话，就得将我们的力量放在这个人人共同的东西上（即逻格斯）上面。赫拉克里特的话没错，错的是倪梁康，因为倪梁康将古希腊的逻格斯作了过于狭义的理解，在古希腊，逻格斯除去理性，还有修辞、隐喻、类比等等，而在本片当中，还有身份、阶级、关系、情绪、卡里斯玛等杂质因素。

片尾处，亨利·方达目光炯炯地凝视最后一个负隅顽抗者时所说的两句话颇有意味，一句是“我们提出了合理的怀疑（reasonable doubt）”，一句是“You are alone（你是单独的）”。第一句意在告诉对方，真理不在你这边（虽然它也可能不在我这边），而第二句话则在说，现在，大多数人的意见也抛弃了你。

十二怒汉最后离开陪审室的时候，并没有走出柏拉图的洞穴，他们没有看到光芒普照的太阳，而是满腹狐疑心事重重地消失在暮色里。但，这对于一个以无罪推定为前提的法律体系来说，就足够了。

也许真理还在某处，但真理不在这里。

（2010 年）

## 智者的审慎

1939年秋，第二次世界大战激战正酣。维特根斯坦和他的学生马尔康姆在伦敦的泰晤士河边散步，聊起时下盛传的一则消息，称德国政府谴责英国政府煽动一起利用炸弹暗杀希特勒的行动。维特根斯坦评论说："假如这是真的，那一点也不会使我惊讶。"马尔康姆反驳道，他不相信英国政府的上层人物会做这样的事情，因为英国人比较文明正派，他补充说，这种行为与英国人的"民族性格"是不相容的。

这原本是一场无伤大雅的讨论，但维特根斯坦却大光其火，认为马尔康姆最后的说法极端愚蠢，并且怒斥后者没有真正从他的哲学课堂上学到任何东西。

时隔五年，马尔康姆已经离开英国，在太平洋上的一艘美国军舰服役，此时他收到维特根斯坦的来信，终于了解到那次争论的要点所在。

在信中维特根斯坦重提他们散步时的那次讨论："你关于'民族性格'的议论，它的简单幼稚使我吃惊。我因而想到：研究哲学如果给你的只不过是使你能够似是而非地谈论一些深奥的逻辑之类的问题，如果它不能改善你关于日常生活中重要问题的思考，如果它不能使你在使用危险的语句时比任何一个……记者都更为谨慎（而这种人是为了他们自己的目的而使用这种语句的），那么，它有什么用处？”

我们这个时代，因为知识的普及和资讯的发达，越来越多的人能够毫无门槛地接触到各种诘屈聱牙的哲学理论和莫测高深的超级概念（即维特根斯坦所称“危险的语句”）。但是正如维特根斯坦所担忧的，如果人们非但没有因此养成谦卑的思想习惯，学会鞭辟入里的分析，反而借此赢得了智识的骄矜，随心所欲地滥用这些“危险的语句”，那将不只是对哲学的践踏，更会戕害公共讨论的品质和日常生活的常识感。

不久前我有幸拜读到一篇论述“中国模式”的雄文，评判此文的得失远远超出我的知识储备和能力范围，我所感兴趣的是其中的几句关键表述。

作者指出：“什么是模式？与‘描述’历史道路不同，与总结历史‘教训’不同，模式是对‘成功’原因的‘归纳’。”又说：“什么是中国模式？中国模式是关于人民共和国60年‘成功之路’的理由解释，即因果抽象。”

作者连续使用了“模式”、“归纳”、“因果抽象”这样的超级概念，字面意思看似清晰明确——通过对中国60年的成功之路进行“归纳”，抽象出其中的“因果”关联，并进而提炼出所谓的中国“模式”——可是问题在于，一旦我们细究这些超级概念的内涵，便会发现这是一段歧义丛生、不知所谓的论述。

熟悉哲学史的人都知道，英国大哲休谟早在200多年前就已经指出，我们对于一切事实所做的归纳推论，都无法冠以“因果关联”的名目，而只是心理习惯意义上的联想。虽说休谟的观点并非定论，但在“归纳”与“因果”之间如此轻易地画等号，却正是犯了维特根斯坦所说的滥用“危险语句”的错误。

退一步说，即便我们接受这位作者的观点，从中国60年的成功之路中的确可以归纳总结出因果解释，并进而形成“中国模式”，这个表述也隐含着普遍意义的意涵。宋人赵希鹄在《洞天清录》中称“古者铸器，必先用蜡为模”，由此可见“模”字隐含有模度（标准）、模准（样板，规范）、模宪（法则）等义。而按《汉语大词典》，所谓“模式”就是“事物的标准样式”。凡此种种皆指向了“中国模式”一说隐含着“普世主义”的意蕴，可是该作者却又反复强调“总结中国模式并不是为了供他国仿效”，口口声声中国模式的独特性，这其中的矛盾和张力实在让人费解。

在马尔康姆的记忆里，维特根斯坦最本质的特点是极端纯正的严肃性和高度的智慧。当他在课堂上进行紧张的思考时，他常常觉得自己搞糊涂了，而且会毫无顾忌地把这点说出来，譬如说：“我是一个傻瓜！”“你们的老师糟透了！”“今天我确实太笨了！”

这种典型的希腊式智慧对于我们已经太过陌生，但它仍然向我们揭示着真正的哲人与热腾的日常闲谈和政治言说之间格格不入的品性，并提醒我们在面对喧嚣的流行观念时，或许应持哲学上的审慎。

（2010年）

## 理解之难

“唔，上帝到了。我在 5 点 15 分的火车上接到了他。”1929 年 1 月 18 日，经济学家凯恩斯在一封家信中写道。

“上帝”的名字叫做维特根斯坦，这一年他 40 岁，刚刚结束长达十年的自我放逐，准备重返剑桥重拾哲学。此时的维特根斯坦在剑桥已经是一个传奇，所有人都在谈论他和他的《逻辑哲学论》。

凯恩斯对于这个天才小心翼翼、关怀备至。早在第一次世界大战期间，作为敌对国公民，他给身为奥地利士兵的维特根斯坦去信，第一句话就是：“我希望你已经成为了战俘”，这当然不是出于对大英帝国的忠诚，而是出于对维特根斯坦个人天赋的保护，因为只有成为战俘，才有可能避免死亡，才有机会重新思考哲学问题。显然，对于凯恩斯来说，在战争与国家荣誉之上，还有更加永恒的价值。

当维特根斯坦终于决定返回剑桥，凯恩斯很清楚需要怎样保护他，在一封信中他这样提到：“我明白，疲劳将是摧毁性的。我一定不能让他每天跟我谈话超过二三小时。”

但是不幸的是，维特根斯坦本人却是一个习惯于让自己和他人都疲惫不已的人。作为一个对话者，他绝对是一个灾难，哪怕面对的是一个孩子。

“下午我们在争论中度过——他是个十分讨厌的人，每次你说什么，他都说‘不不，那不是要点。’那可能不是他的要点，但那是我们的要点。听他话太累人。”这是一个 14 岁男孩的日记，里面的那个“他”正是维特根斯坦。有时候你不得不感慨，孩子的直觉要比最天才的哲学家更有穿透力，一语道破“理解”之难以及“误解”何以发生。

生活中我们总会遇到这种讨厌的人，你跟他讲人道的时候他跟你讲法律，你跟他讲法律的时候他跟你讲政策，你跟他讲政策的时候他跟你讲党纪，你跟他讲党纪的时候他跟你讲人性，你跟他讲人性的时候他跟你讲奇迹。总之每次你说什么话，他都能把要点转到另一处，这样的人我们称之为“诡辩家”。

作为一个对话者，维特根斯坦的确相当让人讨厌，不过他不是诡辩家，而是哲学家。哲学家与诡辩家的最大差异在于，诡辩家通过转换要点来逃避理解，而哲学家则试图通过统领要点来达成理解。

在《哲学研究》中，维特根斯坦举过一个“兔鸭头”的例子：

“设想我给一个孩子看这张图。他说：‘这是一只鸭子’，然后突然说‘哦，它是一只兔子’。于是他认出它是一只兔子——这是一种辨认的经验。”

这种辨认的经验的秘诀在于——面相的转换，你可以从这个面相看出一只鸭子，也可以从那个面相看出一只兔子。对维特根斯坦来说，改变看特定事物时的面相，是达成理解的关键所在。

有一个实际发生在维特根斯坦身上的例子值得一提。一战期间，维特根斯坦以志愿兵的身份参战，被迫与来自底层的士兵共处，因为背景的巨大差异，他发现自己“几乎总是被恨我的人包围着”。这些人“恶毒”又“无情”，“几乎不可能在他们中找到一丝人性的痕迹”。作为应激性的反应，维特根斯坦也不由自主地开始恨他们，但是很快他就开始催促自己“一旦你觉得自己在恨他们，就转而努力去理解他们”，而当他发现这么做很费劲的时候，他给出了另外一个结论：“与其说我周围的人是低劣的，不如说他们狭隘得吓人。……因为他们总是误解。这些人不是愚蠢，而是狭隘。在他们的领域里他们足够聪明。但他们缺乏品质，从而缺乏宽度。”

这是一个通过转换面相达成理解的成功案例，当然，“理解”不等于“接受”，维特根斯坦仍然“厌恶”他们，只是不再“恨”他们，而已。

终其一生，维特根斯坦都感觉自己在跟——他自己的和别人的——肤浅和迟钝作斗争。但凡领教过维特根斯坦这一斗志的人，都会心有余悸。有好事者甚至为此写了一首诗：

……谁曾在哪个议题上，见到过
路德维希忍住不颁布法则？
无论到谁那里，都大声把我们喝止，
打断我们的话，结结巴巴说起他的句子；
永不停息的争辩，刺耳、恼怒和喧闹，
他当然正确，为他的正确而骄傲……

这首诗在年轻的剑桥人中间广为流传，人们读了纷纷开怀大笑，但这不意味着维特根斯坦在他们的心里是个小丑，恰恰相反，正如其中的一个围观群众所说："它释放了累积起来的紧张、怨恨，甚至恐惧。因为从未有人能在维特根斯坦面前扭转局势，以牙还牙地报以颜色。"

有人曾经评论维特根斯坦的回归是"剑桥的灾难"，因为他是"一个完全没能力进行讨论的人"。我完全不认同这样的观点，维特根斯坦在剑桥之所以不容于很多人，更多是因为"英格兰人特有的、自觉'有教养'的唯美主义与维特根斯坦的严酷的苦行意识和有时不留情面的诚实之间的冲突"。

面相的转换也许可以缓解这一冲突，但是这更像是一种和解而非理解，因为所谓理解不仅需要双方梳着偏分、打着领带、彬彬有礼地互相打招呼，更需要把各自的表述嵌置到同一条生活之流之中，而这或许也正是理解之难的根本所在吧。

（2011 年）

# 肆

## 站在思想的高墙上

我至今仍在四处宣称，当年选择报考哲学系，不是因为高中政治学得好，而是因为我在高一时读过的两本书：弗洛伊德的《精神分析引论》和马尔库塞的《爱欲与文明》。这显然有自我吹嘘的成分——读过并不意味着读完或者读懂。不过这不是重点，重点是在当时能淘到这两本书简直就是个奇迹：想想看，在上世纪 80 年代末的浙西南小镇上，新华书店里除了《新华字典》就是《今古传奇》，究竟是哪位英明神武的图书采购员果断地把弗洛伊德和马尔库塞放进购书篮里，从省城杭州千里迢迢带回到仍在流行陈汝佳的小镇上？

1991 年，我负笈北上读哲学，在我的兵器谱里，除了半通不通的弗洛伊德与马尔库塞，既不知道柏拉图、亚里士多德是何许人，更没有听说过陆九渊、王阳明或者冯友兰。现在回想起来，这种感觉很像刘松仁和梁朝伟早年间出演的《新仙鹤神针》：一对点苍派师徒前去参加武林盟主大会，两个人合骑一匹瘦马，哆哆嗦嗦举着一面破旗，立在尘土飞扬的练武场上，身边呼啸而过的全是少林武当这样的名门正派，鲜衣怒马、旌旗猎猎……

我刚入哲学系的时候，就是这种感觉——完全找不着北。

凭着从小练就的童子功，我连滚带爬地记住了万物的“本原”有时候是水，有时候是气，有时候是火、土、气、水四元素，再往后，除了“本原”，越来越多的超级概念开始出现：“存在”、“真理”、“实体”、“经验”、“正义”……它们就像UFO在我的脑子里以布朗运动的方式四处流窜，我既看不清它们的运行轨迹，更不知道它们与我到底有什么关系，这让我很难不从困惑发展成沮丧，从沮丧进化成怨恨。

就这样恍恍惚惚、懵懵懂懂了大半年，直到有一天，我读到维特根斯坦的《哲学研究》：

“我们有一种幻觉……试图抓住语言的无可与之相比的本质。……其实，只要‘语言’、‘经验’、‘世界’这些词有用处，它们的用处一定像‘桌子’、‘灯’、‘门’这些词一样卑微。”

“当哲学家使用一个语词——‘知’、‘在’、‘对象’、‘我’、‘句子’、‘名称’——并试图抓住事情的本质时，我们必须不断问自己：这个语词在语言里——语言是语词的家——实际上是这么用的吗？我们把语词从形而上学的用法重新带回到日常用法。”

毫不夸张地说，这些说法让我有一种“天亮了”的感觉。它让我意识到，任何一种超级概念在成为超级概念之前都有过最为卑微和日常的用法，既不必将它们过度地神话，也不必因为暂时不得其门而入而恼羞成怒，对待它们的正确做法是，将它们放回到各自的历史语境和问题脉络里，还它们一个最亲切和最本真的面目。此外，更重要的是，如果一个人想要掌握或者使用这些超级概念，就必须要把它们拉回到属于你的“粗糙的地面”上，哲学思考必须要和活泼泼的生命体验发生关联。

维特根斯坦在斟酌《哲学研究》献词的时候，曾经考虑过莎士比亚名剧《李尔王》里的一句台词：“我将教会你们差异！”把思考尽力维持在充满复杂和变动的差异性之中，这是我所推崇的思想风格。《哲学研究》是第一本真正引领我进入哲学世界的书籍，它塑造了我思考哲学的基本姿态和模式，其中最为重要的两个警示是：不滥用超级概念，以及少做甚至不做宏大叙事。

1996 年，我去上陈嘉映老师的哲学课，开头几节虽然不至于找不着北，但着实有些不知所措。陈嘉映的讲课风格迥异于其他老师，他从不照本宣科，不从大词到大词，最讨厌学生引经据典、用各种“主义”来为哲学分类，最喜欢对日常的概念做最细致入微的辨析，很多时候我明明觉得自己听懂了他说的每一个字和每一句话，但却又不晓得他到底在说什么以及为什么这么说，好在陈嘉映分析的概念都是“大”与“小”、“事实”与“事情”这一类的日常用语，这让我可以大着胆子地参与到课堂讨论。慢慢地我意识到，他其实是在引领我们具体地操练维特根斯坦的基本立场——把哲学思考拉回到“粗糙的地面”上。陈嘉映的很多文章都对我造成了深刻的影响，比如《感人、关切、艺术》、《不可还原的像》、《真理掌握我们》等等，我尤其钟爱《从感觉开始》这篇文章，记得第一句话是这样写的：“我们的确要从感觉开始。要是对所讨论的没有感觉，说来说去不都成了耳旁风？”

同样是在 1996 年，我读到赵汀阳的《论可能生活》，如果没有记错的话，书中几乎没有出现过一处注脚，完全不符合所谓的“学术规范”，每一段话都是典型的赵氏风格：用词简单质朴，论述单刀直入，问题角度出人意表。赵汀阳是一个取书名的高手，后来的《人之常情》、《一个及所有问题》一直到最近《坏世界研究》和《每个人的政治》，每一个书名都让人回味无穷。赵汀阳还是一个制造问题的高手，“存在就是去做事”、“无立场批判”、“综合文本”、“天下体系”，每一个论题都引来争议无数。作为一个天生在想法上和说法上不安分守己的思想者，赵汀阳在学术界里历来褒贬不一，但是对我来说，赵汀阳的魅力在于，他始终能够用最炫的方式一猛子扎进问题的深处，这种创造力至今仍让我赞佩不已。

相比赵汀阳在思想上的自由不羁，慈继伟简直就是另一个极端，《正义的两面》在形式上是一本中规中矩的纯学术著作，里面大量地援引了各种正义理论，上至康德、休谟下到罗尔斯、哈贝马斯，最难能可贵的是，虽然穿梭在规矩林立的理论丛林里，慈继伟却始终保持着真切的道德直觉和清醒的问题意识。慈继伟并非维特根斯坦的粉丝，但是同样展现出柳叶刀式的概念分析能力，让人叹为观止。这些年来我一直在各种场合不遗余力地推荐《正义的两面》，在我看来这是目前为止汉语哲学界中最为优秀的政治哲学专著。

很难一言以蔽之地总结他们对我的影响，好的哲学家从不授人以鱼而是授人以渔，他用作品本身去“演示”（demonstrate）他的方法论，而好的读者就像是古时候拜师学艺的学徒工，你需要做的是在字里行间细细揣摩作者的论证技巧与运思风格。

大约一个月前，有一个学生写信问我：“当自由和平等发生矛盾的时候，哪个是更重要的价值？”我告诉他，这么抽象地谈问题没有任何意义。首先你要确定“equality of what”（什么样的平等），以及“freedom of what”（什么样的自由），然后才可能进行实质性的、富有建设性的讨论，否则就还只是在“抽象的普遍性”上追问一种“披着哲学外衣”的伪哲学问题。专业化思考哲学问题的表征之一就是，在给定条件的前提下，问一个有所限制的问题。并不是所有用最抽象的术语去追问最普遍的问题就是在做哲学思考。

在我看来，罗尔斯的《正义论》就是专业化思考哲学问题的典范。几乎在每个学期的第一堂课上，我都会给学生转述罗尔斯的一段话：“原著是务必为人所知、所尊重的东西……我总是理所当然地认为，我们正在研究的这些人物比我要聪明得多。如果他们不比我聪明的话，我为什么要在他们身上浪费我的时间和同学们的时间呢？如果我在他们的论证中发现了一个错误，我便假定他们也发现了它，并且确信他们已经对它作了处理。那么，他们是在哪里处理它们的呢？我考查他们的解决办法，而不是我自己的解决办法。……我不愿意向这些榜样提出反对意见；因为那样做太容易，而且会忽视一些重要的东西。”

我相信罗尔斯的这个断言同样适用于罗尔斯本人。剑桥大学的教授奥诺拉•奥尼尔曾经在一篇辩护文章中说过一句很不谦虚的话：“罗尔斯再一次想在了批评者的前头。”当然，想在批评者的前头，并不意味着能够成功地回应每一个批评者，而只是说罗尔斯对于正义及其相关的所有问题有过通盘的考察，并对于每一种可能的批评都做出过自己的解释。《正义论》绝非无可指摘，但是如果有人认为三言两语就能驳倒罗尔斯，并因此自鸣得意雀跃不已，那我只能对他表示遗憾，因为“那样做太容易，而且会忽视一些重要的东西”。

初看起来，《正义论》和《哲学研究》简直风马牛不相及。但世界就是这么的奇妙，维特根斯坦的学生马尔康姆正是罗尔斯的大学启蒙老师，这让我一直深信罗尔斯在最根本的精神气质上与维特根斯坦有着非常隐秘的关联——真正的哲学家都在以不同的方式教会我们差异。

不过仅仅认识到差异性仍然不构成全面的理解。按维特根斯坦的想法，“我们对某些事情不理解的一个主要根源是我们不能综观语词用法的全貌”，而所谓理解，就是在看到差异的同时又“看到联系”。这个说法让我想起圆明园里的“黄花阵”，这是一座乾隆年间修建的迷宫，我曾先后去走过三五回，每一次我都比别人更快地走出迷宫，不是因为我更加聪明，而是因为我的个子高，所以我可以探出迷宫的围墙看清楚哪一条是死路哪一条是活路。

思想同样如此，只有站在思想的高墙上，我们才可能看清楚那些沟壑，明白哪里是死路哪里是活路。

（2011 年）

## 哲学是一个动词

萧伯纳曾经讥讽“有教养的英国人”：除了掌握“对”与“错”的差别，对这个世界一无所知。后来，一个有教养的英国哲学家自嘲说，这个批评用在道德哲学家身上其实更合适——这些在大学讲台上侃侃而谈的家伙常把自己对于世界的无知当美德。

谢天谢地，自从有了迈克尔·桑德尔，言语乏味且五谷不分的道德哲学家们，终于等到了拨乱反正的这一天。在哈佛大学著名的Sanders剧场上，这位衣着得体、风度翩翩的哲学家开讲《正义》课程超过30年，每年都有成百上千的学生前来围观他的哲学课。

从受什么样的伤应该得到五角大楼的紫心勋章，到克林顿在性丑闻中到底有没有说谎；从德国罗滕堡的食人者，到美国黑水公司保安在巴格达广场的开枪事件……你能看出桑德尔对这个变动不居的世界有多了解。更妙的是，桑德尔还能上通下达，把亚里士多德、康德、边沁、罗尔斯这些让人望而生畏的经典哲学家从积满灰尘的书架上拉下来，洗洗刷刷，就成了最积极亲民的公共论题参与者。

2009年，桑德尔的课堂讲义整理出版，取名《正义：该如何做才是对的？》。还是这一年，哈佛大学把他的课堂视频放到了网上。拜网络“免费”与“共享”之赐，现在，无论是在youtube还是在土豆，墙里墙外的哲学爱好者们都可以亲身体验一把桑德尔的名嘴风范。

同为名嘴，与他的中国同行相比，桑德尔的特点是，一不做声情并茂的道德说教，二不假装暴脾气来赢得满堂彩，即使偶尔聊八卦也不是为了取悦学生，而是为了更好地进行道德说理和推论。

上世纪70年代，牛津大学的男女生被分在不同的学院。圣•安妮女子学院中有一些年长的教员，基于传统道德反对异性留宿，但因为时代在变，不能直接用“伤风败俗”来支持她们的观点，于是她们就想出了下面这个理由：“如果男子留宿的话，学院的开支会因此而增加。”因为“他们要洗澡，因而会使用更多的热水”，而且“我们将不得不更加频繁地更换床垫”。一来二去，改革者和保守者最终达成协议：每名女子每周最多可以有三个晚上留宿访客，而每名访客每晚需要向学院支付50便士的费用。次日，《卫报》的头条写道：“圣•安妮的女生，每晚50便士。”

如此无厘头的饭后谈资，在桑德尔这里，轻轻巧巧就和最乏味的哲学道理挂上了钩：保守主义老太太们之所以灰头土脸，是因为“德性的语言没有很好地被转变为效益的语言”。

在Sanders剧场里，桑德尔的角色就像是雅典城邦公民广场上的苏格拉底，和那些欢快的、热情的年轻人一起去经验，去看，去听，去怀疑，去希望和梦想。

雅斯贝尔斯说，哲学是一个动词而不是一个名词，哲学的本质不在于掌握真理而在于寻找真理。就此而言，桑德尔不过是复原了哲学思考的原生态。他把哲学从天上拉回人间，带领读者和听众从那些或大或小、或琐碎或古怪的公共话题一路谈到效益、自由、德性和正义这些超级大概念。

桑德尔认为，评判一个社会是否正义，“就要看它如何分配我们所看重的东西——收入与财富、义务与权利、权力与机会，公共职务与荣誉，等等”。但是问题在于，不同的人不仅看重不同的东西，而且分配的标准也是人言言殊。以效益、自由以及德性作为三个关键词，分别对应着三种不同的正义观：效益主义、自由主义以及社群主义。

作为一个社群主义者，桑德尔坚信政治的目的是为了培养公民的德性和推理共同善，为此，思考正义就必须要思考何谓“良善生活”？

效益主义者也思考良善生活，但他们希望把“良善生活”、“幸福”这些语焉不详的大词还原成可以被公度的量化标准，比如“效益”。他们认为，一个社会是否正义，要看它的政策和法律是否能使效益或者福利最大化。如此科学又美妙的想法，在桑德尔看来，却有着致命的缺陷：

第一，它使正义和权利成为一种算计，而非原则。这种做法不但贬低道德价值本身，还会导致荒诞的后果，“圣·安妮的女生每晚50便士”就是一个好例子。

第二，它试图用一个单一的、整齐划一的价值衡量标准去等量齐观所有的人类善，而没有考虑它们之间质的区别。20世纪30年代，有心理学家做过一次调查，付多少钱你才会接受各种不幸的经历？

结论是，徒手掐死一只流浪猫的价格是 1 万美元，生吞一根蚯蚓的价格是 10 万美元，在堪萨斯一个远离任何城镇 10 英里的农场度过余生的价格是 30 万美元。桑德尔反问道："这些经历是如此不同，我们可以做出有意义的比较么？"

某种意义上，当代社群主义是伴随着与自由主义的争论成长起来的。自由主义者认为正义意味着尊重人们"选择的自由"——不管这种自由是在自由市场中所做出的实际选择，还是在平等的原初状态下做出的假想选择。

关于自由主义与社群主义这场旷日持久的争论，流传最广的一个说法是，自由主义强调"个体权利"，社群主义主张"共同体价值"，两种价值相互竞争、非此即彼。桑德尔认为这是一个过时而且无趣的误读，真正有价值也更有生命力的争点在于："如果不预设任何特定的良善生活的观念，定义或者辩护权利是可能的吗？"

罗尔斯式的自由主义者认为应该并且可能，理由是在一个合理多元的政治社会中，人们关于何为良善生活持有相互冲突的观念，任何把道德语言和宗教语言引入政治和公共讨论的做法，都会阻碍公共理由的运用，并对他人造成一种"压制的事实"。

对此，桑德尔反驳道：第一，在裁决正义与权利的问题时，我们并不总是能够不去解决实质性的道德问题；第二，即使这是可能的，它也是不值得欲求的。当伦理政治生活中充斥着"don't be judgemental"、"don't lecture me"之类的陈词滥调时，不仅会让人产生审美疲劳，更为重要的是，这种免于一切道德干涉和评判的自由主义话语会导致公共话语的贫瘠化，以及公民德性的极度萎缩。

桑德尔推崇亚里士多德，坚信政治关系到某种更高的存在，关系到如何去过一种良善的生活。政治的全部目的在于："使人们能够发展各自独特的人类能力和德性——能够慎议共同善，能够获得实际的判断，能够共享自治，能够关心作为整体的共同体的命运。"

索尔·贝娄说："当胆怯的智慧还在犹豫的时候，勇敢的无知已经行动了！"这句话的隐含之意是，思考和阅读也许可以让我们明白一些最为基本的事理和道理，但不能直接提升我们的气节和勇气，更无法直接激发行动。我猜想桑德尔会同意索尔·贝娄的这个判断，所以他才会特别强调参与公民生活的重要性，这或许是把"胆怯的智慧"打造成"行动的智慧"的必由之路。就像没人能够不去健身房举哑铃就成为有胸肌的健美先生，也没有人可以仅仅通过背诵"八荣八耻"就成为有德之人，各种德性和优良的品格都必须要外化成具体的行为，并且通过习惯予以固定。也正因为此，桑德尔说："公共讨论不仅是民主社会解决问题的一种途径，它还是一种公民教育的形式。"

哲学辩论中，最常见的策略之一是"归谬法"。在《正义》一书中，桑德尔将这一策略运用得炉火纯青，让我们一再看见各派思想的死穴所在：效益主义的效益最大化原则，可以允许我们容忍那个设想中的"欧麦拉城市"——为了所有市民都拥有幸福和快乐，把一个无辜的小孩藏在地下室里度过孤独痛苦的一生是值得的；自由至上主义者所坚持的"自我所有权"原则，可以允许两个成年人基于相互同意而同类相食；即使是以严谨著称的康德，也无法逃脱类似的道德困境——康德坚决反对撒谎，可是当一个杀人犯上门寻找藏匿在你家阁楼上的好人时，你难道真的要说实话吗？

桑德尔这位现代苏格拉底一路吹着魔笛，带领我们穿越一片又一片的哲学密林，告诉我们哪里有玫瑰，哪里有沼泽，最后，他站在了“以培养德性和推理共同善”为宗旨的正义观面前，说：既然其他方向都写着“此路不通”，那么这就是我们唯一的选择。

但是且慢，不是说哲学是一个动词不是一个名词吗？不是说哲学的本质不在于掌握真理而在于寻找真理吗？莫非桑德尔真能给“正义”这个主题点穴，让它就此石化成“社群主义的正义观”？

一个不争的事实是，在论及“一种新型的共同善的政治会是什么样的”之时，桑德尔并没有给我们提供一张清晰的蓝图，而只是开列了若干可能的主题，比如“公民身份、牺牲与服务”，“市场的道德局限”，“不平等、团结与公民德性”，以及“一种道德参与的政治”。可问题是，桑德尔在这些主题上并没有充分展开他的道德说理，而是草草结束了他的“正义”之旅，让人难免有“读啊读，往下读，读到下面，原来……下面没有了”的失落。

而在我看来，更为致命的问题在于，如果桑德尔听说过孔子，拥有“反躬自身”以及“吾道一以贯之”的德性，那就该将归谬法进行到底，如此一来，他心仪的社群主义正义观就必须面对两个根本性的质疑：一是它具有排斥性，二是它具有强制性。举一个极端的例子，因“国民幸福指数”而享誉全球的不丹王国，就曾经为了维护族群和文化的整体性，剥夺了10万不丹人的公民资格，将他们驱逐出境。

当然这么批评桑德尔或许并不公平，毕竟人家生活在美国而不是不丹。在美国的政治语境下面，社群主义和自由主义的争论更像是家族内部的争论，用政治哲学家金里卡的说法，这两派在美国社会所面临的95%的实际问题上都能达成一致，所争论不休的其实只是那剩下的5%不同意见上。

桑德尔主讲的“正义”课程属于哈佛大学的通识教育，这类教育有一个本质性的特征，那就是“当你接受了教育，又把当初学到的内容忘记后，最后还剩下的东西”。这最后剩下的东西是什么？我想应该就是陈寅恪先生所说的“独立之精神，自由之思想”。

自由思想的旅途漫长而曲折。我们和桑德尔都一样，都有权利指着其中任何一片风景说：这就是我的立场！但是桑德尔告诉我们，在说完这句话后，我们还有责任说出这个立场背后的道理与理由。

没准哪一天我们会重新启程，因为哲学不是名词，是动词。

（2011年）

# 民主在此可能吗？

罗纳德·德沃金2006年出版了英文著作 *Is Democracy Possible Here*，直译为《民主在此可能吗？》。而该书在台湾出版的时候，被翻译为《人权与民主生活》。这一错进错出，可谓意味深长。

从传媒学的角度看，显然《民主在此可能吗？》更加吸引眼球，它简捷明快，将德沃金创作此书时的忧心忡忡展露无余。事实上，该书开门见山第一句就是："美国政治现正处于一个相当可怕的局势。"德沃金不认为这是在危言耸听，而就是摆在明面上的事实：自2004年美国总统大选以来，美国的政治分裂状况已经到了"非常彻底又情绪化的地步"。红蓝两营——红色代表共和党、蓝色代表民主党——近身肉搏、针锋相对、相互厌弃，导致美国人民对于几乎每一件事都持有极端不一致的意见，从恐怖行动和国安措施、社会正义、宗教在政治中的地位、谁更适合做法官，直到什么是真正的民主，不一而足。

然而值得玩味的是，同样被蓝绿——蓝色代表国民党、绿色代表民进党——对决折腾得焦头烂额的台湾学者在翻译书时，却刻意隐去了这个振聋发聩的设问，代之以淡定从容的“人权与民主生活”。在我看来，此举一是为了彰显德沃金在本书中所做的规范性努力，二是试图传达民主在此仍旧可能的决心。

读者或许会问，这个“在此”究竟指的是美国还是台湾？台湾学者何以有如此胆量和信心将书名“偷梁换柱”，认为真正的民主依旧是可能的？

对于第一个问题，德沃金在序言中有言：“虽然本书所举的例子与说明都发生在美国，不过，该书的主题依然历久弥新，且较不局限于单一国家的政治文化。”换言之，本书所讨论的主题在空间上是国际性的，在时间上也不局限于任何特定的时代，举凡经济成熟且文化多元的政治社会——包括新晋的民主政体，与正在严肃追求民主的社会，都必须直面人权的力量及本质、宗教在政治中所扮演的角色、社会经济利益的分配、政治的特点和形式这些议题，在各种激烈交锋的论点中杀出一条生路，并做出选择。

对于第二个问题，德沃金在结论中同样做出了正面的回答：“有没有可能为美国引入真实的民主？我之前提供了众多的理由来否定这个设问……但是我还是应该告诉你，我最后决定让自己保有一个也许是反常的乐观，因为我们国家有着这么多的善者与智者。”

当然，即便引入了真正的民主，也不意味着人们从此能够统一思想、集中心思、凝聚力量，确保实现经济社会更好更快的发展。德沃金没有这么天真。在某种意义上，意见分歧乃至针锋相对原本是民主政治的题中之义，德沃金忧心的不是人们各自拥有纷繁芜杂的意见，而在于这些不同的意见被僵化为深刻敌对的意识形态话语，双方彼此憎恨，最终导致“美国人的政治生活里失去了正派且兼容并蓄的论辩（argument）”。

早在美国大选进入到红蓝不两立之前，台湾的民主政治就已陷入到了几近撕裂的境地。由于民进党把“选举政治”推向极致化，使得台湾政坛陷入一种球赛的氛围，看台上只有两种人，“不归蓝，则归绿”，虽然人人自认是中间选民，实则应和了传播理论的“第三人效果”：别人都立场偏颇，只有我不受影响。我们各自相信自己的相信，最后，却只落得一个“信者恒信，不信者恒不信”的结局。

如何走出投票式民主所造成的选举政治泥沼，让民主重新恢复生机，这是德沃金在该书中为自己所设下的任务。对于德沃金而言，有一点是不言而喻的：除非相互敌对的政治团体能够找到彼此共享的最为基本的政治原则，否则真正的论辩就不复可能，而民主政治也只能滑向多数暴政的深渊。

为此德沃金提出所谓的“人类尊严的二原则”。第一条是“内在价值原则”：“主张每个人的生活都拥有某种特殊的客观价值。这种价值关乎一个人生命中的潜能。一旦生命启程，它将如何进行就是至关重要的。当生活获得成功并且其潜能得到实现那就是好的，当生活失败且潜能被浪费了那就是坏的。”

第二条原则是“个人责任原则”：“主张每个人都对实现其自身生活的成功负有特殊的责任，这种责任包括，自行判断何种人生对于他自己而言是成功的人生责任。”在人的一生中，或许受到各种各样的外界影响，如来自家长、宗教领袖、经典文献、传统文化、世俗道德，但无论如何，都“必须是自己的决定，必须反映出个人深思熟虑后的判断，这种判断是一种个人对自己生命应如何履行的神圣责任”。

在《理想国》里，苏格拉底与主张“强权即正义”的诡辩家色拉叙马霍斯辩论时，为这个星球上曾经存在过和将要存在的所有人提出了一个最为根本的问题：“一个人应该如何生活？”在我看来，德沃金的人类尊严二原则正是对这个问题所作的正面答复。

德沃金认为，“分散在政治光谱各个位置的美国人，几乎都同意我所描述的人性尊严概念而没有例外”。只要民主社会的各派认同这两条原则，那就意味着他们共享了一个足够厚的基础，并有可能在此前提下进行理性的论辩。

为演示这一可能性，德沃金从人类尊严二原则出发，分别对“恐怖主义与人权”、“宗教与尊严”、“税制与正当性”这三个论题展开巨细无遗的分析。限于篇幅我们无法一一探讨，仅以人权为例，按照德沃金的观点，天赋人权就不再是一个植根于西方基督教传统以及现代性之中的特殊价值，而是建基于这两条人类尊严原则之上的普适价值，人权的意义和价值就在于它维护和发展了人类尊严二原则。

民主在此可能吗？虽然这个追问针对的是彼时彼刻的美国，但对于此时此地的中国人同样有着深刻的切肤之感。晚近以来，知识界在讨论民主问题时越来越呈现出两条截然相反的价值取向，要么说民主是个好东西，要么说民主是个坏东西。此种非黑即白的小孩子拌嘴模式正落入到德沃金所说的最坏的政治话语模式——它最终导致健康而有活力的政治论辩不复可能！

改变这一局面的机会仍旧在于寻找一个绝大多数中国人都共同接受的基本政治原则，德沃金的人类尊严二原则能当此重任吗？

无独有偶，温家宝总理最近接受CNN记者专访时所提出的四点政治愿望——“要让每一个中国人活得幸福而有尊严；让人民感到安全有保障；让社会实现公平正义；让每个人对未来有信心”——与德沃金人类尊严二原则的基本价值取向可谓不谋而合。

虽然极少数国人拥有无限发达的联想能力，看到民主、自由、人权就想起普适价值，看到普适价值就想起西方霸权，看到西方霸权就想起1840年以来我们遭受过的无数屈辱和苦难，就会满腔热血地想到中国崛起，然后就一路顺理成章滑到中国可以说不，中国不高兴……

但至少对于绝大多数的中国人，无论他们身处政治光谱的哪一部分，无论在内心倾心何种学派哪个主义，至少在表面上都没有彻底否定或者放弃启蒙运动以来的各种基本价值，这意味着我们仍旧可以基于这些基本的政治价值进行合理的论辩和博弈。而德沃金所倡导的“人类尊严二原则”的积极意义在于，它力图尽其可能地摆脱意识形态之争的束缚，将政治制度的选择还原到最为基本的伦理学诉求之上，也即那个永恒的苏格拉底问题：“一个人应该如何生活？”

1831年，年仅26岁的法国贵族托克维尔游历方兴未艾的美国，以激动和惊叹的心情写下巨著*Democracy in America*，这本书的中译名为《美国的民主》，有趣的是，台湾版的翻译再次改写了译名——《民主在美国》，为此甘阳先生在序言中这样解释改译的理由："由于中文的'的'字的所有格性格，这个译名容易导致误解，即以为此书主要是关于'美国的'政治体制等，这就大大模糊了托克维尔此书的主旨是关于'民主'的普遍性问题。……这本书要表述的只有'一个思想'，这就是：'在全世界范围，民主都在不可抗拒地普遍来临'。……'并非仅关于美国，而是与全世界相关；并非关乎一个民族，而是关乎全人类。'"

正如甘阳所言，托克维尔不是一个"民主万能论者"，他在写作《民主在美国》时怀有一种双重目的，"即希望那些拥护民主的人不要把民主想得那么美好，而那些反对民主的人不要把民主想得那么可怕，如果，'前者少一些狂热，后者少一些抵制，那么社会或许可以更和平地走向它必然要抵达的命运终点。'"

其实托克维尔的这个教诲并不新鲜，它早已隐含在古典哲人亚里士多德的思想之中，在《尼各马可伦理学》中，亚里士多德说得非常清楚，存在着三种好政体：最好的是君主制，较好的是贵族制，最后是共和制。与此相对应的是三种蜕变形式的坏政体，君主制的蜕变形式是僭主制，这是最坏的政体，因为"最好的反面就是最坏的"。贵族制的变体是寡头制，共和制的变体是民主制，亚里士多德认为在三种坏政体中，民主制是最不坏的那一个。亚里士多德的这个说法让我们不由得设想假定政体的蜕变是必然的，岂不恰恰证明了托克维尔的那个观点——民主制是人类社会必然要抵达的那个终点?

民主或许不是个好东西，但民主也一定不是那个最坏的东西。事实上，民主作为一种政治设计，它的优点之一就是坦诚面对“人性是不完善的”这样一个事实。保罗·伍德鲁夫说：“你无法通过杀死民主的辩护者来杀死民主，但是你可以通过坚持至善，坚持反对一切人性的和有瑕疵的东西来杀死民主。”这几乎是所有反民主者共享的一个逻辑。柏拉图这个最著名的反民主者虽然正确地看到了民主的脆弱性，但却错误地迷信了人性中的神性。对此，尼布尔的这句话适足可以用来回应柏拉图：“人具有正义的能力，使民主成为可能；人具有不正义的倾向，使民主成为必要。”

没错，民主不仅是必要的，民主也是可能的!

(2011 年)

# 幸福政治学

## *谁为幸福埋单?*

1972年，当不丹前国王吉格梅•辛格•旺楚克提出“国民幸福总值”（Gross National Happiness，GNH）的时候，谁都没有想到，这只喜马拉雅山南坡上的小蝴蝶扇动的翅膀会在40年后掀起一场全球风暴。

随着不丹模式的成功，越来越多的西方发达国家卷入到这场幸福政治学的洪流之中：美国的世界价值研究机构开始了“幸福指数”研究，英国创设了“国民发展指数”（MDP），日本则开始采用另一种形式的国民幸福总值（GNC）……

世界银行高官西水美惠子这样盛赞不丹：“世界上存在着唯一以物质和精神的富有作为国家经济发展政策之源，并取得成功的国家。这就是不丹王国，该国所讴歌的‘国民幸福总值’远远比‘国民生产总值’重要得多。”

就衡量生活质量和社会发展而言，用“国民幸福总值”取代“国民生产总值”（Gross National Product，GNP），其优势一目了然：站在治理者的角度，从生产到幸福，一词之差，洗尽了现代国家与生俱来的铜臭味，转而披上一层善心仁政的薄纱。而对于在滚滚红尘中挣扎的芸芸众生来说，谁不渴望得到幸福呢？就算这个字眼在多数时候显得遥不可及，但如果真的追问每个人为什么活着，最后的最后，不管答案是在寒冷的冬夜喝上一碗热汤，还是坐在圣托里尼的咖啡馆闲看日落，人们都会用“幸福”定义彼时彼刻的感受。

正因为幸福总是与每个人的独特感受有关，所以谈及幸福，问题的关键不在于“人人都要幸福”，而在于幸福是什么，谁来定义幸福，以及谁来为幸福埋单？

洛克以降的现代西方主流政治观念里，上面这些活儿都不属于国家的责任。美国《独立宣言》称：“人生而平等，享有造物主赋予的一些不可剥夺的权利，包括生存、自由和追求幸福的权利。”在这段千锤百炼的政治宣言里，美国国父们只是向每一个公民承诺拥有追求各自幸福的“权利”，但绝不保障现成的幸福本身。事实上，它也宣告了一种典范意义上的现代国家观：国家和政府的职能不过是保障人民的和平、安全与公众福利，国家不该越俎代庖去定义幸福，更不会为每个个体的幸福去埋单。

如此看来，不丹模式的成功及其所引领的幸福政治学的潮流，不啻为对现代西方主流政治观念的一次颠覆，因为在旺楚克国王这里，是国家而不是个体来定义幸福是什么，是国家而不是个体来为幸福埋单！

有趣的是，不丹国王并不认为这是对现代性的一次反动，恰恰相反，他很自觉地在引领不丹人民实现“现代化”。那么，不丹模式所实现的现代化会不会就是传说中的有别于西方模式的“另类现代性”？对于那些不愿重走西方道路的国家来说，不丹模式究竟有哪些实质性的借鉴意义和价值？

### *不丹模式的不丹特色*

什么是“国民幸福总值”？按照旺楚克国王的设想，主要包括四个基本要点：1. 促进可持续性的发展；2. 维护和促进文化价值；3. 保护自然环境；4. 建立善治。抽象地看，这四点的确具有跨文化的典范意义，但是任何理论只有与具体的现实相结合，才能凸显它的效力与限度。

就以“维护和促进文化价值”为例，不丹之所以能够在这个指标上成绩斐然，首先得益于它是一个方圆 4.65 万平方公里、人口不足 70 万的超级小国，这样的规模放在 2 500 年前的古希腊，或许称得上“帝国”，但在全球化的今天，只能算是一个“小国寡民”。

小国寡民的优势之一在于，能够轻而易举地维持近似同质性的价值观与世界观。在不丹，76% 的人信仰佛教，23% 的人信仰印度教，此外，不丹共有 4 500 个村庄，平均每个村庄不足 160 人，这意味着无论是生老病死、婚丧嫁娶，还是遭遇各种其他人生的不幸，不丹人都能够轻而易举地在信仰共同体或者生活共同体中寻找到支撑，共同体的宗教、习俗和公共生活深入到私人领域的方方面面直至最细微的毛细血管。毫不夸张地说，不丹人的一切都是各归其位、按部就班的，只要他们悉心遵循既定的宗教、习俗和法令，就一定会获得从摇篮到坟墓的绝对确定性和安全感。

共同体对于同质性的偏执追求必然会导致对异质性的决然排挤。共同体的一面是善良、容忍、友爱、确定性和幸福，另一面则是封闭、不宽容、压迫、排他和不自由。为了维护和促进传统的文化价值，不丹的宪法虽然在原则上确保信仰自由，但是改宪却是被明令禁止的。此外，不丹政府直到1999年才取消对电视和网络的禁令，国王虽然在演讲中承认引入电视是迈向现代化的一个关键步骤，也是国民幸福总值的一个重要组成，但仍旧不忘警告民众对于电视的误用将会腐蚀不丹的传统价值。为了维护族群和文化的整体性，不丹政府甚至剥夺了10万不丹人的公民资格，将他们驱逐出境，理由是他们的祖先来自于尼泊尔，是曾经的非法居住者。

由此不难看出，“不丹模式”的正面启示在于，幸福更多地依附于人与人之间的紧密关系之中，唯当人们能够毫无保留地投身于一种“纽带”关系——不管它是宗教的、家庭的还是友爱的，才有可能获得真正的安全感和幸福感。

而所谓的“不丹特色”则在于：“不要发展共同体，而是在共同体中发展”。弗洛伊德曾经指出，“文明”就是交易：为一种必要的、心爱的价值，牺牲另一种值得珍视的价值。在这个意义上，不丹模式的不丹特色就是：为了幸福，宁可放弃自由。

自由是人类追求的众多美好的价值之一，但并不是唯一的价值。相比之下，幸福不仅是人类追求的众多美好价值，而且还是人类追求的那唯一一个终极价值。如此看来，我们似乎的确可以接受不丹模式的隐含之义：为了幸福，可以牺牲自由。

但是问题的关键在于，幸福这个字眼总是和每个人的主观感受相关，而主观的幸福感受并不能完全反映人的福利状况。诺贝尔经济学奖得主阿马蒂亚•森指出，假如有一个人所处境况很差，他贫穷、受剥削、过度劳累并且还生着病，但却因为宗教、政治宣传或者文化之类的强大影响，让他一直对社会给予自己的命运感到满意，这个时候我们显然不能简单地因为他“感到”幸福和快乐就断定他的生活水准很高。

在特定的处境下面，一个坐稳了奴隶的人同样会感受到无与伦比的幸福感。或许正是基于这样的考虑，以赛亚•伯林才会特别强调指出自由具有内在的价值，而不仅仅是实现某种其他价值的手段。进一步地，伯林认为自由是实现个人幸福的必要条件。也就是说，拥有自由，不一定能够获得幸福，但是没有自由，就一定不能获得幸福。

一种未经反思的人生是不值得过的人生，一个无从选择的幸福生活不是真正的幸福生活，而只是“被幸福”。

### *正义是幸福的保障*

在所有关于国民幸福总值的讨论中，一个被有意无意忽略了的话题是正义和幸福之间的关系。

胡鞍钢在《构建中国国民幸福指数》一文中这样写道：“构建

GNH 指标体系不仅要包括 HDI（Human Development Index，人类发展指数）所反映的内容（人均 GDP、预期寿命、教育成就），同时也应该把政府治理、环境适宜度、安全感、社会资本、收入分配等衡量发展的重要指标纳入其中。”

另一位外国学者则主张用九个领域来评估幸福，这九个领域是：心理健康、社区活力、文化、时间使用、政府管理、生态、生活标准、身体健康以及教育。

没有人否认上述指标的重要性，但是在排除掉自由、平等、公平、正义、权利这些价值之后，就只能以国家能力为保障，政府善念为驱动，才有可能自上而下地开展幸福工程。

正义与幸福的关系到底是什么？在《理想国》中，苏格拉底与诡辩家色拉叙马霍斯就“什么是正义”展开激辩，后者的论点我们耳熟能详：正义就是强者的利益。让人深思的是，就在两人唇枪舌剑、激烈交锋的当口，苏格拉底突然话锋一转，说：“我们现在再来讨论另一个问题，就是当初提出来的那个‘正义的人是否比不正义的人生活得更好更快乐’的问题。”苏格拉底认为，这个问题比“什么是正义”更重要，因为它事关正义与幸福的关系。没有人会否认自己想要幸福，可是如果正义的人最终不会得到幸福，那么人们就没有理由成为一个正义的人。

正义的人是否最终会获得幸福？这个问题至关重要，只有在制度上保证正义和幸福存在着正相关的关系，才有可能让正义的人勇于前行，让不义的人失去动机。否则，回避公平正义，奢谈幸福本身，即使兑现再多的幸福指数，依旧不能改变这个社会的“不正义”底色。

在一个价值多元的现代社会里，幸福的定义只能交给每个个体自己去回答，但是对于不幸是什么，人们却可以达成许多基本的共识。在古希腊文里，“幸福”一词为“eudaimonia”，它由 eu（美好）和 daimon（精灵）组合而成，意思是“好精灵的呵护”，也就是中文里所说的吉星高照、万事亨通。

人之一生不可能总是吉星高照，人类繁荣很容易受到运气的影响，这是几千年人类史一再重复的主题：我们也许会受到“社会偶然性”的摆布，比如在奴隶制时代不幸降生在一个奴隶的家庭，或者有幸生在 21 世纪的中国却不幸降生在云南山区一个麻风病的家庭；也许会受到“自然偶然性”的摆布，比如天生残疾、不良于行；也许会受到“幸运偶然性”的摆布，比如在田野里散步却不幸被陨石砸中之类的极小概率事件……

各种不由我们主观选择所掌控的“不幸”无时无刻不在威胁着我们的幸福，人类政治历史的一个主要努力方向，就是通过理性的生活设计，尤其是通过公平正义的政治制度的建立，尽可能地“排除”社会偶然性和“减少”自然偶然性的任意影响。也正是在这个意义上，罗尔斯说：“在公平的正义中，人们同意相互分享各自的命运。”

罗尔斯把正义称为“社会制度的首要德性”，其功能是为了在社会的基本结构层面指导对权利和义务的分配，以及对社会经济利益的分配。之所以把正义的活动领域限定在社会的基本结构，就是因为社会的基本结构的影响是如此深刻、广泛以及自始至终。

正义原则在社会基本结构层面上只负责分配“基本善”，清单上包括权利、自由、机会、收入、财富以及自尊的社会基础。

值得注意的是，基本善既不等于尊严也不等于幸福，它们只是实现尊严和幸福的社会基础以及必要条件，用罗尔斯的原话来说，它们是“每一个理性人都被推定想要的东西，无论一个人的理性生活计划是什么”。

对比目前流行的各种“国民幸福指数”，我们不妨把罗尔斯的基本善称为“国民尊严指数”。如果说旺楚克国王想要建立的是“幸福的国度”，那么罗尔斯心仪的却只是一个“正义的社会”。

不久前，中共中央政治局委员、广东省委书记汪洋在参加广州团讨论时，曾经用优美而感性的语言去形容“幸福”：幸福在老百姓那像花儿一样，政府是要创造幸福这个“花儿”成长的阳光、土壤、空气。按照我的理解，这句话的意思是说，要想让幸福像花儿一样绽放，首先就要营造正义的阳光、土壤和空气，只有正义的制度才能确保幸福的实现。只有在基本公正得到解决的国家里，才能真正有意义地谈论幸福感和国民幸福指数。

（2011 年）

## 告诉他们我度过了极好的一生

年轻的维特根斯坦在罗素的房间里像头野兽一样来回奔走。三个小时过去了，困惑不已的罗素忍不住打断他："你到底是在思考逻辑还是在思考你的罪？""两者皆是！"维特根斯坦回答道，然后继续他的奔走。

我相信，这则流传甚广的轶事，给所有企图理解维特根斯坦的人出了一道无法回避的难题：维特根斯坦怎么能够同时思考"逻辑"与"罪"——这两个处于平行宇宙里的主题，对于他的哲学和人生这究竟意味着什么？

1951 年维特根斯坦去世，此后短短 40 年间，已有 5 868 种二手文献在探讨维特根斯坦的哲学。除此之外，还有各种诗歌、画作、音乐、小说、电视片以及数不清的传记在刻画这个充满魅惑力的形象。然而让人遗憾的是，在这些浩如烟海的各类解读里面，不可避免地被分化成了两极：要么完全割裂他的生活只研究他的哲学；要么受他的生活的吸引，却理解不了他的哲学。直至 1990 年，雷·蒙克出版了《维特根斯坦传：天才之为责任》，通过同时描述维特根斯坦的生活和工作，这位 33 岁的英伦青年自信很好地展示了维特根斯坦的哲学关切与他的感情和精神生活的统一。

作为一名传记作家，在专业训练上蒙克具备足够的资质，他的专长是数学哲学与分析哲学史，这让我们有理由相信他能把握维特根斯坦的基本思想。蒙克在资料搜集方面下的功夫同样让人印象深刻，他曾多次请教维特根斯坦的三位遗稿保管人（冯•赖特、G.E.M. 安斯康姆以及洛什•里斯），遍访维特根斯坦的朋友和同事，专程奔赴奥地利和爱尔兰做实地考察，甚至有幸遍览了未经发表的维特根斯坦全部的加密札记。

但是，所有这一切依然不足以保证蒙克能够回答那个难题——“逻辑”与“罪”是如何在维特根斯坦那里合二为一的？要想做到这一点，蒙克还必须具备纤细敏锐的洞察力，深厚宽广的同情心，以及——这也许是最重要的——“通过看到联系达成理解”的能力。

怎样才能“通过看到联系达成理解”？打个比方，在电影《建党伟业》中，杨开慧为了看远方天空的烟花，跳啊跳啊跳，一旁的图书管理员看出了其中的暗示，把她托起放在了肩上。对于这个充满文艺腔的桥段，我们可以用一种后期维特根斯坦式的方式去诠释它：你必须站到思想的高墙上，才有可能达致“übersicht”（综观），这样你就能“通过看到联系达成理解”，这样你的智力痉挛就得到了松弛。

但是说时容易做时难。在这本厚达 584 页（中文译本正文）的著作中，你能读到万花筒一样的元素：玻尔兹曼、魏宁格、康德、歌德、罗素、弗雷格、叔本华、拉姆塞、陀思妥耶夫斯基、托尔斯泰、泰戈尔、柯勒的格式塔心理学、弗洛伊德的精神治疗法、美国的《侦探故事杂志》、《圣经》、19世纪末维也纳的文化氛围、犹太人身份与同性恋，绝对的安全感，力求爆发开来的原初生命和野性生命，痛恨虚夸的浮饰，寻求直接性，综观……唯当把上述所有碎片组成整体，在其中看到联系，才能理解维特根斯坦。

幸运的是，这件事情蒙克不仅替我们做到了，而且做得一级棒。对此一个外在的尺度是，本书出版当年就被评选为“三十五岁以下作家年度最佳著作”，获“星期日邮报/约翰·卢埃林·莱斯奖”，次年又荣膺“达夫·库珀奖”。20年来，蒙克的传记不仅销量最广，同时也是公认最好的一本维特根斯坦传记。值得一提的是，中文译者王宇光无论在专业背景还是个人性情都与蒙克颇有类似，译笔清畅准确，不辜负原著。

在这本浸透着各种细节的传记里，蒙克告诉我们，早在八岁的时候，维特根斯坦就曾经伫立门前苦苦思索：“如果说谎对一个人有好处，为什么他还应该说真话？”这个问题既是维特根斯坦最初的哲学思考，也是纵贯其一生的焦虑所在。

蒙克还告诉我们，十四岁的时候，维特根斯坦读到魏宁格的《性与性格》。这本书里充斥着各种反犹主义以及反女性主义论调，痛恨现代的衰败，贬斥科学和商业的兴起，哀惋艺术与音乐的没落，其中，最让年轻的维特根斯坦心动的莫过于这句话：“逻辑与伦理根本上是一回事，它们无非是对自己的责任。”

什么责任？就是在自己的身上发掘和绽放天才的因子。什么是天才？就是“具备最强最清澈的明确和清晰”，灭绝肉体生活，取而代之以“精神生活的完全发展”。这种完全发展的精神生活反映在逻辑上，就是要求彻底的清晰性，“彻底清晰，或者死——没有中间道路。如果不能解决‘全部逻辑的根本问题’，他无权——至少没有欲望活着。不妥协。”反映在伦理生活中，则是必须不断地彻底清算自己，做一个彻头彻尾诚实的人。

必须成为天才，否则去死！这条康德式的绝对命令纠缠了少年维特根斯坦整整 9 年的时间，自杀的念头反复出现，直到他在剑桥遇见罗素。1912 年 1 月，在满腹狐疑地观察了维特根斯坦一个学期之后，罗素明确地向他确认了他的天才特质，这才让维特根斯坦那颗狂暴的心安顿下来。

虽然同时在思考“逻辑”和“罪”，但恰如蒙克所分析的，当时的维特根斯坦仍旧将二者视为平行的两条线，他的哲学工作完全围绕着逻辑而展开。明确意识到“逻辑”与“罪”的同一性要到 1915 年的冬天，此时第一次世界大战已经爆发一年有余，作为志愿兵的维特根斯坦正在奥地利的一个炮兵团服役。

“现在我有机会做一个得体的人了”，第一次撞见敌人的时候，维特根斯坦写道，“因为，我站在这儿，盯着死亡的眼睛。”如果不是这场战争，如果不是通过“直面死亡”亲临“某种宗教经验”，如果没有阅读托尔斯泰的《福音书摘要》和《圣经》，蒙克说，维特根斯坦的第一部著作《逻辑哲学论》包含的内容将会是：意义的图像论、“逻辑原子主义”的形而上学、用“重言式”和“矛盾”这对概念做出的逻辑分析、在说出和显示之间的区分以及真值表。换言之，这本著作将包含现在包含的几乎所有内容——除了结尾处关于伦理、美、灵魂和生活意义的论述。

这最后的结尾，让《逻辑哲学论》成为完全不同的一本著作。决定性的时刻发生在 1916 年 6 月 11 日。这一天，一个问题打断了维特根斯坦对逻辑基础的思索："对上帝和生命的目的我知道点什么？"他列下长长的一个单子予以回答。其中包括："生活的意义、即世界的意义、我们可称之为上帝。"对此蒙克的评价是："个人的事和哲学的事融合起来了。伦理和逻辑——'对自己的责任'的两个方面——终于走到了一起，不只是同一个人目标的两方面，而是同一哲学工作的两个部分。"

蒙克用四分之一共七章的篇幅，向我们展示了"逻辑"与"罪"这两个主题的合二为一。就像古希腊神话里的雅典王子忒修斯，蒙克成功地带领我们抵达维特根斯坦思想迷宫的中心地带，然而这并非终点，而恰恰是起点，因为只有找到阿里阿德涅之线，帮助我们成功地走出这座迷宫，蒙克才会成为英雄。

要想走出维特根斯坦的思想迷宫，我们现在手握两个线头，一个是逻辑，一个是罪，虽然在维特根斯坦那里已然合二为一，但我们依旧可以追问这个问题：逻辑和罪，哪一个对于维特根斯坦更加性命攸关？

蒙克告诉我们，维特根斯坦对此想得很清楚：伦理生活的重要性要远重于逻辑，改善自己是为改善世界所能做的一切。越是在逻辑研究上突飞猛进，他就越是痛苦地意识到，相比起在逻辑方面获得的彻底清晰性，在个人生活里他还差得很远。

在信中维特根斯坦告诉罗素："或许你认为这种对我自己的考

虑是浪费时间——但我怎么能在是一个人之前是一个逻辑学家！最最重要的是跟自己清算！”

那么他最终想要清算的罪究竟是什么？综观整本传记，除了在开篇处，蒙克简单介绍了维特根斯坦传记的写作史，几乎没有专门处理任何此前的传记。但在正文结束后，我们惊异地发现蒙克另辟附录专论W.W.巴特利三世在上世纪70年代写下的短论《维特根斯坦》，这一谋篇布局足以表明巴特利三世对蒙克构成了多么大的挑战。简单说，争论的焦点集中在1919—1929年维特根斯坦丢下哲学跑到奥地利农村当小学教师的那十年里，是否曾经迷失过他的本性？

好吧，让我们放弃“为尊者讳”的陋习，打开天窗说亮话：维特根斯坦在这期间有没有搞过同性乱交？巴特利三世主张有，蒙克的回答是无。从材料掌握的充分性看，蒙克的判断更加可信，他通读了维特根斯坦全部的加密札记，其中只是记录了维特根斯坦对那些“粗野而直接的同性恋少年”的着迷，但找不到任何性乱交的记录。

相比巴特利三世的捕风捉影、夸大其辞，另一本流传甚广的传记——布莱恩·麦吉尼斯的《维特根斯坦：一生》又是另一个极端，全书只字不提同性恋，将维特根斯坦反复出现的自杀念头和绝望情绪完全归因于他的智性生活。蒙克决定走一条中间道路，他毫不避讳维特根斯坦对于同性男友的爱慕：从大卫·品生特到弗朗西斯·斯金纳，最后是本·理查兹，正是这些人让维特根斯坦成为维特根斯坦之所是。但是蒙克认为，加密札记向我们揭示，维特根斯坦忧虑的不是同性恋，而是性欲本身，因为性欲的勃发——无论是对同性的还是异性的，都不容于他希望成为的那种人。

虽然我接受蒙克的判断，但是在我看来，即使维特根斯坦有过同性乱交的经历，也无损于维特根斯坦的人格魅力。须知维特根斯坦虽然有着最为鲜明的圣徒气质，但他并不生而就是一个圣徒，就好像虽然在思考哲学和逻辑时，他的每个细胞和毛孔都渗透着天才的光芒，但是维特根斯坦也时常陷入“我真是个该死的傻瓜”的自责之中。

有人赞扬 G.E. 摩尔孩子般的单纯，但是这对于维特根斯坦毫无价值：“我不能理解，除非一个孩子也值得为之得到赞扬。因为你谈的单纯不是一个人为之拼争而来的单纯，而是出自天然的免于诱惑。”对于维特根斯坦而言，人生的确就是一场彻底的自我清算，一场与自己的本性进行的战斗。

因此，在这本传记中，我们读出最多的不是浑然天成的哲学天才和道德圣徒，而恰恰是在担负起天才的责任之后，维特根斯坦对自身的褊狭、软弱、伪善以及绝望的永恒克服。维特根斯坦总体人生态度的核心是成为“自己之所是”，这意味着“真实于自己是不容违背的责任”。其中，对他而言也许是最重要的一个面向就是——成为一个卓越的人，但不要设法表现是一个卓越的人。

罗素曾说维特根斯坦也许是他所见到过的“传统观念里的天才的最完美范例，激情、深刻、强烈和强势”。蒙克的独到之处在于，他能够始终保持克制，虽然全书充满了激情，但是这些激情不是蒙克本人的激情，他把自己藏在后面，通过排列组合各种硬事实和硬材料，让维特根斯坦的激情去推动整本书。

现在我们还剩下最后一个问题，这种决不姑息的自我清算究竟能把维特根斯坦带到哪里去？细细品味下面这两句话也许会有所助益：

“当一切有意义的科学问题已被回答的时候，人生的诸问题仍然没有触及到。”

“在我做哲学的方式中，哲学的全部目标是给出某种形式的表达，从而使特定的不安消失。”

维特根斯坦曾经这样描述自己的哲学工作：“我破坏、我破坏、我破坏。”仿佛一头闯进瓷器店的犀牛。但是维特根斯坦要砸碎的不是精致美妙的瓷器，而是对智性生活不必要的困扰，是那些力图在寻常事物中“看出古怪问题”的哲学诱惑。对于生活的清算同样如此，它不是要将自己连根拔出，而恰恰是要把自己重新放回。维特根斯坦说：“一种表述只有在具体的生活之流中才有意义。”同样的，蒙克认为，“若能把自己的生活事件放进某种模式，那将是维特根斯坦的一种慰藉。”

对于维特根斯坦而言，这种生活“模式”可以是19世纪末的维也纳文化氛围，可以是托尔斯泰式的基督徒生活方式，或者干脆就是与智性生活彻底无关的纯体力劳作——维特根斯坦不是没干过这些事情，他曾经先后当过乡村教师、建筑设计师、园丁以及医院的护工。

只是仿佛就像是一个咒语，他身上最最鲜明的几个身份都让他永远无法把自己放回到某种模式，比如，作为曾经的奥匈帝国遗民，作为犹太人，作为同性恋者，以及作为哲学家，所有这些身份都让他天然地不属于任何一个共同体。一位朋友曾这样回忆说，维特根斯坦使他想起《卡拉马佐夫兄弟》里的阿辽沙和《白痴》里的梅什金："第一眼瞥去，那模样是令人心悸的孤独。"

维特根斯坦说："写出好的哲学和对哲学问题做出好的思考，这是一个意志的问题，更甚于是一个智性的问题——抵抗误解之诱惑的意志、抵抗肤浅的意志。妨碍一个人获得真正理解的，常常不是他缺少智性，而是他的骄傲。"其实，哲学如此，生活亦如此。

在生命最后的阶段，蒙克给我们描述了一幅异常安详的画面，维特根斯坦和他的房东太太贝文夫人成了亲密的朋友，他们每天晚上 6 点散步至小酒馆。贝文夫人回忆说："我们总是要两杯波特葡萄酒，一杯我喝，另一杯他饶有兴味地泼到蜘蛛抱蛋盆栽里——这是我知道的他的唯一不老实行为。"他们之间的谈话异常的轻松，维特根斯坦从不跟贝文夫人讨论她不理解的话题，"所以在我们的关系中我从未觉得自己次等或无知"。

看起来，维特根斯坦终于和生活达成了和解。1951 年 4 月 28 日，维特根斯坦去世，留给这个世界的最后一句话是："告诉他们我度过了极好的一生。"

维特根斯坦的一生，无论在智性上还是灵性上，都呈现出一种"生活中骤然凝聚起来的密度之美"。或许有人觉得这样的人生让人窒息，或许有人因为这座迷宫太过繁复，而对本书望而却步。

对于这些有畏难情绪的读者，我依旧强烈推荐这本传记。我的一位朋友曾经告诉我，阅读此书让他回忆起早年读金庸的感觉，对于这个奇怪的比喻我一点都不诧异，因为在这本书里，你不仅可以读到精神世界里的金戈铁马，更重要的是，你看见的不只是天才，更有人性。

（2011 年）

# 最可欲的与最相关的[①]

## ——关于今日语境下如何做政治哲学的几点思考

在《尼各马可伦理学》中，亚里士多德称，年轻人不适合学习政治学，因为他们缺少人生经验，而生活经验恰恰是进行（政治学）论证的主题和前提。又说，一个性格上稚嫩的人也不适合学习政治学，因为他们在生活中和研究中太过纵情使气。[②] 由此可见，学习政治学必须要懂得生活的复杂性和人类的局限性，而不能一味援引书本知识或者诉诸性情理想，妄图在人世建立一个空想的至善。也正因为此，亚里士多德在《政治学》中指出，我们也许应该考虑“在没有任何外在障碍的时候，哪一类型的政府更能激发我们的热情”，但我们更必须考虑“哪一类型的政府更适

① 本文的最初版本是提交给浙江大学外国哲学研究所于 2007 年 6 月 12 日举办的“中文语境下公共哲学研究的回顾和前瞻小型座谈会”的发言稿，由于采取笔谈的形式，所以在行文上较为口语化，在立论上也未严格遵循哲学论证的要求，希各位读者见谅。本文承石元康、钱永祥、许纪霖、江宜桦、周保松等先生的指正，特此致谢。文中若有任何不妥之处，文责自然全在作者本人。

② Aristotle, *Nicomachean Ethics*, 1095a2-8, translated by Terence Irwin, (Indianapolis/Cambridge, 1999).

合某一特定的国家”。因为至关重要的是，不仅必须要知道“哪种形式的政府是最好的，而且还要知道哪种形式的政府是可能的”。而政治理论家们——我猜想他暗指柏拉图——尽管“有着极棒的想法”，但“最好的总是无法企及的”，现实中的立法者“不仅应该熟知在抽象意义上哪一种形式是最好的，而且还要熟知在具体情境下哪一种形式是最相关的”。①

在最可欲的（the most desirable）和最相关的（the most relevant）政治制度之间，政治哲学家必须要做出判断和取舍。事实上，脱离了具体情境去抽象地谈论最可欲或者最理想的政治制度反倒是容易的，难的是怎样在复杂条件约束下思索最相关及较可欲的政治制度。②一个稍显荒谬的实情或许是，就今日语境下的中国政治哲学现状而言，最让人困惑不解的并非最可欲的与最相关的区别，而是最流行的（the most popular）与最相关的混同。不过在这篇文章中我不准备直接回答第二个问题，而是尝试从一般性的思路出发谈谈我对第一个问题的几点浅薄认识。

## 一、同质社会 VS 异质社会

按西季维克的观点，古希腊伦理学和现代伦理学存在着明显的

---

① 转引自 "GREAT BOOKS OF THE WESTERN WORLD", by Mortimer J. Adler, The editor in chief. (The publisher:ENCYCLOPAEDIA BRITANNICA, INC. 1990), p.498.2.

② 在《公平式正义》中，罗尔斯认为政治哲学的功能之一就是去探求“现实主义的乌托邦，即探索可行的政治可能性的界限”。

分野。前者以“善”（good）为优先，是谓吸引式的（attractive）道德理想；后者以“对”（right）为优先，是谓命令式的（imperative）道德理想。[①] 古希腊伦理学之所以是吸引式的道德理想，乃是因为当时的社会属于高度同质的熟人社会，有着近乎一致的、超越的目的论和宇宙观，所以古希腊的城邦公民追求的乃是**目标的一致**，或者说是价值的一致，人们的道德行为往往是受到这种一致的目标、价值和道德理想的吸引与鼓舞而产生的；而以康德为代表的现代伦理学则属于命令式的道德理想，由于社会形态与观念的剧烈变迁，一个异质化的大规模生人社会要想继续维持社会的统一和稳定，就只能诉诸理性的命令或者绝对责任的存在，在我看来它首先保证**起点的一致**，也即公民基本自由与权利的一致，而对于“美好生活”此类目标的诉求则交给具体的个体或者群体去完成。

粗泛地说，古代社会的伦理生活和政治生活具有连贯一致性，而现代社会则在伦理生活和政治生活之间发生了某种区隔。之所以不使用“断裂”这样的字眼，是因为所有的政治社会，哪怕是多元主义的政治社会，也依然需要某种薄版本的道德价值作为基础，然而，无法做出非此即彼的截然两分并不意味着不存在区隔与界限。

伦理生活问的是：**“我如何才能过上幸福美好的人生？”**政治生活问的是：**“我们应该如何生活在一起？”**这两个追问存在两个关键词的差异。

第一个关键词是行动者也即陈述中的主语不同，伦理生活首先

① Henry Sidgwick, *Methods of Ethics*, 7th ed. (New York: Dover Publications, Inc., 1966), pp.105-6.

是**第一人称单数（我）**做出的发问，政治生活首先是**第一人称复数（我们）**做出的发问。吸引式的道德之所以伦理生活和政治生活存在着连贯一致性，是因为在一个同质的熟人社会中，第一人称复数可以**化约**为第一人称单数，或者说第一人称单数可以没有障碍地扩展为第一人称复数。“我如何才能过上美好人生？”与“我们如何才能过上美好人生？”这两个追问可以等价互换。也正是在这个意义上，我们可以说在以吸引式的道德理想为中心的古代社会中，政治生活或者说政治哲学不具有独立存在的意义，它依附于伦理生活而存在。反之，在以命令式的道德理想为中心的现代社会里，“我”和“我们”之间无法做到无挂碍的化约和**扩展**。换言之，群己的界限已经不可挽回地出现了。

第二个关键词是行动的指向不同，吸引式的道德指向“美好人生”这一人生在世的**终极目的**，命令式的道德指向“生活在一起”这一人生在世的**中级目的**，而“美好生活”这个终极目的则不由“我们”来提供统一的标准回答。

令人深思的是，亚里士多德虽然主张整体主义的目的论，强调人是整体的一部分，但他坚持认为脱离了成员的善，也就无所谓共同体的善。亚里士多德从未否认人类生活中的个体要素，因为如果人在同质性公民中彼此同化，就再无实施共和政体的必要。千人一面的公民不需要“轮流”执政或“部分”参与管理，因为他们没有任何属于自己的东西可以对共同体有所裨益。[①]可见，对亚

① 尼柯尔斯：《苏格拉底与政治共同体》，王双洪译，224~225页，北京，华夏出版社，2007。

里士多德而言，即便是政治共同体（Gemeinschaft）而非政治社会（Gesellschaft），它也仍然是一个异质整体，而不是抹平一切差异的同质整体。

以塞亚·柏林在《政治理论还存在吗？》中指出："假如我们提出一个康德式的问题：'在哪种社会里，政治哲学（其中包含着这种讨论和争论）在原则上可能成立？'答案必然是，'只能在一个各种目标相互冲突的社会中'。"[①] 这一表述的重要性在于，它暗含了"政治哲学"与"各种目标相互冲突的社会"存在着"就定义而言"（by definition）的概念关联。换言之，**"政治哲学是在处理一个各种目标相互冲突的社会的问题"乃是一个分析命题**。恰如柏林所说，在一个只受单一目标支配的社会里，原则上只会存在关于什么是达到这种目标的最佳手段的争论，而且关于手段的争论也是技术性的，即性质上是科学的和经验性的争论。[②] 这种争论充其量只是治道而非政道，是伦理学问题而非政治哲学问题。

虽然"政治哲学"和"各种目标相互冲突的社会"存在着就定义而言的概念关联，可是差异如此之大的个体要想（和平地）生活在一起，也需要某种同质性。所以，如果多数人赞同在今日中国的语境下探讨政治哲学是有意义的话，那么首先我们就在概念上共同预设了这是一个对任何一个单一的全能教义（comprehensive

① 以赛亚·伯林：《政治理论还存在吗？》，网络资源，http://bbs.philosophydoor.com/Article/politics/1121.html.

② 同上。

doctrine)[①] 都无法得到全体一致赞同的社会；其次，如果这个社会还想成其为一个统一乃至稳定的政治社会，则必须要追问，我们应该确保何种程度的同质性？以及这种同质性的根据在哪里？

罗尔斯在《政治自由主义》中指出："如果我们把政治社会看作是以认肯同一个全能教义而统一起来的社群的话，那么对一个政治共同体来说压制性地使用国家权力就是必需的。"[②] 如果说《正义论》时期的罗尔斯还曾经企图提出一个"普适性"的正义原则[③]，那么此时的罗尔斯已经充分地意识到这一企图的危险性，因为哪怕这个政治社会是统一在康德、密尔甚至他本人的理性自由主义基础之上，只要人们试图将政治社会统一在一个全能教义的基础之上——不管它是宗教性的还是非宗教性的，"压制的事实"就必然存在。伯顿•德雷本对此评论说，即使某人读了《正义论》并被罗尔斯说服了，但是随着时间的推移，此人的学生还是会不接受这个理解，所以为了保持单一教义的权威以及政治社会的高度同质性，就必须诉诸政府权力或压制性的权力[④]，或者柏拉图式

① Comprehensive doctrine 通常被译为"整全性理论"或"完备性学说"，本文从商戈令先生的译法，将其译为"全能教义"，因"全能"一词意味着无所不能及无所不包，而"教义"一词意味着权威性和绝对性，"全能教义"似比其他译法更加传神与到位。

② John Rawls, *Political Liberalism*, (Columbia University Press1996), p.37.

③ 事实上我对这个论断也表示怀疑，因为《正义论》中罗尔斯对自己的理论有着明确的条件限制。罗尔斯说："如果可能的话，做到下一点我就满足了：为一个被理解为暂时同其他社会隔绝的封闭社会的基本结构，概括出一种合理的正义观来。"由此可见《正义论》不妄图提供那一个普适的正义理论，而只是正义理论之一种。这一封闭社会到了《政治自由主义》时期被更明确地指认为"宪政自由民主制"。

④ Burton Dreben, 'On Rawls and Political Liberalism', in *The Cambridge Companion to Rawls*, edited by Samuel Freeman, (Cambridge University Press 2003), p.319.

的“高贵的谎言”[1]。而如果我们既不愿动用政府的压制性权力，又不愿宣传高贵的谎言，则政治社会的同质性程度和根据就必须另求他途。

## 二、成就卓越VS满足欲望

吸引式的道德是一个上升的道德路径，它要求伦理（政治）社会中的所有个体都朝向被统一定义的“荣誉”、“卓越”和“至善”进发。**可是荣誉、卓越、至善这些概念从来都只与少数人存在概念上的勾连，它们天生就是层级概念，我们不可能妄求所有人都平等地分有卓越，这在概念上就是不可能的**。也正因为此，理性清明的亚里士多德才会在《政治学》中一方面批评法勒亚忽视人对荣誉和卓越的欲望；另一方面，又批评希朴达摩在城邦中赋予这种欲望的地位过高。[2]

今日中国的许多保守主义者习惯于厉声斥责自由主义者忽视“荣誉”、“卓越”、“至善”这样的人类理想。相比之下，施特劳斯本人就要头脑清楚很多，他指出：“我们不能忘记这样一个明

---

① 在《理想国》中，柏拉图笔下的苏格拉底声称为了维护城邦的正义与稳定，让护卫者、辅助者和农民工匠们安守本分、各归其位，就必须重述腓尼基人有关金银铜铁的那个“荒诞传说”，格老孔听完苏格拉底的陈述，说了一句意味深长的话：“不，这些人是永远不会相信这个故事的。不过我看他们的下一代会相信的，后代的后代子子孙孙迟早总会相信的。”参见柏拉图，《理想国》，郭斌和等译，129页，北京，商务印书馆，1995。

② 参见尼柯尔斯：《苏格拉底与政治共同体》，王双洪译，223页，北京，华夏出版社，2007。

显的事实，通过赋予所有人以自由，民主同样也给了那些关心人类卓越性的人以自由。”[①] 施特劳斯的大弟子阿兰·布鲁姆曾经批评那些“心急火燎的自由主义辩护者们”可能混淆了辩护与谄媚这两个概念，认为施特劳斯之所以不做民主的谄媚者恰恰因为他是民主的朋友和同盟。在我看来布鲁姆的这个批评同样适用于那些心急火燎的自由主义反对者们，他们可能混淆了不谄媚与反对这两个概念，不做民主的谄媚者不意味着就必须要做民主的反对者。

罗尔斯的论述和施特劳斯一样地心平气和，在《正义论》中他说：“虽然作为公平的正义允许在一个秩序良好的社会中承认卓越的价值，但是对人类至善的追求却被限制在自由结社原则的范围内……人们不能以他们的活动具有更大的内在价值为借口，利用强制的国家机器来为自己争取更大的自由权或更大的分配份额。”[②] 把对人类至善的追求严格限定在自由结社原则的范围内，反对使用强制的国家机器来诉求卓越的价值，这种立场和态度正是在命令式的道德理想题域内，在承认异质化、大规模的生人社会以及各种目标相互冲突的社会前提下，坚定反对“压制的事实”的一个逻辑后果。

我们认同阿里斯多芬在《云》中的判断：欲望和私利在政治中占据主导地位意味着不义之词获胜以及高贵政治生活的告终。[③] 但是问题的关键在于，当我们置身于欲望和私利已然摆脱非法地位的

---

① Leo Strauss, *Liberalism: Ancient and Modern*, （University of Chicago 1995）, p24.

② John Rawls, *A Theory of Justice*, (Oxford-New York: Oxford University Press1971), pp.328-9.

③ 参见尼柯尔斯：《苏格拉底与政治共同体》，王双洪译，228 页，北京，华夏出版社，2007。

时代，并且承认正义业已成为社会制度的首要美德，那么我们就必须正面思考和回应欲望与私利，把它作为理论的条件和起点（但非标准和终点），而不是仅仅停留在情绪性的批判和应激性的全盘拒斥。在现代性的背景下，人类卓越与荣耀的理想的确不复可能在政治生活中实现，就此而言，“高贵的政治生活”也许是告终了，但以复数形式出现的“高贵的伦理生活”却获得了更大的空间，在这一点上，我相信施特劳斯会和罗尔斯达成一致的意见。

迈克尔·沃尔泽曾经坦承：“在某种重要的意义上，只有自由主义（我主要是指洛克式的自由主义）理论能够回答这个问题（政治义务理论），因为只有自由主义完全接受了社会规模的变化以及由此产生的新个人主义。”[1] 这个论断或许还可以作进一步的延伸，就对现代世界的多元主义特征作出“正面”回应而言，也许只有自由主义能够给出一个最相关、最可行同时也是较可欲的哲学答案。

## 三、我们是谁？

既然政治哲学依旧是从第一人称的角度出发问问题：“我们应该如何生活在一起？”那么接下来的一个追问就是，“我们是谁？”我们因何而可以自称为“我们”？这也就是我在第一节中提出的那个问题：“同质性的根据在哪里？”

霍布斯式的政治社会为公民提供的是一种“免于恐惧的自由”，

---

① 沃尔泽：《政治疏理与兵役》，见毛兴贵编：《政治义务：证成与反驳》，19 页，南京，江苏人民出版社，2007。

为了避免在自然状态因一切人反对一切人而横死，我们宁可将权利全部托付给一个不受约束的主权者，但是这是一种最低限度的免于恐惧，来自利维坦的恐惧丝毫不比自然状态的恐惧更小。由共同的恐惧而集结在一起的“我们”只具有“权宜之计”的暂时稳定性。政治自由主义时期的罗尔斯在某种意义上带有霍布斯的气息，他同样追求免于恐惧的自由，把政治社会的稳定性作为核心的目标，但是他与霍布斯的差异在于，这种必须要避免的恐惧还应该包括来自国家政府的恐惧，这种由于共同的恐惧而集结在一起的我们必须具有基于道德基础的恒常稳定性。

从这个角度出发去理解“国家中立性”原则或许是一个比较合适的路径。国家中立性原则一直以来备受争议，但是如果我们回想罗尔斯所理解的政治社会乃是“自由平等公民之间世代相继的公平合作体系”，就会发现这样的一个政治社会并不是完全“中立的”政治社会，而是一个接受了自由、平等、公平、互惠等现代基本理念的现代社会，它接纳包容各种“合理的全能教义”，但坚决拒绝那些违背甚至反对自由、平等、公平、互惠基本价值的“不合理”的全能教义。“人是目的而非手段”这一康德的基本道德信念就是这类政治社会最根本的道德信念。我们之成其为“我们”的共同基础也正在于此。至于那些反对这个基本信念的人，则被排除在“我们”之外。用德雷本的话说，对于希特勒这样的人，我们根本不会试着和他理论，而是“给他一枪”。[1] 在这个意义上，自由主义的

① Burton Dreben, 2003, p.329.

中立性原则显然无法做到完全的中立，它只是**近似中立**，因为任何政治体系最终都或多或少必须依赖于某种善观念，但正如乔治·克劳德所说，即便如此，自由主义仍然能够论证，他们提供的政治框架是比任何对手更有包容性的。[①]

谈到国家中立性，还须引用威尔·金里卡的一个观点，他认为“国家中立性的最好理由恰恰是社会生活是非中立的，人们能够而且实际上在社会生活中的互竞的生活方式之间作出区别，肯定某一些，拒斥另一些，而无须使用国家机器”。[②] 自由主义认为，国家权力在面对各种合理但互竞的价值观时必须保持中立，但社会生活的自然发展会自然而然地表现出非中立性，有些生活方式、价值理想会排序较高，而另一些则会排序较低。国家中立性与社会生活的非中立性可以达成一个较为和谐的生态环境。各种合理但互竞的人类卓越、荣誉、善观念将在这样的一个国家中立框架中找到容身之地，同时在社会的非中立性中觅得各自的序列排位。

当然，一个不容回避的问题是，社会生活的非中立性很可能在事实上对许多传统价值观造成极大的冲击，从而导致式微乃至消亡。一个不争的事实是，让昆曲和超级女声在自由市场上进行所谓公平竞争显然是不公平的，但是如果我们了解卓越的东西从来是属于少数人的，如果我们不非分地奢求昆曲成为超女一样的流行物，那么

---

① 乔治·克劳德：《自由主义与价值多元论》，应奇等译，37 页，南京，江苏人民出版社，2006。

② 威尔·金里卡：《自由主义、社群与文化》，260 页脚注，上海，上海世纪出版集团，2005。

我们或许会对这一状况抱相对释然的态度，并且期望社会生活中的另一些非中立因素可以对前者有所倾斜。在价值排序上靠前的事物并不一定在流行程度排序上靠前，这本是一个当然之义，今日中国的某些保守主义者之所以心急火燎忧心忡忡，我猜想部分原因不是担忧他们主张的价值在排序上不高，而是焦虑他们的流行程度不广。**把最可欲的做成最流行的，拿最流行的等同于最相关的，都是思维混乱的表现。**

## 四、谁是真正的怀疑主义者？

以刘小枫为代表的某些保守主义者，一方面援引施特劳斯，批评自由主义者败坏了高贵的伦理生活，一方面援引韦伯和施密茨，批评自由主义者败坏了高贵的政治生活。在他们看来，自由主义者的各种主张都是些卑之无甚高论的浅薄论调，议论自由经济和社会公正都是政治不成熟的典型特征。比如刘小枫在《现代人及其敌人》中就反复论述：

> 对韦伯来说，“政治不成熟”的政治经济学是一种天真、夸张的理想主义，“以不断配置普遍幸福的菜谱为己任”，“加油添醋以促进人类生存的‘预约平衡’”；施米特则说，自由主义政治学迂腐可笑，持守一些抽象的普遍理想，以不断配置普遍的个人自由和权利的菜谱为己任，

加油添醋以促进人类生存的“自由平衡”……[①]

经济改革后的中国有如俾斯麦新政后的德国，在国际政治格局中已经日渐强盛，由于国内经济因转型出现诸多社会不公正现象，经济学家们为自由经济抑或经济民主和社会公正吵翻了天，于是有韦伯式的声音说：中国学人还没有“政治成熟”，不懂得中国已经成为经济民族，如今的问题端在于如何成为政治成熟的民族。[②]

刘小枫引严复和韦伯为例，称是“战争状态”让严复明白了“自由民主政体肯定要不得”，是“国家危难”让韦伯宣称民族国家的利益和权力高于一切。姑且不论战争状态和国家危难是否必然推出上述结论，退一步说，即使这是一个正确的推论，问题的关键仍在于：首先，战时状态是否是政治生活的常态，以至于我们可以罔顾严复和韦伯的论证前提，直接得出“自由民主政体肯定要不得”和“民族国家的利益和权力高于一切”这样的普遍结论？其次，国内政治与国际政治的逻辑是否一致？在国内政治的题域内探讨社会公正与在国际政治的题域内强调国家利益不具有相容性吗？我担心这些中国的韦伯们或者因为思维混乱，或者刻意混淆视听，在国内政治中主张国家利益和权力高于一切，在常态政治中坚持自由民主政

① 刘小枫：《现代人及其敌人》，123 页，北京，华夏出版社，2006 年。
② 同上书，106~107 页。

体肯定要不得。

在论及现代政治正当性时，刘小枫坚持施米特的政治神学立场，认为唯有宗教才能赋予政治以正当性基础，宗教一旦与政治发生分离，“政治生活背后的正当性问题无异于被删除了”[①]。因此之故，刘小枫认定启蒙运动的结果——基于自然权利的人民民主将无法真正为政治生活奠定正当性基础。他援引《理想国》中关于“天上的”政治与“地上的”政治的区别，认为唯有天上的政治才能克制人身上的“多头怪兽”，而“‘地上的政治’的根本问题就是正当性的空虚”。[②]

刘小枫与施米特面临的共同困境在于：一方面坚持认为只有“天上的”政治才能赋予地上的政治以正当性，另一方面又不得不承认基督教欧洲的传统政治规范已经无可挽回。由于无法承受这种“黑暗中的忍耐”，在他们看来脱逃的出路便只剩下一条，即把政治理解成为生存处境性的：哪怕你仅仅是碰巧生为德意志人，但德国的国家利益就成了你的政治立场，同样地，如果你碰巧就是美国人，那么美国的国家利益就成了你的政治立场。而真正崇高的政治只在于区分和决断谁是国家的敌人。更进一步的，由于天上政治的绝对保障已经丧失，所以在具体的政治生活中，“就必须——即便只是在最极端的情况下（是否到了最极端的情况，仍须由自己来决

---

① 刘小枫：《现代人及其敌人》，90页。
② 同上书，141页。

断）——自行决断谁是敌人，谁是朋友”。[①]

综观刘小枫对现代政治正当性的批判，不难发现他与施米特共享的一个基本论述逻辑，我们不妨简述如下：由于启蒙运动割裂了宗教与政治的关联，导致现代政治把政治社会的本性理解成为“人造之物”，任何人造之物就其定义而言都是虚构的，其正当性都得不到来自超验领域的绝对保障，所以这些人造之物也即“地上的政治”的根本问题就是“正当性的空虚”。换句话说，由现代性构建起来的所有价值理念，如人民主权、个人自由、权利、民主、分配正义、普遍幸福等等，就“虚构”这一本性而言都在一个水平面上，都不是对根本问题的思考，因此也就都注定将停留在表面上，不同的主义和意识形态之间的差异也就可以被抹平。而一旦来自宗教的、绝对意义上的正当性不复可得，则陷入诸神之争的人类就只能诉诸生存决断论的政治来解决冲突。

在我看来，**这种以神学的立场刻意贬抑哲学，假借超验的维度断然否弃历史与经验的给定性，非此即彼，在绝对的正当性和绝对的非正当性两极之间来回急剧震荡，从虚构、绝望再到决断的生存论政治的思考逻辑，不仅缺少基本的思想“节制”，而且隐含着最危险的虚无主义和最大的政治不成熟。**正如马克·里拉所指出的，那些试图从卡尔·施米特有所借鉴的人必须要万分谨慎地区分“自由主义的真正意义上的哲学批评者和出于神学的绝望而实践政治的

---

① 施米特：《政治的概念》，转引自刘小枫：《现代人及其敌人》，123页。

人”，如果不做这一根本性的区分，则注定会一无所获。[①]

就施米特和刘小枫对现代性的诊断——启蒙之后正当性与合法性发生了断裂和紧张——而言，我没有任何异议。但对于他们的解决方案——一方面站在绝对的神学立场彻底否定地上政治的一切正当性，另一方面又出于神学的绝望而诉诸生存决断论的政治理解——我表示最深刻的怀疑。

熊彼得说："文明人与野蛮人的差异，在于前者了解到个人信念只具有相对的有效性，但却能够坚定不移地捍卫这些信念。"[②]这个说法提醒我们，即便人民主权、个人自由、权利等全都是虚构的，相信这些东西的存在，并且坚定不移地捍卫它们也不等于"相信独角兽和巫婆的存在"（麦金太尔语）。在政教分离的现代社会里，政治正当性的超验根据已经无可挽回地失去，但从超验到决断之间仍有漫长的路可走，仍有许多的备选项可用。哈贝马斯认为现代政治的正当性只可能来自合法性，而要想使"正当性来自合法性"这一"悖论式的现象"得到合理解释，就必须确保人民行使政治自主性的权利。哈贝马斯的具体方案自有商榷的余地，但是他对后形而上学时代的哲学命运的立场却是令人激赏的——"形而上学把哲学从软弱无力的后形而上学思想的贫瘠中解放出来的愿望只可能是以后形而上学的方式才能实现"。[③]

---

① Mark Lilla, *The Reckless Mind: Intellectuals in Politics*, The New York Review of Books, 2001, p.76.

② 参见理查德·罗蒂：《偶然、反讽与团结》，徐文瑞译，69页，北京，商务印书馆，2003。

③ Habermas, "Richard Rorty' s Pragmatic Turn", in *Rorty and His Critics*, edited by Robert B. Brandom, Blackwell Puilshers Ltd 2000, p33.23.

帕斯卡尔说："我们知道得太少因而当不了独断论者，但又因为知道得太多不能成为怀疑主义者。"[①] 罗尔斯、哈贝马斯这些"浅俗"的自由主义者们，孜孜以求、苦心践履的正是帕斯卡尔这个论断：左右开弓，同时拒绝和狙击"道德实在论"以及"现代价值怀疑论"。反观某些保守主义者，恰恰是要么因为焦虑知道的太少所以成了怀疑主义者，或又自以为知道的挺多而成为独断论者。

## 五、结语

北京城有家老字号的点心铺子，专卖给老人家祝寿的"百子桃"。这种百子桃的妙处在于，大寿桃的个头儿赛过西瓜，可是打开大寿桃的肚子一看，里面居然藏着 100 个小寿桃。在我看来，政治自由主义的理想恰如这个大寿桃，其目的是为了给那 100 个小寿桃提供了一个各得其所的框架性结构。大寿桃的意义在于，有了它，100 个小寿桃就有了"生活在一起"的可能，不会坍塌压缩成表里如一、实打实的一个大寿桃；失去它，这 100 个小寿桃则会散落、分裂成为各自为政的小寿桃。

健全的现实感是探讨政治哲学必须拥有的第一美德。如果我们同意在今日中国各种合理的全能教义都有其存在的价值，并且同意在未来中国合理的多元主义将成为一个永恒的，或者在可见未来不

---

① 参见阿兰·布鲁姆：《巨人与侏儒》，300 页，北京，华夏出版社，2003。由布鲁姆来引用帕斯卡尔的这段话尤其显得意味深长。

会消弭的现象，那么某种形式的政治自由主义或许就是最具相关性的政治框架构想。这种政治自由主义自有其实质性的道德信念和基础在，它虽然不是彻底的中立，但的确为尽可能多的合理的伦理生活敞开了可能性。人类始终向往高贵的伦理生活，始终关怀根本性的人类处境问题，我一直认为，在回答“何谓美好人生”时，社群主义和保守主义的某些方案一定要比自由主义更能安身立命。**但最重要的问题不一定是最首要的问题**，自由主义者在回答何谓美好人生之前，更希望先行回答“我们应该如何生活在一起”，并且认为在多元社会中美好生活的问题必须要放在如何生活在一起的问题框架下才可能得到真正的回答。

以赛亚•伯林尝言：“我已厌倦阅读那些人，他们总是站到一列，有着几乎完全一致的观点，毋宁说，我更愿意阅读敌人，因为敌人会穿透那些思想的防线。”[①] 我从不厌倦阅读与我站在一列的朋友们，因为我总是从他们身上汲取到足够的养分，同时我也不认为存在着什么敌人，在面对转型时期的中国问题时，“我们”有的只是论友而非敌人。就共同关切而言，我们只不过是站在一列的、有着不同观点的朋友。

(2007 年)

① 参见扬 - 维尔纳•米勒，《危险的心灵》，献辞，张荚 译，新星出版社，2006。

## 尺度、分寸与超越[①]

夏洞奇的发言让我想起王尔德的一句名言："实际上，我们现代生活中的一切都受惠于希腊人，而所有不合时宜的东西都应归咎于中世纪。"这话一听就知道是诗人的一家之言，做学术的人从来不敢下这么激进的论断。

古希腊有个词叫做"arche"，主要的意思为"开端"和"主宰"，这个概念隐含了古希腊人一个根深蒂固的观念：开端主宰一切！事实上我一直认为，作为西方文明的开端，在古希腊那里我们同样能够看到西方社会乃至人类社会的所有端倪：它的最好与最坏，可能与不可能。因此，在探讨"世俗生活和超越精神"这个题目的时候，我们不妨把时间往前再提一提，看看古希腊人是怎么理解世俗生活与超越精神的。

我发言的题目是"尺度、分寸与超越"，主要想围绕以下几个

① 本文为2008年4月底参加华东师范大学主办的"世俗时代与超越精神"小型座谈会的笔谈文章。

问题展开：第一，古希腊城邦的尺度及其政治理想的关系；第二，古希腊幸福观的转变；第三，古希腊正义观念与超越精神的关系。最后，我想提出两个问题，古希腊人是否为我们提供了一个可供效仿的、在超越精神与世俗生活之间维持均衡的典范，以及在现代性的背景下面，我们应该持有什么样的政治理想。

今天上午的发言和讨论有一个特点，就是我们基本上是在一个全球化的视野里，上下五千年、纵横八万里，在一个极大的时间尺度和空间尺度上谈问题，这或许是现代人不得不然的做法，可是古希腊人显然不是这样的。我们知道，即便在雅典城邦的鼎盛时期，总人口也不过 25 万 ~30 万人，其中奴隶占 8 万 ~9 万，外邦人有 2 万多，然后再刨去女人和小孩，大概只剩下 3 万左右的成年男性公民，这 3 万多成年男性公民之所以能被称作是公民，按照亚里士多德的说法，是因为这些人“是有权参加议事和审判职能的人”，与此相对应的，“城邦的一般含义就是为了维持自给生活而具有足够人数的一个公民集团”。我们不妨想象一下，如果柏拉图和亚里士多德得知今天雅典的规模——面积 90 万公顷，公民人数达到 370 多万，他们一定会惊讶得说不出话来。

柏拉图说最好的城邦五千公民足矣，亚里士多德说最好每个公民目力所及就能看见所有其他人，一个公民人数超过十万的城邦是荒唐的，因为它不能适当地被治理。放在今天的尺度上衡量，柏拉图的“理想国”无非就是一个村子的规模，亚里士多德的雄心大一些，也顶多是一个乡或者镇的规模。

古希腊城邦的尺度直接影响了古希腊人的政治理想。亚里士多德在《尼各马可伦理学》中说："政治学的目的是至善，它致力于使公民成为有德性的人，能做出高尚行为的人。"对比罗尔斯在《正义论》中的观点："在任何情况下，我们作为公民应该拒绝把至善标准当作一种政治原则，同时为了正义的目的，也应该避免对彼此生活方式的相对价值做出任何评价。"我们会发现这是基于不同的尺度对不同的政治理想做出的不同阐释。

"政治学的目的是最高善"——这句话要想言之成理，就必须放在以友爱和团结为基础的小型的熟人共同体（community）这个尺度下。亚里士多德认为，"友爱"是把城邦联系起来的纽带，真正的友爱是好人和在德性上相似的人之间的友爱，换言之，也就是一群在价值观和生活方式上高度同质的人在漫长的共同生活中形成的紧密关系。我们几乎很难想象在现代的大型陌生人社会中，人们还能结成古希腊意义上的"友爱"关系，借用亚里士多德的话说，现代人只是一些相互客客气气但是不共同生活的人，他们之间充其量只具有"善意"而不是"友爱"。

如果说对于古希腊城邦的立法者，友爱的重要性要胜过公正，那么对于现代社会的立法者，公正的重要性则要胜过友爱。要想让数目庞大又相互冷漠的现代人统一在一个政治体，建立一个公正的制度是首当其冲的问题。也正是在这个意义上，哈贝马斯才会说当代道德哲学已经大大地缩水为公正（正义）问题。不过，亚里士多德的这个观点仍旧有着现实的警示意义："若人们都是朋友，便不会需要公正；而若他们仅只公正，就还需要友爱。"

在《政治自由主义》中，罗尔斯对至善原则的拒斥得到了更加明确的陈述："政治自由主义的问题是：在一个由自由而平等的公民——他们因各种合乎理性的宗教学说、哲学学说和道德学说而产生了深刻的分化——所组成的稳定而公正的社会长治久安如何可能？这是一个政治的正义问题，而不是一个关于至善（the highest good）的问题。"之所以在政治层面上放弃对至善问题和幸福问题做出回答，根本原因就在于罗尔斯充分意识到政治体的尺度变化，以及随之而来的问题意识的改变。

在去年的杭州笔谈会上我曾经区分过两个相互关联但又彼此有别的问题，一个是"我们应当如何生活在一起？"，另一个是"我（我们）如何才能过上幸福美满的人生？"我认为前者属于政治哲学的问题，后者属于伦理学的问题，在现代的背景下这两个问题应该分而论之。但在古希腊城邦的尺度下面，这两个问题却是一而二、二而一的整体。以罗尔斯为代表的当代自由主义者为自己设定的任务是，只试图回答"我们应当如何生活在一起"的问题，这种共同生活不是亚里士多德所谓的"一块儿吃够了咸盐"、有着相同道德习俗的共同生活，而是一种客客气气、敬而远之、相安无事的共同生活。然而，人生在世，"我（我们）如何才能过上幸福美满的人生"始终是最为贴身也最为重要的那个"终极问题"。幸福概念的独特性在于，它除了是终极目标外不可能是其他目标的中介目标。但是正像亚里士多德所指出的，说最高善是幸福不过是老生常谈，关键的问题仍旧在于，幸福生活到底指的是什么样的生活？

我个人最近的一个阅读体会是，从全盛时期的雅典城邦到柏拉图和亚里士多德，再到基督教的兴起，关于“幸福”的理解经历了从“完全的生活”（the complete life）到“至善生活”再到“超越生活”的变迁。在这个过程中，随着城邦政治的衰败，总的趋势是外在善的地位和价值一再地被贬抑，灵与肉的分离愈益明显，最终造成了超越精神对于世俗生活的绝对主宰。

根据美国学者汉密尔顿的观点，希腊人对幸福（eudaimonia）所下的古老定义为：“生命的力量在生活赋予的广阔空间中的卓异展现。”这里的关键词有两个，一个是“广阔空间”，一个是“卓异展现”。而这又是和古希腊的一个重要概念“aretê”密不可分。我们今天常把“aretê”翻译成“美德”或者“德性”，但是这样做的结果是“丧失了所有的希腊风味”，因为美德或者德性是一个道德评价的词汇，但在古希腊文中，“aretê”被普遍地运用到所有的领域，所以最为合适的翻译应该是“卓越”。当“aretê”这个词被运用到人的身上，“它意味着人所能有的所有方面的优点，包括道德、心智、肉体、实践各方面”。这种在所有方面都充分地展现人之为人的特点的生活就是一种“完全的生活”，也即希腊人对“幸福”所下的那个古老定义：“生命的力量在生活赋予的广阔空间中的卓异展现。”所以，一个过上“完全的生活”的人也就是所谓的“全面的人”。

说到卓越，有两点值得多说几句。第一，全盛时期的雅典人热切地渴求获得“荣誉”，他们对此从不扭捏，内心的平静与祥和不是对卓越的恰当回报，“同侪和后人的称颂”才是。陈嘉映老师有个很好的观察，他说我们万不可将雅典人的“荣誉”混同于大众传媒时代的“虚名”。在一个公民人数不超过三万人的城邦里面，对于“卓越”的称颂几乎都与公民的直接生活经验息息相关，人们亲眼目睹你在战场上勇敢杀敌，亲耳听见你在公民大会上慷慨陈词，熟知你的日常操守，了解你的道德品行，“盛名之下、其实难副”的情况几乎不会出现——在这里我们再次看到尺度的作用。

第二，这种“生命的力量在生活赋予的广阔空间中的卓异展现”的前提是职业身份的非专门化。雅典城邦的事务尽可能都是由业余者来管理的，公职的专门化被尽可能地控制在相当小的范围内。公民参与城邦的公共事务，通过商讨进行自我管理，基托说“这些事情就像呼吸对于生命一样不可缺少”，是构成“完全的生活”的不可或缺的组成部分。除了参与政治事务，每一个公民还有着很多的身份：士兵，工匠，戏剧家或者运动员。希腊人认为专门技术是奴隶的特长，但这样的专门技术并不能等同于卓越。“全面的人”不等于“全能的人”——古希腊人的理想不是要成为无所不能的人，而是要在人生的全部领域都体现出一个完整的人的生存。这种人被认为是拥有“aretê”的人，也就是卓越的人。这与我们今天对于卓越的理解可谓相去甚远，郎朗无疑是一个卓越的钢琴家，但是在亚里士多德眼里，他一定不是一个卓越的人，因为亚里士多德相信一个人不可能既在音律上花费如此多的时间，同时又在别的方面卓越。所以“全面的人”必然在某种意义上也是“业余的人”。相比之下，现代人只能成就“片面的深刻”，也只能成为“单向度的人”。

“全面的人”是一个一去不返的理想。随着城邦规模的扩大和城邦事务的日益繁杂，这种全面但业余的人愈发凸现出不合时宜。苏格拉底和柏拉图批评雅典民主制，理由之一就是政治艺术的主要功能在于使人们变得更好，而这需要专业的训练，让一些非专业的人士轮流来管理城邦在他们看来是不可理喻的。如果说技艺精湛的工匠是制作术的专家，那么哲学家就是关照灵魂的专家，二者的区别只在于，哲学家试图说服所有人相信关照灵魂是人生在世最为重要的事情，并且最终，柏拉图试图说服人们为了哲学生活放弃城邦生活。

伯罗奔尼撒战争过后，雅典城邦开始衰落。当一个元气充沛的黄金时代逐渐消逝时，反映在哲学思想上就是对何谓“幸福生活”的举棋不定。亚里士多德为这个问题提供了两个备选答案，一个是政治家的政治生活，一个是哲学家的沉思生活。哲学家（如阿那克萨戈拉）拥有的是智慧（sophia），智慧思考的是不变的、永恒的、非人类的事物；而政治家（如伯里克利）拥有的却是明智（phronesis），明智考虑的是属人的、具体的事物。

亚里士多德和他的老师一样倾向于抬高哲学贬低政治，他的理由主要有两个：第一，人天生求知识，只有处在“知”的状态中，特别是对最高等的事物的“知”的状态中才是最幸福的；第二，与哲学家的“至善生活”（沉思）相比，政治生活追求的“荣誉”太过肤浅和不可靠——荣誉取决于授予者而不是取决于接受者。但是，亚里士多德的立场要比柏拉图复杂许多，在《尼各马可伦理学》第十卷中，他坦承沉思生活是一种“比人的生活更好的生活。因为，一个人不是以他的人的东西，而是以他自身中的神性的东西过这种生活”。言外之意似乎在提示我们，沉思生活不是大多数人能过上的生活，它只可能属于少数能够发挥其神性的人，并且它只可能在城邦之外获得。亚里士多德一定非常明白哲学与政治的矛盾和紧张，所以他仍旧把政治生活作为一种因其自身就值得选择的生活。所谓

“人是政治的动物”，真正的意思是“人是这样一种动物，其特性就是生活在城邦之中”。换言之，只有在城邦的尺度内，人才有可能实现人作为人最兴旺的状态，与此相对，脱离城邦者非神即兽。就此而言，尽管亚里士多德认为政治学的目的是最高善，但他应该会同意罗尔斯的那个结论：在政治生活的层面上我们无法过上至善的生活。

罗素指出：“基督教出世精神的心理准备开始于希腊化的时期，并且是与城邦的衰颓相联系着的。”希腊化后，帝国的规模太过庞大，城邦的政治关怀不复可能，身处苦难深重的世界里，人们实难关心“怎样才能创造一个好国家”，转而孜孜以求“在一个罪恶的世界里，人怎样才能够有德；或者，在一个受苦受难的世界里，人怎样才能够幸福？”并且，这幸福的实现通常不在此岸，而在彼岸。这种此岸与彼岸、肉与灵、哲学与政治的截然两分可以在柏拉图这里找到源头，但是正如基托所言，这不是典型的希腊式的观念，柏拉图的哲学在某种意义上是对希腊精神的背离。

柏拉图主义对基督教神学的影响是显而易见的，中世纪的学者甚至认为要想把柏拉图主义从基督教里面剔除出去又不至于折散基督教，那是“完全不可能的事”。但是在诸神麇集的古希腊，柏拉图的绝对的、永恒的神的观念却不是主流观点。古希腊语中没有和“普世宗教”直接对应的词汇，奥林匹亚山上的众神不是希腊人的道德楷模，希腊人的信仰也不是扎根于启示的基础上。在古希腊，超自然与自然，神与世俗之间没有明显的断裂，二者始终是相互交融彼此交织的。汉密尔顿说，所有有翅膀的胜利女神像都是希腊后期的作品，雅典卫城山上的神庙是为没有翅膀的胜利女神建造的。

因为古希腊的艺术家们没有意识到灵魂与肉体的斗争的存在，他们从来没有否定肉体的重要性，也从来都能在肉体中看到精神的重要性。汉密尔顿认为古希腊的艺术家们“企图要超越个体，但从未想过超越自然”，这是一个极具启发意义的观察，对“个体”的超越指向“普遍”，但是对“自然”的不超越则意味着“分寸”，正是这种意在超越个体但从不妄图僭越自然的理性冲动体现了古希腊人根深蒂固的节制精神。在这个意义上，哲学家或许是希腊人中最没有节制精神的一群人。

古希腊的多神教有一个突出的优点，那就是对异教的宽容，对意见世界的体谅和对世俗生活的热爱。这让他们一度在世俗生活和超越精神之间取得过微妙的平衡，这种平衡不是死水一潭的僵化平衡，不是以丧失人的全面发展和社会正义为代价的表面和谐，而是一种充满紧张与生机的内在和谐。虽然每一个城邦都有各自的守护神，彼此的习俗和道德也各异，但是他们非常了解相互之间的界限和分寸。亚里士多德说，对于人间的事务，我们都不全部加以考虑，例如没有一个斯巴达人考虑为西叙亚人设计最好的政体，他们只考虑自己尺度内的问题。这样一种尺度感和分寸感是现代人久已丧失的实践智慧和美德。我们今天面临的困局好比是把“诸神之争”的场域从奥林匹亚山搬到了全世界，不同种族、民族、文化传统频繁照面，古希腊人如何处理诸神与世俗生活的智慧也许是一个可以借鉴的资源。

接下来我想简单谈谈希腊的正义观与超越精神之间的关系。当哈贝马斯说当代道德哲学已经缩减为“正义”问题时，他口中的“正义”更多是指“政治正义”。相比之下，“正义”的观念在古希腊同样占据举足轻重的核心地位，但它不仅仅被限定在政治学，而是一个将宇宙论、存在论、政治学和伦理学打通的观念，它与尺度、分寸、平衡、审慎、适度、明智和节制这些概念有着内在而整体的联系。

阿那克西曼德认为自然界中的火、土和水应该有一定的比例，但是每种元素（被理解为是一种神）都永远在企图扩大自己的领土，与此同时，万事万物的背后又有一种必然性或者自然律在永远地校正着这种平衡，他用正义女神“Dike”称呼这种“力的平衡”。正像罗素所指出的，这种“正义”的观念——即不能逾越永恒固定的界限的观念——是一种最深刻的希腊信仰。赫拉克利特后来说“logos”是一团永恒的活火，它“在一定的分寸上燃烧，在一定的分寸上熄灭”。柏拉图在《国家篇》中说：“正义就是只做自己的事而不兼做别人的事。”“每个人必须在国家里执行一种最适合他天性的职务。”虽然他们分别思考的是宇宙论、本体论和政治学的问题，但在根本精神上是彼此相通、一脉相承的。

如果说自然哲学家（以及现代的科学家们）能够通过努斯（nuos）去把握所谓的维持“力的平衡”的必然性或者自然律，那么在具体的、属人的政治领域中，哲学家的智慧能够揭示这种必然性吗？存在政治的必然性或者真理吗？按亚里士多德的说法，智慧关注的只是不变的、永恒的、非人类的事物，它不考虑“人”的幸福，那么一个自然而然的推论就是，哲学家的洞见在政治事务中是“百无一用”的（good for nothing）。只有像伯里克利这样的“贤人”才可能真正洞悉政治事务的复杂多变。

当伯里克利在雅典阵亡将士葬礼上的演讲说："我们的政体名副其实为民主政体，因为统治权属于大多数人而非属于少数人。在私人争端中，我们的法律保证平等地对待所有人。然而个人的卓越，并不因此遭到抹杀。……雅典的公民并不因私人事业而忽视公共事业，因为连我们的商人对政治都有正确的认识与了解。只有我们雅典人视不关心公共事务的人为无用之人，虽然他们并非有害。在雅典，政策虽然由少数人制定，但是我们全体人民乃是最终的裁定者。我们认为讨论并不会阻碍行动与效率，而是欠缺知识才会，而只是只能藉行动前的讨论才能获得。当别人因无知而勇猛，因反省而踯躅不前，我们却因决策前的深思熟虑而行动果敢。"他给我们展示的是一幅在人类政治史上从未实现过的民主蓝图。毫不夸张地说，这是一种妙到毫巅且又相当脆弱的绝妙平衡，它远比《国家篇》的正义观要更富弹性，它要求每一个公民都是贤人，都具有明智、审慎、节制和充满公益心。汉密尔顿不无遗憾地指出，这种平衡只维持了很短的时间，而且即使在它处于最佳的时候也不是最完美的。相比之下，《国家篇》中的正义观则更为刚性，当柏拉图说"正义就是只做自己的事而不兼做别人的事"，他也就在护卫者、武士和生意人之间划下了一道"永恒固定的界限"。在柏拉图的政治图景里，没有"全面的人"只有"专业的人"，每一个人在城邦中都只做符合他天性的事情，并且这种"各归其位"、"各司其职"不是通过个体的选择，而是通过讲述那个荒诞的"金银铜铁"的故事实现的。谁更适合统治，谁更适合被统治，在柏拉图这里不是一个事实问题而是一个教育问题，是一个通过口耳相传的古老故事最终编织起来的“高贵谎言”。在《国家篇》第六卷中，柏拉图一不留神泄露了自己的秘密：“至于这一解释本身是不是对，只有神知道。”

生活的意义在哪里？如何关照我们的灵魂？什么是公共利益？谁更适合当统治者？如果这些性命攸关的重大问题只有神才知道最终的答案，那么政治生活的一切就只能托付给神以及最接近神的人去裁决，并且，只有通过确立绝对的、永恒的、唯一的神才有可能避免意见分歧。柏拉图抬高哲学贬低政治的根本原因在于他不相信普通人的智力可以获得绝对真理。

苏格拉底和柏拉图对于哲学家的角色的理解是不同的，前者自称是雅典城邦的“牛虻”，后者却想成为“哲学王”。苏格拉底的“助产术”并不以摧毁意见（doxa）为宗旨，而是通过对意见的考察去揭示隐含其中的真理；柏拉图意识到苏格拉底方法的局限性：现实政治的逻辑不会按照真理（logos）的轨迹运行，普通的雅典公民也不会被哲学家的论辩说服。在他 60 岁写成的《国家篇》中，苏格拉底和色拉叙马霍斯就正义的定义展开辩驳，后者主张“正义就是强者的利益”，苏格拉底虽然极力反驳，但却在没有定论的情况下，突然把话题引向了色拉叙马霍斯的另一个主张：“不正义的人生活得比正义的人更好。”这个说法在苏格拉底（其实是柏拉图）看来是一个“更严重”的事情，因为如果年轻人相信了这种论调，将会使他们向往成为不正义的人。既然在现实的城邦生活中，无法“说服”人们面向更高的生存，那就在学校里“教育”年轻人进行“灵魂的转向”。从苏格拉底的助产术到柏拉图的辩证法，从说服到教育，从意见到真理，柏拉图完成了西方哲学史上一个重大的转折，正是在他那里，哲学与政治，哲学家与城邦，至善生活与世俗生活之间被划下一道永远无法逾越的鸿沟。

如果政治学不可能以至善生活为目的，它还能向人们承诺什么呢？罗尔斯的政治理想是建立一个“制度上保障所有人的自尊”的正义社会。他的正义二原则主要被用来在社会基本结构的层面上分配所谓的基本善（primary goods），包括权利、自由、机会、收入、财富和自尊，其中自尊被认为是最重要的基本善。按照定义，基本善乃是“每一个理性人都被推定想要的东西。无论一个人的理性生活计划是什么，这些善通常都是有用的”。基本善是每个公民获得最高善的外在条件，罗尔斯清醒地认识到在政治生活的层面上，我们只可能保证每一个公民都能获得实现其理性生活计划所必需的外在善，至于每一个人想要实现怎样的“卓越”，这不是政治社会应该触及的领域。

以色列哲学家马格利特的立场比罗尔斯还要弱，在他看来，这个时代最为紧迫的问题不是让每一个公民都获得荣誉和自尊，而是建立一个在“制度上不羞辱任何人”的正派社会。之所以把正派社会的特点消极地表述为不羞辱，而不是积极地表述为尊敬其成员，乃至让成员获得幸福生活，马格利特的理由主要有三条：一个是道德上的，一个是逻辑上的，一个是认知的。其中道德的理由在于马格利特深信在铲除恶与增进善之间存在严重的不对称关系。消除令人痛苦的恶要远比创造让人愉悦的善更为紧迫。羞辱是一种让人痛苦的恶，而尊敬则是一种善。因此消除羞辱应该优先于给与尊敬。

从亚里士多德的至善生活，到罗尔斯的正义社会，再到马格利特的正派社会，我们可以清晰地看到一个从伟大政治到渺小政治的下降过程，但是如果我们拥有清明健全的尺度感和分寸感，就会承认这是一个更加符合现代语境，也更加妥帖和现实的一个演变。

在一个伟大政治已经不复可能的时代，我们必须要压抑住内心深处的哲学冲动，充分体认和了解政治生活的复杂性、具体性和属人的特点，不妄图在政治生活中实现至善的目标。民主作为一种政治设计，它的优点之一就是坦诚面对“人性是不完善的”这样一个事实。Paul Woodruff（保罗·伍德拉夫）在*First Democracy*（《最初的民主》）中说：“你无法通过杀死民主的辩护者来杀死民主，但是你可以通过坚持至善，坚持反对一切人性的和有瑕疵的东西来杀死民主。”这几乎是所有反民主主义者共享的一个逻辑。《国家篇》正义观的合理性在于看到了民主的脆弱性，它的不合理性在于过于相信人性中的神性。最后我想用尼布尔的一句话来结束这次发言：人具有正义的能力，使民主成为可能；人具有不正义的倾向，使民主成为必要。

（2008 年）

## 政治哲学家与现实政治[①]

在过去的几天里面，各位精彩的发言让我受益良多。印象最深刻的是最后半天的那个座谈会，每个学者都暂时放下学术的面具，袒露自己为学为人的心声。其中两个关键词“焦虑感”和“无力感”尤其引发共鸣。借用慈继伟老师的说法，因为焦虑所以无力，因为无力因此就越发地焦虑。

焦虑感和无力感的成因有很多，对于一些学者来说，自己的理论不能真正有效地“解释”中国经验，所以会有“智识”上的焦虑无力；而另一些人则会因为“理论建构”无法真正有效地“介入”现实政治的进程，所以会有“实践”上的焦虑无力；当然，也有学者因为生存论层面的意义缺失所导致的“价值”上的焦虑无力，我猜想这也是最贴身的那种焦虑无力。某种意义上，个人始终是行走在信心的荒凉地带，读书写字思考会在很大程度上平复它，但终究

① 本文为2008年11月参加香港中文大学举办的“社会主义与人类发展”学术会议之笔谈会发言稿。

无能彻底解决它。

我今天想讨论的话题是政治哲学家与现实政治的关系，我希望能够尽可能客观且平和地去探讨它。

卢梭在《社会契约论》开宗明义：“人们或许要问，我是不是一位君主或一位立法者，所以要来论述政治呢？我回答说，不是；而且正因为如此，我才要论述政治。假如我是个君主或者立法者，我就不会浪费自己的时间来空谈应该做什么事了；我会去做那些事情或者保持沉默。”

卢梭的意思再明白不过：“政治哲学家们”之所以“论述”政治，正是因为他们手中没有权力，所以才会借论述去间接地触发行动。后来萧伯纳说了一句非常精辟的话：能者做事，不能者教育！

如果教育（或者言说）是作为“不能者”的政治哲学家的必然处境，那么接下来的问题自然就是，政治哲学应当对谁言说？言说什么？以及什么样的言说才有可能真正触发行动？在下面的论述中我只能将一些问题呈现出来，但无法给出确定且信心满满的答案。

第一个问题，政治哲学的言说对象。在2008年秋季的第一堂课上，我曾经向学生提出过这个问题。令人惊讶的是，几乎所有的学生都对这个问题表现出极其强烈的兴趣，答案五花八门，总结一下大约有以下五种选择：1. 外国人，2. 专家学者，3. 自己，4. 执政者，5. 普罗大众。

粗看起来上述这五个选择彼此毫不相干，但仔细想来却发现其中意味深长，各自隐含了对于政治哲学乃至哲学本性的不同理解。

第一个答案“外国人”貌似最不相干也最不靠谱，尽管也许隐含着“与国际接轨”的学术沟通和评价问题，但毕竟在国力强盛、民族自信心日趋高涨的今天，任何让人联想到西方霸权主义和东方殖民主义的行为都极易成为攻击的靶子，我们还是暂时放过这个备选项。第二个言说对象是专家学者。在学术日趋专业化的今天，如果想在学术圈里面立足，这似乎是哲学家们主要的言说对象。第三个言说对象是“自己”，某种意义上我认为这是哲学反思的本质功能，恰如德尔斐神庙上的箴言：“认识你自己”。如果我们回到古希腊对于政治哲学的最原初理解，最根本的考虑就是柏拉图借苏格拉底之口在《理想国》中说到的：一个人应该如何生活？这是一个真正重要的问题！就此而言，说给自己听非常之重要。但是今天我不想重点谈这个问题，我想说的是后面两个选项：说给普罗大众听，或者说给执政者听。

传统的政治哲学家，无论中外，大多都是面向执政者写作的，原因很简单，执政者是“权力的来源”。相比之下，我们今天据说是一个民主的时代，民主的核心定义就是权力来自于人民。我前两天看了一部片子叫做《夜车》，相当沉闷，不过其中有一个桥段很有趣，一群执行死刑的法警带着犯人去乡村的刑场，半路被村民截下来，因为村民相信法场的不洁会影响他们的风水。法警以国家的名义和村长交涉，村长回答他，我是村民选出来的，你说我应该听你的呢还是听村民的呢？这是一个切中肯綮的回答。作为一个“民选”村长，究竟应该听从群众的声音还是国家的命令？类似的，对于今天的政治哲学家来说，言说的对象到底是普罗大众抑或执政者，在今天的中国语境下同样是一个问题。显然，不同立场的人会选择不同的答案。我猜想自由主义者在今天之所以相对边缘化，其根本原因之一就在于他们也许“误判”了现实，权力的源泉还不是人民。而新左派、新保守主义者一直坚定地面向执政者，也正是因为他们相信——借用德鲁里对施特劳斯学派的分析——“知识分子可以在政治中扮演重要的角色。让他们直接去统治是不明智的，因为大众倾向于不信任他们；但是他们一定不能放过在权势者的耳边低声细语的机会”。

钱永祥先生在一篇评论汪晖的文章中指出，上世纪 90 年代末大陆知识界的自由主义—新左派论战，其分歧多部分来自于对现实现象的理解与判断，其次一部分来自关于政治原则的理解与诠释，真正原则上的差异所占分量相对是轻微的。这是一个相当精到的观察，事实上，政治哲学家究竟是选择对大众说话还是对执政者说话，其中既涉及经验性的观察，又涉及理想性的目标，而这些问题又与我今天想谈的第二个问题“政治哲学的言说内容”相关。

概括而言，政治哲学的言说内容包括三个层面：经验性的描述，理想性的目标，以及可操作的路径。所谓经验性的描述，是要回答这样几个问题：“我们现在究竟在哪里？”“我们处于一个什么样的现实的历史进程之中？”毫无疑问，新左派、自由主义、保守主义对于这个问题的回答是不一样的。如果有人认为今天中国最紧迫的问题是贫富差距以及没有赋予每一个自由平等的个体以尊严，那么他很可能接受罗尔斯的观点“正义是社会制度的首要美德”；如果有人认为今天中国最严重的问题是世风日下、人心不古、道德败坏，那么他的立场自然会比较接近于保守主义；如果有人认为民主是一个已经实现的现实，那么他很可能选择对人民说话；如果有人认为现在和未来都是一个权贵与寡头的社会，那么他一定会尝试在“权势者的耳边低声细语”。不过必须承认，经验判断的分歧尽管可以诉诸社会科学的研究成果解决，但是归根结底，这些分歧还牵涉到每一个人的道德直觉以及每一个人的道德理想，而这也正是道德分歧和政治分歧的根本所在。

中国社会科学院的赵汀阳最近完成一本书，书名很好玩，叫做《坏世界研究》。政治哲学显然不仅是要去研究坏世界，更重要的是要去思考如何在这个坏世界的基础上建立一个好世界，或者不那么坏的世界。因为，我们孜孜以求的不是“一个人事实上是如何生活的？”，而是“一个人应该如何生活？”。换言之，我们希望过一种正确的或者美好的生活，而这是属于“规范性研究”或者“理想性研究”的范围。

大陆的新权威主义代表人物吴稼祥不久前撰文《从新权威主义到宪政民主》，他的基本结论是新权威主义并非一个政治理论，而是一个政治改革的方案和策略。这个自我辩护非常之有趣，我们不好妄加揣测作者背后的动机。不过从另一个角度看，我认为吴稼祥的观点揭示出政治哲学考虑的一个核心面向，也即从当下的经验现实到理想的规范目标之间，我们应该选择什么样的路径实现它？经验性的事实、理想性的目标以及可行的路径，这三个因素相互制约又彼此支撑，只有找到最为合理的平衡，才可能生产出真正有意义和有价值的知识成果。

最后一个问题，政治哲学的言说方式。在进入这个问题之前，请允许我长篇引用休谟在《人性论》第三卷开篇的一段话：“一切深奥的推理都伴有一种不便，就是：他可以使论敌哑口无言，而不能使他信服，而且它需要我们做出最初发明它时所需要的那种刻苦钻研，才能使我们感到它的力量。当我们离开了小房间、置身于日常生活事务中时，我们推理所得到的结论似乎就烟消云散，正如夜间的幽灵在曙光到来时消失一样；而且我们甚至难以保留住我们费了辛苦才获得的那种信念。在一长串的推理中，这一点更为显著。”

如果休谟的这个判断是对人类理性以及哲学论证之限度的正确描述，那就迫使我们思考这样一个问题：既然道德哲学和政治哲学旨在改变人们的性格与行动，那么传统的理性论辩和论证的方式是否真正有效？如果在这个时代，“大部分人们似乎都一致地把阅读转变为一种消遣，而把一切需要很大程度注意才能被人理解的事物都一概加以摈弃”，那么当代英美政治哲学那些技术化的、长程而且复杂的理性论证与推理就真的只能面对专家学者，而与普罗大众无缘。这是一个相当纠结的难题。我倾向于接受伯纳德·威廉斯对于苏格拉底工作的一个基本判断：对于“一个人应该如何生活”这样基本的生活问题，学院式的专题化研究很难给读者提供一个真正能够导致行动的答案，除非像苏格拉底所相信的那样，读者本人认识到这个答案其实是“他本人赋予他自己的”。

假定苏格拉底对于道德哲学、政治哲学的理解是正确的。那么，一个选择是依旧相信人类的理性能力和道德能力，比如罗尔斯，事实上他所构想的原初状态和无知之幕，作为一种人人都可以进入的思想试验，其背后的根本要旨在一定意义上是苏格拉底式的：每一个参与到思想试验的理性人都会得出“他本人赋予他自己的”那个（全体一致的）答案。不过问题仍旧在于，罗尔斯不得不通过假定人人都有“正义感”来确保“假然认可”的约束力。

如果不相信理性论证的力量，那么另一个选择就是诉诸情感和意志。麦金太尔认为：“对于哲学核心论题的最成功的论辩永远不会采取证明的形式（证明的理想是哲学中相对无趣的一个）。”“讲述故事是道德教育的主要手段。”罗蒂的观点与麦金太尔颇为类似，他指出人类团结是大家努力达到的目标，而达到这个目标的途径不是透过研究探讨，而是透过想象力，把陌生人想象为和我们处境类似、休戚与共的人。因此，团结不是通过（理性）反省发现的，而是创造出来的。只有提升我们对陌生人所承受的痛苦和侮辱的敏感度，我们才能创造出团结，因为一旦我们提升了这种敏感度，我们就很难把他人“边陲化”，如此一来，就不存在我们和你们的分别，而是逐渐把他人也视为“我们之一”。罗蒂方案导致的一个直接后果是摈弃理性（理由）在人类团结中的关键作用，转而诉诸人所共有的“想象力”和“同情心”，这也就是罗蒂所谓的“背弃理论、转向叙述”。进而言之，罗蒂的方案其实是否定了哲学方法在解决人类团结（道德实践）问题上的积极作用。

有趣的是，中外历史上两个最著名的哲人——柏拉图和孔子——同时又都是教育家。我个人认为，柏拉图从叙拉古仓皇逃回雅典，最终决定在雅典城邦的西北角建立学园，原因之一是他对于道德哲学和政治哲学言说方式之有限性的一种自觉。自苏格拉底死后，特别是自叙拉古政治实践失败之后，柏拉图就逐渐认识到，在市场（agora）之中通过哲学论辩的方式说服一个与你根本意见相左的人收效甚微。怎么办？只能退回到学院中，面对一些尚未被玷污的年轻人进行教育。

借用哈贝马斯的话，这是一个启蒙尚未完成的时代，思想家如何运用其思想资源去说服群众，而不是天真地相信理性的原生力量，这或许是政治哲学家必须要认真思考与对待的主题。

非常遗憾，以上所谈全都是一些没有最后答案的问题。事实上，今天的确是一个问题丛生的时代，我常常想作为一个政治哲学的研究者，生于当代中国何其有幸！以赛亚•伯林说政治哲学原则上“只能在一个各种目标相互冲突的社会中”存在，当今中国恰恰就是这样一个各种目标相互冲突的社会，而且其间的张力和复杂性无出其右。

见事太明，行事则失其勇。对于行动者而言，果敢或许是一种美德，但是对于思想者而言，却需要用更加谨慎的态度去面对这个复杂的世界。据说，一个人在30岁之前不是一个自由主义者是没有良心的，到了30岁之后仍旧是一个自由主义者则是没有头脑的。我认为这个判断过于简单。事实上，这个时代对于思想者的要求会更多，它要求我们不要做没有头脑的愤青，不要做浅薄的自由主义者，不要做没有心肝的保守主义者，不要做替既得利益说话的国家主义者，不要做不负责任的无政府主义者，不要做一个理想高蹈的空想主义者。在设定了如此之多的禁区之后，最后你成为一个什么样的人，要每一个思想者细细斟酌。

（2009年）

## 革命的窄门

### 一、革命还是造反？

或许是中学语文教育太成功，闲谈中只要一提“革命”二字，我就条件反射地想接“同去同去，于是一同去”。在阿Q看来，革命就是造反。造反当然是件坏事，但如果能让百里闻名的举人老爷害怕，甚至可以因此上秀才娘子的象牙床上滚一滚，坏事也就成了好事，不妨“同去同去”。

阿Q的革命观很黄很暴力，很傻很天真。但这事不能怪他。1895年广州起义失败后，孙中山和陈少白逃到日本神户，看见当地报纸称“中国革命党孙逸仙”云云，醍醐灌顶，遂有陈少白如下的自省：“我们从前的心理，以为要做皇帝才叫‘革命’，我们的行动只算造反而已。”史学家怀疑这段回忆的可靠性，但是有一点毋庸置疑：革命党人最初也同阿Q一样，搞不懂“革命”和“造反”的区别在哪里。

查文献可知，“革命”一词语出《周易·革卦·彖传》：“天地革而四时成，汤武革命，顺乎天而应乎人。”“革命”虽然包含

“顺天应人”的天命思想，但在传统中国社会里，成王败寇的观念更加深入人心，“革命”就像“孤家寡人”，唯有黄袍加身才有资格使用，失败者或者图谋者都只是“叛乱”或者“造反”。孙中山和陈少白最初也囿于传统的话语积习，对自己的行动无以名之，只能自视造反者。日本人唤醒了他们对于汤武革命的原始回忆，拓宽了对革命的想象力，认识到不是唯有继任大统者有资格自称革命，因受天命就是革命，而且，革命除了暴力造反，还可以用来泛指一切变化和变革，尤其是制度的变迁和观念的革新，自此“革命党人”才成为孙中山及其同仁的自我认同。

革命不是造反。经过革命党人的自我正名，再经过共产革命的洗礼，革命一词本已具有绝对的政治正确性。但事实上，在政治领域内革命仍旧是当权者的垄断话语，“只有做了皇帝才可以说革命”的隐形典律仍然禁锢着普通人的心理。所以普通中国人一听到革命，还是会立刻想到造反，立刻想到暴力，立刻想到野心家，立刻想到乌合之众，立刻想到无政府，立刻想到血流成河，中国人的革命想象力从来都是阿 Q 模式的改造版和升级版。

1911 年 10 月 14 日，也即武昌起义第四天，英国《经济学人》杂志以“中国的造反”（The Rebellion in China）为题报道，形容这次起义是“最近的也是最危险的一次中国不满情绪的爆发”，称时人“对以反满为特征的这次造反（rebellion）……怀有巨大的恐惧”。发人深省的是，21 天过后，也就是 11 月 4 日，《经济学人》再次报道武昌起义后续新闻时，标题已然改为“中国的革命”（The Revolution in China）。前后口径之所以发生如此根本的转向，不是因为英国人承认了武昌起义的正当性，而是因为这场“造反”倒逼出了满清政府自上而下的制度变革："目前为止帝国的宣言和承诺可以确保这一点，中华帝国的历史新起点已确然无疑地到来了。满清政府及其支持者承诺进行直接和彻底的政府组织改革……"

在《革命的时代》中，霍布斯鲍姆称自17世纪以来的西方全球化扩张是借助于一辆"双轮马车"，以两种革命模式——1688年的英国光荣革命和1789年的法国大革命——为动力。当《经济学人》称"西欧将真诚地祝愿袁世凯和制宪议会获得成功"时，显然是以光荣革命作为摹本。武昌起义在他们的笔下仍旧是"造反"或者"叛乱"，他们肯定的中国革命是自上而下的制度革新，"由有着特定目标的中上层提出更换政府的要求"，这才是英国人所理解的革命（revolution）。显然，英国人所理解的革命不是造反，更像是改革，甚或干脆就是复辟。

## 二、革命还是复辟？

阿Q"革命"失败，临上法场前，站在囚车上颤颤巍巍喊："20年后又是一条好汉！"20年一个轮回，阿Q知道这是古往今来好汉就义前的经典台词，他不知道的是"轮回"本就是西文"革命"（revolution）的原义。

革命最初是天文学术语，意为"持续不断地旋转运动"。哥白尼名著《天体运行论》的英文译名即为*On the Revolutions of the Heavenly Spheres*。按阿伦特的解释，革命在此强调的是非人力所能影响的、不可抗拒的、有规律的天体旋转运动，它与暴力无关，也与新旧之别无关。

17世纪开始，革命从自然术语变成政治术语。有趣的是，第一次被称为革命的政治运动恰恰不是我们今天所说的革命，而是一场彻头彻尾的复辟：1649年查理一世被推上断头台，此后的十年里英国一直是共和政体，但革命并不是指称这一时期，而恰恰是指克伦威尔去世后，查理二世被迎回英国，乾坤复位的那一刻。1688年，革命这个词再度被提及，同样不是为了欢呼詹姆士二世的落荒而逃，而是颂扬威廉和玛丽的荣登王位。也正因为此，阿伦特说光荣革命“根本就不被认为是一场革命，而是君权复辟了前度的正当性和光荣”。英国人相信他们远久到无可考证的宪政传统和自由传统是如此值得珍惜，所以任何一次短暂中断之后的回归都值得额首称幸、大加赞美。

革命一词的原义是复辟！对于今人来说，这个语义学上的再发现实在需要一点想象力才可以接受。我们通常理解的革命，不是向后回溯，而是向前瞻望，不是回到过去，而是去向未来。阿伦特说要理解革命的现代意义，“我们必须转向法国大革命和美国革命”，但与此同时，她又警告我们说：“必须考虑到，在两者的最初阶段，参加者都坚信自己所做的一切，只不过是恢复被绝对君主专制和殖民政府的滥用权力所破坏的和践踏的事物的旧秩序。他们由衷地吁求希望重返那种事物各安其份、各得其宜的旧时代。”

“各安其份、各得其宜”这八个字让我们怦然心动，柏拉图对正义的理解不也正是如此——城邦的正义就是生意人、辅助者和护国者各归其位、各司其职？反之，当三种人不安于室，试图扩大自己的领地，僭越彼此永恒固定的界限时，正义就堕落为不义。米什莱在《法国革命史》中说：“什么是大革命？这是公正的反抗，永恒正义的为时已晚的来临。”归根结底，无论是以复辟旧世界为己任的革命者，还是以创造新世界为宗旨的革命者，基本逻辑都是一样的：为了实现所谓的永恒正义和秩序。

哥白尼的“革命”虽然仍取“持续不断地旋转运动”的古义，但有一点极富现代性，它彻底颠倒了太阳与地球之间的主次关系，现代革命正是意在通过上下颠倒旧秩序来实现新正义。托克维尔在《旧制度与大革命》中提出的第一个问题就是：“大革命的真正目的是什么？”答案是：“这场革命的效果就是摧毁若干世纪以来绝对统治欧洲大部分人民的、通常被称为封建制的那些政治制度，代之以更一致、更简单、以人人地位平等为基础的社会政治秩序。”

胡风在 1949 年 11 月 12 日夜 11 时改定的长诗《时间开始了》，有这样一句：

> 时间！时间！
> 你一跃地站了起来！
> 毛泽东，他向世界发出了声音
> 毛泽东，他向时间发出了命令
> “进军！”

“时间开始了”，这个说法非常准确地把握住了现代“革命”的本质属性：革命不是在一个周而复始、循环往复的漩涡里沉浮，而是挣脱出来，跳跃出来，讲述一个从不为人所知、也从不为人所道的新故事。从此，现代革命就不再是复辟，而是开创新世界，打造新人民。革命意味着时间开始，意味着开端，就像耶稣降生，他打破了古代的时间概念，

## 三、革命与人民

现代革命就像一个魔咒，叫醒了沉睡中的人民，这是一个全新的政治族群，它曾经是臣民，是子民，是狗苟蝇营的乌合之众，是目光短浅的穷老百姓，但是革命让他们脱胎换骨，他们开始跃跃欲试，摩拳擦掌，他们被告知并且相信法律来自于他们的意志，任何强力要想成为合法的权力都必须获得他们的认可。

法国大革命第一次真正叫醒了人民，也正因为此，法国大革命一直被视为是现代革命的模板，革命的善与恶、黑和白都可以在法国大革命这个大熔炉中找到它们被烧变形的残渣。

可是如果我们拓宽革命的视野，就会发现发动革命其实并不一定要叫醒人民，至少不用叫醒所有的人民。

比如英国的光荣革命本质上就不是人民革命，而是托利党人、辉格党人和威廉之间的三方势力角力与妥协的结果。伦敦的市民曾经上街游行抗议詹姆士二世，但是人民并未登场亮相。英国传统思想中虽有“诛暴君论”，认为“暴君是人民公敌，诛暴君不仅是合法的，而且是正义的”。但即使是激进的辉格党人，大多数人也对暴力持反对态度，认为改善宪法和扩大臣民自由无需采取反抗行动，即使反抗也只能由上层人物进行，而不是发动一般民众。

美国革命最初也没有唤醒大多数的民众。独立战争前，15%~30% 的殖民地人民主张保皇，近一半的人不置可否，余下的一小部分坚持战争。美国国父中的绝大多数都对宗主国的制度文化怀抱善意和尊敬，富兰克林常驻英国，直到最后关头仍在谋求避免革命的可能。结果呢，谁赢他们跟谁。

所以革命无需唤醒所有人。辛亥革命就没有叫醒阿Q，辛亥革命还是成功了。事实上，综观历史你就会发现，革命会否爆发，人民是否准备好了是个伪问题。而革命爆发之后诞下的究竟是龙种还是跳蚤，人民是否准备好了是一个半真半假的问题。

说它是一个半真的问题，是因为在人民尚未真正理解民主、自由、平等、博爱的真义时赋予人民太过崇高的权力和地位，将会释放出堪比长岛原子弹一样恐怖的能量。法国大革命的确唤醒了人民，法国大革命时期的人民也的确没有完全准备好，所以才会在雅各宾派的恐怖统治时期，至少16 594人因反革命罪而丧生断头台。毕希纳在《丹东之死》中描写的场景虽富戏剧感，但绝对真实：

市民们纷纷高呼："谁能念书认字，就打死谁！""谁想溜走，就打死谁！""他有擤鼻涕的手帕！一个贵族！吊到灯柱上！吊到灯柱上！""什么？他不用手指头擤鼻涕！把他吊到灯柱上！"然后，那个卢梭的信徒、道德纯洁到与死神一样"谁都无法收买"的罗伯斯庇尔登场了，面对一片打死他、打死他的叫嚷，他的回复是："以法律的名义！"市民反问："法律是什么？"罗伯斯庇尔答："法律是人民的意志。"市民答："我们就是人民，我们不要什么法律；'所以'我们的这种意志就是法律。"从这个想想都让人不寒而栗的场景很容易得出一个结论：千万不要相信人民！在人民尚未准备好之前，不要发动人民！

在政治体的意义上，现代革命的目的是为了建立民主制。然而，就像解放不一定带来真自由，革命也不一定带来真民主。民主质量的好坏的确在很大程度上取决于人民是否准备好了。可是问题的另一面在于，人民只能是被其制度的性质所造就的那个样子，如果各种犬儒主义和政治冷漠恰恰是这个制度所造就的结果，那么不改变制度，就不可能真正激发和培育人民的民主精神和公民德性。认为革命要想收获龙种就只能坐等人民完全准备好了之后，就像是告诫一个从来没有下过水的人千万不要游泳，因为你还不会游泳，这难道不是一件很滑稽的事情吗?

## 四、诉诸价值而非仅仅诉诸利益

两个鞋商到非洲考察，一个回来说：没戏！那里的人从来不穿鞋！另一个人则说：有戏！那里的人从来不穿鞋！悲观者的根本问题在于现实，太现实了，最终一路滑向“现实的就是合理的”这个大俗套。革命总是需要一点点乐观主义精神的，否则何来“革命乐观主义”这个词语？现代商业社会里，很多需求是被创造出来的，创造需求就是创造商机；现代政治世界中，很多观念也是被改变过来的，改变观念就是改变世界。

读《旧制度与大革命》可知，当时法国人民服从统治者是出于习惯而非出于意愿，这是一种坏的服从，除此之外，还有出于恐惧而非出于意愿的服从，以及出于利益而非出于意愿的服从。出于习惯的服从是真睡，出于恐惧的服从和出于利益的服从则是装睡，前者被迫，后者不但心甘情愿可能还暗自窃喜。三种服从的可能中，出于利益的服从最糟糕，因为真睡可以被叫醒，被迫的假寐有一天会忍无可忍，而心甘情愿的假寐却永远都无法被叫醒。利益之争的确可以引发革命，但唯有价值之争才真正成就革命。因为只要还停留在利益之争的层面，就是可以用人民币收买的人民内部矛盾，而一个可以被收买的民族就不值得拥有革命的果实。

观念的塑造和改变绝非一日一夕之功。独立战争前，美利坚的人民已经在过去的150年里逐渐培育出了基本的权利意识和自治精神。独立战争前，大不列颠帝国颁布的《糖税》、《印花税法》只是温柔一刀，与苛政猛于虎毫无干系，殖民地人民的生活也未到水深火热的程度。今天的美国青年谈及独立战争时，总是万变不离其宗地说："都怪税太多！"事实上，当时的革命者只是借税收在说自由，是自由陷入了危机，而不是财产陷入了危机。对他们来说，"说财产就是说自由，恢复或捍卫一个人的财产权利，就等于是为自由而战"。

在相当意义上，美国革命乃是一场没有直接压迫的革命，它基于的是一个被夸大了的暴政想象，以及一场被放大了的自由危机。看看下面这些话就会明白这个道理："如果他们有权力向我们征收一便士的税，他们也就有权力向我们征收一百万镑的税。""那些未经自己或其代表同意而被征税的人乃是奴隶。""我们自由的太阳进入幽黑的云层，一时带来了漫漫长夜的不祥之兆。"

更为重要的是，这种对于自由的迷狂不仅是声嘶力竭的革命宣传，而且是深深改造了每一个普通人的基本信念。据说一位参加过康克德之战的革命老兵，在耄耋之年接受采访时承认自己压根没有见过什么印花税票，也没有体会到茶税对日常生活的任何影响，他之所以参加独立战争，只是因为"我们一直是自由的，我们也想一直自由下去，但他们却不想让我们这样"。诉求价值而非利益才是美国革命之道。

1793 年路易十六里通外国的文件被发现，愤怒的法国人把他们的国王投进巴士底狱，据说在夜阑人静的时候，路易十六感慨说："是这两个人打垮了法国。"这两个人的名字，一个是伏尔泰，一个是卢梭。文人也许会在刺刀见红的革命中曝尸街头，也许会在尔虞我诈的政治角逐中注定头破血流，但是你无法否认的是，归根结底，改变观念就是改变世界。

**五、革命的三位一体难题**

自由和平等，再加上一个若有若无时隐时现的博爱，是启蒙运动遗留给现代革命者的新三位一体难题。

启蒙运动之前的英国革命完全忽略了平等，只讲自由。启蒙运动之中的美国革命强调自由，偶尔兼顾平等。法国革命初期崇尚自由，最后彻底倒向平等与博爱。面对这个新三位一体难题，每一次革命都给出了自己的回答，也决定了各自的命运。

今人谈论革命，常拿民主和平等来说事，其实民主和平等均非革命的终点，自由才是。或者不如这样说，任何不以个体自由和个人权利为最高标准和最终鹄的的革命注定会是一场灾难。

1792 年，当面临外敌入侵的危险时，丹东拯救了法国大革命，然后他就厌倦了。史学家说丹东的懒惰和厌倦是"他的、也是法国的不幸"。突如其来的厌倦，厌倦革命，厌倦像"上帝的宪兵"那样以道德的名义杀人，厌倦每天早晨起床，厌倦可怜巴巴的乐器弹出来的永远只是一个调子，丹东说："我想把自己弄舒服些。"好吧，你说这是任性，我说这是人性。

丹东与罗伯斯庇尔的最后决裂，归根结底，是日常伦理与圣人道德的决裂，是消极自由与积极自由的决裂，是任性的自由与神圣的平等的决裂。

在把丹东送上断头台后三个月，罗伯斯庇尔也站在了断头台前，在最后的演说中，这个像死神一样收买不了的罗伯斯庇尔，终于明白了什么，说："我们将会逝去，不留下一抹烟痕，因为，在人类的历史长河中，我们错过了以自由立国的时刻。"阿伦特总结说，在错过了这个"历史性时刻"之后，"革命掉转了方向，它不再以自由为目的，革命的目标变成了人民的幸福"。

人类的愚蠢在于一而再再而三地重蹈覆辙。1986 年，哈维尔写道："捷克斯洛伐克整个社会陷入了深深的麻木状态之中。面对重新确立的极权体制，大多数人放弃了自己的努力，不再关心国家大事，逃避现实，钻入自我的圈子。人们不再相信公民的意见或公开的对抗有什么作用。为了证明这一点，法庭对那些持不同政见、提出异议的人进行严厉的制裁。社会涣散成一盘散沙。自由的思想和创作陷入了自我的圈子，从中寻找隐蔽所。公民的自由组合、交流创造了丰富多彩的社会生活，现在却被禁止了。全国上下笼罩着一种死气沉沉的气氛。一切向钱看的生活充斥着整个社会。……人们变得自私起来，到处都笼罩着恐惧。人们被迫对生活采取阳奉阴违的态度，表面上顺从，内心里却什么也不相信。"

看着很眼熟？那就让我们再来看看这段话；"人们原先就倾向

于自顾自：专制制度现在使他们彼此孤立；人们原先就彼此凛若秋霜：专制制度现在将他们冻结成冰。在这类社会中，没有什么东西是固定不变的，每个人都苦心焦虑……金钱已成为区分贵贱尊卑的主要标志……如果不加以阻止，它很快便会使整个民族萎靡堕落。”别误会，这是托克维尔在评论 19 世纪中叶的法国。

在现代背景下，真正的革命既不是造反，也不是复辟，真正的革命意在打造一个有别于现存制度的新秩序，阿伦特说，衡量这个新秩序的最高标准既非正义也非伟大，而是自由。关于这一点，比阿伦特早上 100 年的托克维尔表示认同，他说：“没有自由的民主社会可能变得富裕、文雅、华丽，甚至辉煌，但是我敢说，在此类社会中绝对见不到伟大的公民，尤其是伟大的人民。”因为，“只要平等与专制结合在一起，心灵与精神的普遍水准便将永远不断地下降”。

面对自由、平等与博爱这个新三位一体难题，罗尔斯在《正义论》中给出了他自己的答案：最大的平等自由权原则呼应自由，公平的机会平等原则呼应平等，差别原则呼应博爱。字典式的排序原则保障了自由的优先性。因为只有以自由而非平等、博爱为第一原则的民主社会才有可能培育真正的公民德性与尊严。

以革命的名义，远的有英国光荣革命、美国革命、法国革命，近的有俄国革命、辛亥革命，乃至天鹅绒革命和各种颜色革命，革命的模式看似争奇斗艳，革命的大道看似宽阔无比，但是，现代革命的历史告诉我们，通过革命的门是道窄门，上头写着“自由”二字，谁不从这道门走，谁就会坠入革命的泥沼，成为被革命吞噬的儿女。

（2012 年）

**图书在版编目（CIP）数据**

你永远都无法叫醒一个装睡的人／周濂著. —北京：中国人民大学出版社，2013.10
ISBN 978-7-300-17952-0

Ⅰ.①你… Ⅱ.①周… Ⅲ.①随笔－作品集－中国－当代 Ⅳ.① I267.1

中国版本图书馆 CIP 数据核字 (2013) 第 200569 号

**你永远都无法叫醒一个装睡的人**
周濂 著
Ni Yongyuan dou Wufa Jiaoxing Yige Zhuangshui de Ren

| | | | |
|---|---|---|---|
| 出版发行 | 中国人民大学出版社 | | |
| 社　　址 | 北京中关村大街31号 | 邮政编码 | 100080 |
| 电　　话 | 010－62511242（总编室） | | 010－62511770（质管部） |
| | 010－82501766（邮购部） | | 010－62514148（门市部） |
| | 010－62515195（发行公司） | | 010－62515275（盗版举报） |
| 网　　址 | http://www.crup.com.cn | | |
| | http://www.ttrnet.com（人大教研网） | | |
| 经　　销 | 新华书店 | | |
| 印　　刷 | 北京华联印刷有限公司 | | |
| 规　　格 | 148mm×210mm 32开本 | 版　　次 | 2013 年 10 月第 1 版 |
| 印　　张 | 10　插页 2 | 印　　次 | 2022年 3 月第 7 次印刷 |
| 字　　数 | 210 000 | 定　　价 | 36.00 元 |